rororo

Nicolas Barreau ist der Künstlername der Autorin und Verlegerin Daniela Thiele. Sie ist in Köln zu Hause, liebt Paris und das französische Savoir-vivre und betreibt zusammen mit ihrem Mann einen Verlag. Mit ihren charmanten Paris-Romanen eroberte sie sich ein begeistertes Publikum. Der Roman «Das Lächeln der Frauen» brachte den internationalen Durchbruch. Er erschien in 36 Ländern, war in Deutschland mit weit über einer Million verkauften Exemplaren «Jahresbestseller» und wurde anschließend verfilmt sowie in unterschiedlichen Inszenierungen an deutschen Bühnen gespielt.

«Wer Lektüre sucht, die beim Lesen immer wieder ein Lächeln ins Gesicht zaubert, ist hier bestens aufgehoben. Sonnenstrahlen von den Buchseiten mitten ins Herz.» *NDR Kultur*

«Millionen Romane verkauft, mit ‹Das Lächeln der Frauen› einen weltweiten Bestseller geschrieben – doch wer sich hinter dem Pseudonym Nicolas Barreau verbirgt, blieb geheim. Bis jetzt: Nach siebzehn Jahren hat die Verlegerin Daniela Thiele offengelegt, dass sie hinter dem Namen steckt. In ‹Die Freundin der Braut› geht es um eine charmante Verwechslung auf einer Hochzeit in Aquitanien.» *Freundin*

Nicolas Barreau

DIE FREUNDIN DER BRAUT

Roman

Rowohlt Taschenbuch Verlag

1. Auflage

Veröffentlicht im Rowohlt Taschenbuch Verlag,
Kirchenallee 19, 20099 Hamburg, Januar 2026

Covergestaltung any.way, Barbara Hanke, nach einem Entwurf
von Hafen Werbeagentur, Hamburg
Coverabbildung Ilina Simeonova / Trevillion Images
Satz aus der Adriane Text
bei Pinkuin Satz und Datentechnik, Berlin
Druck und Bindung CPI books GmbH, Leck
ISBN 978-3-499-00373-8

Kontaktadresse nach EU-Produktsicherheitsverordnung:
produktsicherheit@rowohlt.de

FSC www.fsc.org
MIX
Papier | Fördert
gute Waldnutzung
FSC® C083411

Für meine Familie.
Für die, die da sind, und für die, die nicht mehr da sind.
Ihr seid in meinem Herzen.

Die besten Dinge im Leben
verdanken wir dem Zufall.
Giacomo Casanova

1

Es regnete in Strömen. Das weiß ich noch genau. An dem Tag, als ich die Einladung zu Pauls Hochzeit bekam, versank Paris nahezu im Wasser. Von meinem Platz hinter der Theke aus sah ich die vorüberhastenden Passanten, die draußen mit ihren Regenschirmen kämpften. Diejenigen, die sich ins *Café des Poètes* flüchteten, das kleine Café an der Place du Marché Sainte-Cathérine, das seit einigen Jahren mir gehörte, taten dies mit einem Stoßseufzer oder einem Fluch über das «verdammte Wetter» und hinterließen kleine Pfützen auf dem alten Steinboden. Ich erinnere mich an einen gescheckten Hund mit lustigen braunen Knopfaugen, der ausgiebig sein Fell schüttelte, und an den Geruch von feuchten Wollpullovern, nassen Haaren und triefendem Hundefell, der sich mit dem Duft von frisch geröstetem Kaffee vermischte.

Der April hatte Einzug gehalten in Paris, und wie so oft in diesem Monat gab es Wolkenbrüche, bei denen man den Eindruck hatte, die Welt ginge gleich unter, dann wieder strahlend helle Tage, an denen die Sonne von einem zartblauen Himmel schien, sich in den Pfützen spiegelte und der Frühling sich unmerklich in alle Herzen stahl, die Verliebten in den Jardin du Luxembourg lockte und selbst den griesgrämigsten Misanthropen zum Lächeln brachte.

Doch an jenem schicksalhaften Tag ließ die Sonne sich nicht blicken.

Ich weiß noch, dass ich früh am Morgen im Regen durch das stille Marais ging, um mein Café aufzuschließen, und dass es am frühen Abend, als ich die Außengitter herunterließ, um mich auf den Weg nach Hause zu machen, immer noch regnete.

Als ich in der Rue Roger Verlomme ankam, stand Océane vor der Tür, um sich wieder einmal von mir zu trennen. Océane war meine Freundin, die sich im Laufe unserer dreijährigen On-off-Beziehung sehr rasch von einer sanftmütigen Blondine zu einer streitsüchtigen Xanthippe entwickelt hatte, der man es einfach nicht recht machen konnte. Besser gesagt, *ich* konnte es ihr nicht recht machen. Wir stritten oft, und ihr liebstes Hobby war es, Türen schlagend meine Wohnung zu verlassen.

Océane liebte den großen Auftritt, und obwohl sie selbst es gewesen war, die mich – zu meiner Erleichterung, wie ich gestehen muss – nach zahlreichen unschönen Auseinandersetzungen verlassen hatte, konnte sie einfach keine Ruhe geben und erfand immer einen neuen Vorwand, um unvermittelt bei mir aufzutauchen. Einmal ging es um ihre Lieblingstasse, die angeblich noch in meinem Küchenschrank war, ein anderes Mal wollte sie mir mit großer Geste die Wohnungsschlüssel zurückgeben, die ich ihr hatte nachmachen lassen. Und dann sagte sie mir noch einmal, was für ein Idiot ich sei, was für ein unsäglicher Träumer, dass keine Frau es auf Dauer mit mir aushalten würde und ich es noch einmal sehr bereuen würde, dass ich sie hätte gehen lassen. Sehr!

Auch an diesem Abend löste sie sich mit einem Mal aus dem Schatten des Hauseingangs und behauptete, ich hätte noch Weinflaschen von ihr im Keller.

«Weinflaschen? Was für Weinflaschen?», seufzte ich, während der Regen unaufhörlich auf das Pflaster prasselte.

«Den Châteauneuf-du-Pape, den ich damals auf unserer Reise nach Avignon gekauft habe. Den hätte ich gern zurück.»

Mit einem kleinen Schauder, der nicht von der regennassen Luft herrührte, erinnerte ich mich an unsere einzige gemeinsame Reise in die Provence vor zwei Jahren. Es war sehr heiß gewesen in jenem Sommer, und statt des blühenden Lavendels, auf den wir uns gefreut hatten, erwarteten uns abgeerntete Stoppelfelder. Das war natürlich mein Fehler. Das war schlechtes Timing. Ich hätte es besser wissen müssen. Warum waren wir überhaupt erst im Juli gefahren? Doch ich war kein Meteorologe, und auf das Klima in Westeuropa hatte auch ich keinen Einfluss. Dann war das Hotel, das ich in Villeneuve-lès-Avignon gebucht hatte, nicht gut genug, das Zimmer, von dem man einen wunderbaren Blick auf die Rhône und das gegenüberliegende Städtchen Avignon hatte, zu klein, die Matratze durchgelegen, der Orangensaft, den es zum Frühstück gab, nicht frisch gepresst.

Avignon war voll von englischen Touristen, die sich auf der berühmten Brücke drängten, wo alle «rundherum tanzen». In Les Baux fanden wir keinen Parkplatz und mussten zu Fuß den steilen Anstieg in die Altstadt machen, in Roussillon, wo die ockerfarbenen Felsen uns von Weitem in voller Pracht entgegenleuchteten, war das Essen nicht wirklich gut, und in Arles war an dem Tag, als wir hinfuhren, kein Markt. Die Stimmung war gereizt, ich war an allem schuld.

Océane saß mit beleidigter Miene auf dem Beifahrersitz, wedelte sich ostentativ mit einem Fächer Luft zu, den sie sich an den Straßenständen in Fontaine-de-Vaucluse gekauft hatte, wo wir bis zur Quelle der Sorgue gegangen waren (die immerhin so türkisblau und unergründlich gewesen war wie eh und je), und beschwerte sich darüber, dass mein alter Citroën keine Klimaanlage hatte. In ihrer Höhere-Töchter-Manier, die mir stets das Gefühl gab, nicht zu genügen, streckte sie seufzend ihre langen filigranen Glieder, schob den goldenen Armreif, den ihr Vater ihr zum achtzehnten Geburtstag geschenkt hatte, hin und her und schwärmte von den großartigen Reisen, die sie als Jugendliche mit ihren Eltern gemacht hatte – nach Biarritz, Honfleur oder Saint-Tropez.

Océane stammte aus einem Professoren-Haushalt, ihr Vater war ein berühmter Fledermausforscher, der seiner hübschen Tochter jeden Wunsch von den Augen ablas, ihre Mutter eine geistesabwesende Botanikerin, die überwiegend für ihre Pflanzen lebte, der Großvater hatte als Schiffbauingenieur und Erfinder ein Vermögen verdient. Geld spielte keine Rolle in der Familie de Rochenais. Océane hatte die besten Schulen besucht, mehrere Studien angefangen, weil sie sich nicht entscheiden konnte, sie war sprunghaft und verwöhnt, wenn sie wollte, konnte sie bezaubernd sein, aber auf dieser Reise war sie vor allem eines: unausstehlich. Als wir nach zwei Wochen Provence die Silhouette von Paris am Horizont auftauchen sahen, war ich einigermaßen erleichtert, dass dieser missglückte Urlaub endlich ein Ende hatte und sich jeder von uns erst einmal in seine eigene Wohnung zurückziehen konnte.

Mag sein, dass wir damals auch in dem kleinen Ort Châteauneuf-du-Pape ein paar Flaschen Rotwein gekauft hatten, ich wusste es nicht mehr.

«Hör zu, Océane», sagte ich. «Ich schaue gern im Keller nach, und wenn da wirklich noch Weinflaschen von dir sind, bringe ich sie dir mit dem Auto vorbei, in Ordnung?»

«Nein, ich will selber nachschauen», beharrte sie. «Jetzt. Ich nehme sie dann gleich mit. Es sind *meine* Weinflaschen.»

«Willst du im Ernst mit einem Karton Châteauneuf-du-Pape durch diesen Regen marschieren?», fragte ich. «Brauchst du die Flaschen denn so dringend?» Ich lächelte versöhnlich. Es kam nicht gut an.

«Deine blöden Sprüche kannst du dir sparen. Lässt du mich jetzt rein, oder nicht?»

Ich schwieg. Ehrlich gesagt, sehnte ich mich nach einem friedlichen Abend und hatte das ungute Gefühl, dass das Gezeter drinnen nur weitergehen würde.

«Du willst mich also nicht reinlassen? Du bist echt das Letzte, Jean-Pierre, weißt du das?»

«Ja, ich weiß. Das hast du mir nun schon oft genug gesagt. Und deswegen sind wir ja auch nicht mehr zusammen. Können wir die ganze Sache nicht endlich auf sich beruhen lassen?»

Ich versuchte wirklich, freundlich zu bleiben, was Océane offenbar noch mehr erboste.

«Die *Sache*! So nennst du unsere Beziehung? Hast du überhaupt Gefühle? Du unsensibler Klotz», fauchte sie mich dann an, und ihre schönen Augen funkelten und waren immer noch schön.

Ich musste kurz daran denken, wie Océane vor drei Jahren das erste Mal ins *Café des Poètes* gekommen war und eine Weile staunend die Gedichtzeilen von Guillaume Apollinaire, Paul Éluard und Jacques Prévert studiert hatte, die auf den petrolfarbenen Wänden des Cafés aufgemalt waren. Dann hatte sie sich lächelnd zu mir umgedreht.

«Oh, Sie mögen Gedichte?»

Ihre Augen schimmerten. Sie waren von einem sanften dunklen Blau, und als sie mir später ihren Namen nannte, war ich hingerissen. Océane – das klang wie ein Gedicht.

«Und Sie? Mögen Sie Gedichte?», hatte ich gefragt, und sie hatte verlegen den Kopf geschüttelt.

«Ich fürchte, ich verstehe ich nicht viel von Poesie.»

«Man muss nichts von Poesie verstehen, um Gedichte zu mögen», hatte ich geantwortet, und sie hatte mich bewundernd angesehen.

Damals hatte sie mich für einen Feingeist gehalten. Jetzt war ich ein grober Klotz. Aus dem stillen Ozean war ein tosendes Meer geworden.

«Dir scheint ja alles egal zu sein», tobte sie da auch schon weiter. «Ein Glück, dass ich mich von dir getrennt habe, ein *Glück*!»

Ich nickte. Das fand ich auch. Drei Jahre Unzufriedenheit waren genug, egal, wie schön ihre Augen waren.

Eigentlich trenne ich mich nur schwer von Menschen, die mir einmal etwas bedeutet haben. Auch wider besseres Wissen hoffe ich bis zum Schluss, dass auf irgendeine wundersame Weise bald wieder bessere Zeiten anbrechen. Vielleicht scheue ich aber auch nur den Konflikt, die Tränen und das ganze Gezeter darüber, wer was gesagt und getan hat. Oder ich möchte nicht schuld daran sein, dass etwas zerbricht. Im Grunde meines Herzens will ich nicht, dass überhaupt etwas zu Ende geht: eine Freundschaft, eine Liebe oder überhaupt das ganze Leben. Und auch, wenn mir klar ist, dass eine Sache manchmal zu Ende gehen muss, damit eine neue anfangen kann, macht mich der Gedanke traurig, dass etwas, das einmal so schön und vertraut war, plötzlich nicht mehr da sein soll.

Wenn man so will, bin ich eher ein Bewahrer als jemand, der freudig alle Brücken hinter sich abbricht. Ich halte an Menschen fest, suche erst einmal nach Erklärungen. Ich verzeihe viel, ich sage mir immer, dass, wenn die- oder derjenige es anders machen *könnte*, er oder sie es sicher auch tun *würde*.

Jeder Mensch ist ein eigener Kosmos, und wir haben alle unsere ganz persönliche Geschichte.

Gut, das führt jetzt vielleicht ein bisschen weit, ich will niemanden mit meinen Überlegungen langweiligen. Was ich eigentlich nur sagen will: Es muss schon viel passieren, bis ich jemand unwiderruflich fallen lasse, und eigentlich hatte es in meinem Leben bisher nur eine tiefgreifende Trennung gegeben, die ich durchgezogen hatte, und das war die von Paul. Natürlich hatte ich Camille gleich mit aus meinem Leben geworfen, aber dazu später mehr.

Was Océane anging, war ich jedenfalls froh, dass sie es gewesen war, die mich mit großem Getöse verlassen hatte. Ich vermutete, dass sie damals jemand anderen kennengelernt hatte und dass die Sache dann wieder in die Brüche ging.

«Sei froh», sagte ich, als sie ihre Tirade jetzt kurz unterbrach, um Luft zu holen. «Sei froh, dass du dich von mir getrennt hast. Das war eine gute Entscheidung.» Ich nickte ihr versöhnlich zu. «Du wirst sicherlich bald jemanden finden, der besser zu dir passt.»

«Du nicht», sagte sie verächtlich. Dann spannte sie ihren Regenschirm auf und stolzierte davon. «Und vergiss nur nicht, mir die Weinflaschen vorbeizubringen.»

Ich weiß noch, wie erleichtert ich war, als ich Océane

im Regen verschwinden sah. Wie ich die Haustür aufschloss, die Post aus dem Briefkasten zog und wenig später das Licht in meiner Wohnung anmachte, weil es draußen schon dunkel war. Ich weiß auch noch, wie überrascht ich war, als ich zwischen ein paar Rechnungen ein edles Kuvert entdeckte.

Ich zog mir die Schuhe aus, holte mir aus der Küche ein Glas Wein und ließ mich in meinen alten braunen Ledersessel fallen, den ich seit der Zeit des Studiums von einer Wohnung in die nächste mitgeschleppt hatte. Das Leder knarzte leise, als ich neugierig den Umschlag öffnete und die auf Büttenpapier gedruckte Karte herauszog, die mich zur Hochzeit von Paul und Marie einlud.

Paul Gérard war früher mal mein bester Freund gewesen. Ich hatte ihn seit über zehn Jahren nicht mehr gesehen, und das nicht etwa, weil wir uns aus den Augen verloren hätten, sondern weil ich ihn aus meinem Leben verbannt hatte. Und nun lud Paul mich zu seiner Hochzeit ein, die im Juni auf irgendeinem Angeberschloss in Aquitanien im Entre Deux Mers stattfinden sollte.

Einigermaßen verblüfft starrte ich auf die Einladung. Der hatte vielleicht Nerven. Ich runzelte die Stirn und nahm einen Schluck Wein, während der Regen gegen die Fenster klatschte und mein alter Groll wieder aufstieg.

Es war April, es regnete immerzu, und es gab an diesem Tag wirklich nichts, was ich weniger gern getan hätte, als für ein Wochenende zu einer Hochzeit auf ein Schloss ins Entre Deux Mers zu fahren. Ich war nicht in der Stimmung für romantische Hochzeiten oder das

Glück anderer Leute. Und schon gar nicht für das Liebesglück von Paul Gérard.

Ich weiß noch, wie ich die Einladung noch einmal kurz überflog und dann kopfschüttelnd beiseitelegte. Was ich nicht wusste, war, dass diese Einladung nur wenige Wochen später mein ganzes Leben auf den Kopf stellen sollte.

2

Solange ich denken kann, waren Paul und ich Freunde gewesen. Wir hatten schon zusammen die Grundschule besucht, und da unsere beiden Familien am Stadtrand von Bordeaux wohnten, nahmen wir morgens denselben Bus. Paul kam immer zu spät. Oft genug hatte ich mich in die hintere Tür des Busses gestellt, um zu verhindern, dass sie sich zischend schloss, während der Busfahrer lauthals schimpfte und schrie, ich solle sofort den Eingang freigeben, und Paul mit wippendem Schultornister um die Ecke schoss, auf die Haltestelle zurannte und im letzten Moment auf das Trittbrett sprang.

«Danke», keuchte er, während der Bus ruckelnd anfuhr. «Das war knapp.» Er rollte vergnügt mit seinen braunen Augen und schob sich die dunklen Haare aus der Stirn. «Du hast mir das Leben gerettet. Madame Bonvin hat gesagt, wenn ich noch mal zu spät zum Unterricht erscheine, muss ich nachsitzen.» Dann grinste er mich an. «Wie heißt du eigentlich?»

«Jean-Pierre.»

«Ich bin Paul», sagte er und streckte mir die Hand hin. «Hast du Lust, nach der Schule mit mir ins Freibad zu gehen, Jean-Pierre?»

Ich nickte, und seit diesem Tag waren wir Freunde.

Wir streiften zusammen durch die Straßen unseres Viertels und später durch die Gassen der Altstadt von Bordeaux, erlebten die kleinen und großen Abenteuer, die man als Kind erlebt, wenn die Welt noch magisch und voller Geheimnisse ist. Wir machten Nachtwanderungen, versuchten uns recht erfolglos im Angeln und schlossen, inspiriert durch ein paar alte Western, die wir im ausgebauten Kinokeller von Pauls Eltern angeschaut hatten, Blutsbrüderschaft. Am Wochenende übernachtete ich manchmal bei Paul, dessen Eltern eine Möbelmanufaktur außerhalb von Bordeaux hatten und ein riesiges, wunderbar eingerichtetes Haus mit glänzenden Tischen und Kommoden aus Kirschholz, die dazu einluden, mit der Hand darüberzustreichen. Und dann schliefen wir, ausgestattet mit Limonade, Chipstüten und Schlafsäcken, unten im Keller und schauten Filme, bis uns die Augen zufielen.

Mit dreizehn rauchten wir hinter dem Gartenhäuschen bei uns zu Hause unsere erste Zigarette und husteten und würgten so fürchterlich, dass mein Vater, der Studienrat war und am Wochenende seine pädagogischen Fachbücher schrieb, es bis in sein Arbeitszimmer hörte und besorgt in den Garten kam und fragte, ob alles in Ordnung sei. Als er unsere bleichen Gesichter sah, musste er lachen. «Ach, ihr habt geraucht», meinte er nur. So war mein Vater. Er schimpfte eigentlich nie. Olivier Morel war der Meinung, dass Kinder ihre eigenen Erfahrungen machen mussten.

Im Collège ärgerten wir die Mädchen, die uns wie Wesen aus einer anderen Galaxie erschienen, deren Sprache wir nicht verstanden, die uns gleichzeitig verunsicherten und auf seltsame Weise neugierig machten. Wir fuhren zusammen ins Zeltlager in einen Naturpark am Trichter der Gironde, lagen nachts draußen unter dem Sternenhimmel und stellten Überlegungen zur Unendlichkeit des Universums an.

«Glaubst du, dass da oben jetzt auch zwei Freunde liegen und in den Himmel starren?», fragte ich und deutete auf einen Stern, der genau über uns stand und besonders hell strahlte. Es roch nach Kiefernnadeln und würziger Erde und auch ein bisschen nach Meer, und ich fühlte mich winzig wie ein Sandkorn unter diesem gigantischen, funkelnden, tiefblauen Zelt, das uns überspannte. Und gleichzeitig geborgen, weil Paul neben mir lag. Für einen Moment hatte ich das Gefühl, dass es nur noch uns beide gäbe, so still und weit war alles.

«Möglich», sagte Paul nach einer Weile. «Aber wenn da oben zwei Doppelgänger von uns liegen und jetzt auf die Erde starren, sehen sie auf jeden Fall einen blauen Stern. Oder besser gesagt, einen Planeten. Die Erde ist ein Planet.»

«Prévert sagt, die Erde ist ein Stern», meinte ich gedankenverloren.

Zu dieser Zeit hatte ich die Gedichte von Jacques Prévert im Bücherregal bei uns zu Hause entdeckt. Erstaunt und beseelt blätterte ich in dem dunkelgrünen Gedichtband, der meinem Vater gehörte. Ich hatte nicht gewusst, dass es etwas so Schönes gibt.

«Wer ist Prévert?», entgegnete Paul.

«Ein Dichter.»

«Aha. Na, jedenfalls hat er keine Ahnung», stellte Paul ungerührt fest. «Die Erde ist ein Planet und kein Stern, denn sie leuchtet nicht von selbst. Nur Sterne strahlen Licht aus, kapiert?» Er boxte mich freundschaftlich in die Rippen. «Sag das deinem Prévert.»

«Ich werd's ihm ausrichten.» Wir mussten beide lachen, und dann lagen wir noch eine Weile da, während die Sterne sich um uns drehten, während wir in den Schlaf glitten und die Feuchtigkeit der frühen Morgenstunden sich allmählich auf uns senkte.

Damals wussten wir noch nicht, dass Jacques Prévert auf seine Weise recht hatte. Unter bestimmten Umständen, die mit den Wesen aus den anderen Galaxien zu tun hatten, konnte auch die Erde strahlen wie ein Stern.

Im Lycée pfuschten wir uns durch die Klausuren und schoben uns gegenseitig unsere Blätter zum Abschreiben zu. Paul war immer schon ein Ass in Mathematik, vor allem Geometrie war seine Stärke, und sein Talent zum Zeichnen zeigte sich schon früh, während ich gut in Sprachen war und viel und gerne las. Wir waren sehr verschieden, aber wir ergänzten uns großartig – er, der kleine, agile, findige, dunkelhaarige Paul, und ich, der große, blonde, fantasievolle und leicht verträumte Jean-

Pierre. Wir waren wie Jules und Jim, wir waren unzertrennlich, zwischen uns passte kein Blatt, wie man so schön sagt. Wir steckten unsere Köpfe zusammen, bauten Luftschlösser, und unsere Träume wuchsen in den Himmel. Ich hätte es nie für möglich gehalten, dass unsere Freundschaft jemals enden könnte.

Und dann, nach den Sommerferien, die Paul zusammen mit mir, meiner älteren Schwester Laurence und meinen Eltern an der Côte d'Argent verbracht hatte, wo wir uns mit unseren Surfbrettern immer wieder in die schäumenden Wellen stürzten und zusammen mit der ganzen Familie die Dune de Pilat bestiegen, die höchste Düne Europas, und uns oben zur Erinnerung ein bisschen von dem feinen Sand in ein Säckchen füllten, wurde die Erde wirklich ein Stern.

In der vorletzten Klasse des Lycées betrat ein Mädchen unser Universum, von dem wir beide gleichermaßen hingerissen waren. Wie hypnotisiert starrten wir das zarte Geschöpf mit den langen hellblonden Haaren an, das uns von unserem Lehrer als neue Mitschülerin vorgestellt wurde. Delphine de la Tour war das schönste Mädchen, das wir je gesehen hatten, oder jedenfalls kam es uns damals so vor. Sie stand da in ihrem ärmellosen hellblauen Kleid, das über und über mit kleinen Margeriten bedruckt war, und ihre hellen Augen, in denen sich die Côte d'Argent zu spiegeln schien, brachten das ganze Klassenzimmer zum Leuchten. Als der Lehrer zu Ende gesprochen hatte, setzte Delphine sich mit geröteten

Wangen auf den ihr zugewiesenen Platz am Rand der hufeisenförmig angeordneten Tische. Ihre Wimpern waren unglaublich lang, und als sie aufblickte, sah sie direkt in ein braunes und ein blaues Augenpaar und lächelte.

«Wow! Die schnappen wir uns», flüsterte Paul mir zu und stieß mich in die Seite. Ein aufgeregtes Kichern stieg in mir auf, das ich kaum unterdrücken konnte.

«Was ist denn so komisch, Jean-Pierre?», fragte der Lehrer mit einem strengen Blick in meine Richtung. «Dürfen wir auch mitlachen?»

«Nein, ich ... äh ... habe nur Schluckauf», erklärte ich und presste mir die Hand vor den Mund, um das verdammte Lachen irgendwie unter Kontrolle zu bringen.

Nach dem Unterricht fassten wir einen Plan, wie wir Delphine, die Wunderschöne, für uns gewinnen konnten. Es war klar, dass am Ende nur einer von uns den Sieg davontragen konnte, aber zunächst wollten wir gemeinsam vorgehen, denn die neue Schülerin, die aus Paris stammte, hatte natürlich auch das Interesse der anderen Mitschüler geweckt. In der großen Pause scharten sich alle auf dem Schulhof um das Mädchen in dem Margeritenkleid und versuchten, seine Aufmerksamkeit auf sich zu ziehen.

«Wir müssen sie erst mal von den anderen loseisen», beschloss Paul. «Und dann sehen wir weiter.»

Ich nickte. Selbst mir war klar, dass man sich bei solch einem Mädchen nicht alle Zeit der Welt lassen konnte.

«Wir sollten sie einladen», überlegte ich. «Lass uns fragen, ob sie nach der Schule mit uns in die Eisdiele geht.»

«Gute Idee», sagte Paul, und gemeinsam überprüften wir unsere Barschaft, die gerade so für drei große Paradiesbecher reichte.

Kaum hatte die Schulglocke zur letzten Stunde geläutet, passten wir Delphine am Tor des Schulhofs ab. Sie zog überrascht die Augenbrauen hoch, als sie Paul und mich so zielstrebig auf sich zukommen sah, aber als Paul ihr unseren Vorschlag unterbreitete und ich, betäubt von so viel Schönheit, hinterherstammelte, dass der Coup de Paradis in der *Maison du Glacier de Bordeaux* wirklich ein Traum sei, lächelte sie.

«Tut mir leid, ich kann heute nicht», sagte sie dann und ließ sich einen Moment Zeit, um unsere enttäuschten Gesichter zu betrachten. «Aber vielleicht morgen.» Sie strich kokett ihre Haare zurück, nahm ihre Schultasche und ließ uns stehen.

Wir sahen ihr nach, während sie sich mit anmutigen Schritten von uns entfernte, ein ätherisches Wesen, von der Septembersonne in ein goldenes Licht getaucht, das fast durch sie hindurchzufallen schien, bis sich ihre Gestalt im flirrenden Schattenspiel der Bäume auflöste.

«Eine echte Sahneschnitte», sagte Paul und pfiff anerkennend.

«Ja. Sie ist wundervoll», sagte ich und starrte immer noch ganz verzaubert auf die Stelle, wo Delphine aus unserem Blickfeld verschwunden war.

Und damit fing vielleicht schon das Verhängnis an. Zumindest wurde an diesem Nachmittag der Grundstein gelegt für das nahezu ikonische Faible, das Paul und ich für blonde Frauen entwickelten und das einige Jahre später zu unserem Zerwürfnis führen sollte.

Doch das alles ahnten wir noch nicht, als wir an diesem sonnigen Septembertag herumalberten und uns freuten, dass unser Plan aufgegangen war.

«Das war doch gar nicht schlecht», meinte Paul mit einem zufriedenen Grinsen, als wir uns auf den Heimweg machten. «Glaub mir, die hat angebissen. Ich hab ein Gespür für so was.»

«Wenn du meinst», gab ich lachend zurück und wünschte mir nichts mehr als das. «Aber sie hat nur *Vielleicht* gesagt. Vergiss das nicht.»

«Du hast keine Ahnung von Frauen, mein Freund», sagte Paul. «Sie hat gesagt *Morgen vielleicht.* Wenn sie nicht gewollt hätte, hätte sie gesagt *Vielleicht ein anderes Mal.*»

Er sollte recht behalten. Am nächsten Nachmittag saßen wir zu dritt in der *Maison du Glacier*, und Delphine löffelte verzückt ihr Eis aus ihrem großen Becher und schenkte mal dem einen und mal dem anderen ihre Aufmerksamkeit. Ich muss sagen, sie teilte ihre Gunst sehr gerecht zwischen uns auf. Paul machte ihr unentwegt Komplimente, die sie mit schelmischem Lächeln entgegennahm, während ich sie mit meinen kleinen Geschichten zum Lachen brachte und ihr ansonsten verschwörerische Blicke zuwarf.

Der nächste Schritt des großen Plans war ein gemeinsamer Kinobesuch. «Gehen wir ins *Utopia*», sagte Paul, und ich sah ihn misstrauisch an.

Das *Cinéma Utopia* war ein altes, plüschiges Programmkino in der Vieux Ville von Bordeaux, das alte Klassiker und Filme abseits des Mainstreams zeigte, also das Gegenteil von dem, was sich Paul normalerweise anschaute. Das Kino befand sich in einer alten Kirche, der Église Saint-Siméon, was sehr ungewöhnlich war, und wenn man durch das gotische Portal schritt, hatte man das Gefühl, dass jeder Film, der hier gezeigt wurde, schon allein deswegen etwas Erhabenes und Bedeutungsvolles bekam.

Ich war bereits einige Male im *Utopia* gewesen, vor allem, weil meine Mutter eine begeisterte Kinogängerin war und mich schon früh in Filme schleppte, die meinen kindlichen Verstand manchmal überforderten.

«*Die Spaziergängerin von Sans-Souci*? Meinst du, dieser Film ist was für den Jungen?», fragte Papa, wenn meine Mutter und ich zusammen loszogen, doch Maman blieb von solchen Einwänden völlig unbeeindruckt. «Ein guter Film hat noch niemandem geschadet», war ihre Devise. Eigentlich arbeitete meine Mutter als Klavierlehrerin an der Musikschule, aber das Kino war ihre Antwort auf alle Fragen des Lebens. Wenn das Wetter deprimierend war, ging es ins Kino. Wenn es ein Problem gab, ging es ins Kino. Wenn Papa sonntags arbeiten musste, ging es ins Kino. Sobald der rote Vorhang aufschwang und der Saal sich verdunkelte, bekam Maman glänzende Augen. «Jetzt geht's los», flüsterte sie mir zu und drückte mir fest die Hand.

Auf diese Weise hatte ich schon einige Filme gesehen, die man mit zwölf, dreizehn oder vierzehn Jahren nicht zwangsläufig zu sehen bekommt. *Außer Atem*, *Léon – der*

Profi und *Nur die Sonne war Zeuge* waren ebenso im Repertoire wie *La Boum*, *Orphée*, *Der Freund meiner Freundin* und *Das grüne Leuchten* oder *Verbotene Spiele* und *Hiroshima, mon amour*, und natürlich sahen wir auch *Die Verachtung*, *Der Teufel mit der weißen Weste* und *Die fabelhafte Welt der Amélie*.

Ich will nicht behaupten, dass ich alles verstand – die menschlichen Abgründe und Tragödien, die Kompliziertheit der Liebe oder des Erwachsenwerdens, das Leben im Kleinganovenmilieu, im Krieg, im Reich der Toten oder auf einer so herrlichen Insel wie Capri –, aber etwas blieb immer hängen und sei es nur ein Satz wie «Fragen Sie mich nicht nach dem Grund» oder «Man muss wählen. Sterben ... oder lügen» oder «Eine Frau muss atmen können».

Eine Weile hatte ich mir in den Sommerferien alle Sonnenuntergänge angesehen und mit zusammengekniffenen Augen am Meer gesessen und in den sinkenden, rot glühenden Ball am Horizont gestarrt, bis ich fast erblindete, in der Hoffnung, auch einmal dieses magische grüne Leuchten zu sehen, das das Schicksal der Liebenden in Éric Rohmers Film zu einem guten Ende führt.

Die vielen Kinobesuche mit Maman hatten mich geprägt. Ich war gewiss kein Cineast, aber ich kannte mich für mein Alter schon recht gut aus in der französischen Filmlandschaft. Die Frauen waren immer schön, durchgeknallt oder geheimnisvoll. Die Männer waren gut aussehend, lässig, markant, oder sie hatten eine sympathische Boxervisage wie Jean-Paul Belmondo. Und alle rauchten ununterbrochen.

«Was willst du im *Utopia?*», fragte ich Paul. Ich war doch derjenige, der sich die Kultur auf die Fahnen geschrieben hatte. Paul schaute immer nur Actionfilme, alles andere langweilte ihn. «Ich meine, seit wann interessierst du dich für Arthouse-Kino?»

«Immer schon.» Paul zwinkerte mir zu. «Im *Utopia* ist es dunkel, die Sessel sind rot und weich, man sitzt eine ganze Weile dort – mit anderen Worten: der perfekte Ort, um sich näherzukommen, findest du nicht?»

«Jetzt gib mal nicht so an, Casanova.»

Ich runzelte die Stirn und ärgerte mich ein bisschen über seine Großspurigkeit. Anders als ich schien Paul keine Zweifel zu kennen. Er war eher so der «Ich mach's erst mal und überlege dann»-Typ. Seufzend beugte ich mich über die Zeitung und studierte das Kinoprogramm.

«Glaub mir, das ist eine tolle Idee. Delphine wird es lieben. Frauen gehen gern ins Kino, weißt du?»

Ich nickte aufstöhnend. Ja, wer hätte das besser gewusst als ich.

Paul legte mir die Hand auf die Schulter, beugte sich über mich, schob sein Gesicht von der Seite in mein Blickfeld und lächelte mich gönnerhaft an. «Du kannst ja den Film aussuchen.»

Wie beim ersten Mal ließ uns Delphine eine Weile zappeln mit ihrer «Morgen nicht, aber vielleicht übermorgen»-Verzögerungstaktik, aber dann erklärte sie sich schließlich doch bereit, unsere Einladung anzunehmen. Paul machte hinter ihrem Rücken das Daumen-hoch-Zeichen, formulierte lautlos das Wort «Läuft!», und am Samstag darauf saßen wir in den gemütlichen Sesseln des altmodischen Kinos, Paul rechts, ich links von unserer Angebeteten, und schauten *Les Enfants du Paradis*, die «Kinder des Olymp». Nach den paradiesischen Eisbechern in der schönsten Eisdiele von Bordeaux war ich ganz entzückt über meine Wahl, und der Titel dieses alten Schwarz-Weiß-Films, den ich zuvor noch nie gesehen hatte, schien mir ein gutes Omen zu sein. Doch der Film war trostloser, als ich gedacht hatte. Eine anmutige Ansammlung von verhinderten Seelen, die sich die ganze Zeit auf verheerende Weise aneinander vorbeilieben.

Während Paul sich ganz offensichtlich zu Tode langweilte und auf seinem Sitz hin und her rutschte, wobei er sich immer wieder gegen Delphine lehnte, seine Hand auf ihren Arm legte und ihr etwas ins Ohr flüsterte, was sie leise kichern ließ, saß ich mit klopfendem Herzen stumm neben ihr und verfolgte auf der Leinwand die tragische Geschichte des mittellosen Pantomimen Baptiste, der sich so völlig aussichtslos in die schöne Schauspielerin Garance verliebt, die gleich von mehreren reichen und ungleich attraktiveren Männern begehrt wird, die sie aber letztlich auch nicht liebt. Die letzte Szene, in welcher der verzweifelte Baptiste auf der Suche nach Garance durch die freudig johlende Menge eines Straßenkarnevals taumelt, war herzzerreißend, und ich sah kurz zu Delphine hinüber, die sich ergriffen eine Träne aus den Augen wischte und mir verlegen zulächelte, als sie meinen Blick bemerkte. Mit einem Mal fühlte ich mich ihr ganz nah und wagte es, für einen Moment tröstend ihre Hand zu drücken, die schmal war und eiskalt.

Nach dem Film gingen wir noch in das angrenzende Café, um eine Limonade zu trinken. Die Luft war noch warm, die Tische auf dem Bürgersteig vor der alten Kirchenmauer voll besetzt. Noch etwas benommen von der Tristesse des alten Schwarz-Weiß-Films traten wir hinaus in das bunte, quirlige Leben. Paul lehnte sich in seinem Stuhl zurück und spottete über den unglückseligen Baptiste, der sich besser mal erklärt hätte, als schweigend zu leiden und seine kleinen larmoyanten Pantomimen aufzuführen, während ich den armen Pierrot vehement verteidigte, meinem Freund vorwarf, er habe keine Ahnung von wahrer Liebe und großer Filmkunst, und dabei versuchte, Delphine auf meine Seite zu ziehen.

«Es ist ein wunderbarer Film über Hoffnung und Lebensfreude in schwierigen Zeiten», dozierte ich, und Delphine sah mich beeindruckt an und nickte. «Das hast du schön gesagt.»

«Oh, hört den großen Pierre-Pierrot!», ging Paul sofort dazwischen. «Ein wahrer Melancholiker. Also von Lebensfreude habe *ich* nicht viel gemerkt. Ich hab schon mehr gelacht, muss ich sagen.»

Er schnitt eine komische Grimasse in Richtung Delphine und ahmte den Pantomimen aus dem Film nach, indem er die flache Hand vor seinem Gesicht auf und ab bewegte und die Mundwinkel immer wieder nach oben und nach unten zog. Delphine prustete los, was Paul nur befeuerte, weiter seine Nummer abzuziehen.

«Du weißt ja nicht mal, wer Jean-Louis Barrault überhaupt ist», sagte ich.

«Nein, weiß ich nicht», lachte Paul.

«Er war ein ganz großer Schauspieler und Pantomime und mit seiner Rolle in *Kinder des Olymp* wurde er weltberühmt.»

Nun hatte ich wieder Delphines Aufmerksamkeit und erzählte alle möglichen Details über die Entstehungsgeschichte des Films, die ich von meiner Mutter wusste. Delphine hing an meinen Lippen, während Paul außen vor war und auf seine nächste Chance lauerte.

Es war ein seltsames Scheingefecht, das wir da ausfochten, während wir draußen vor dem erleuchteten *Café Utopia* an der Place Camille Jullian saßen und heftig diskutierten. Denn eigentlich ging es nur um Delphine, die wir beide beeindrucken wollten, Paul mit seiner Lässigkeit, ich mit meiner cineastischen Expertise.

Am Ende sollten wir sie beide nicht bekommen, was für unsere Freundschaft vielleicht das Beste war. Delphine hatte sich kurze Zeit nach unserem Kinobesuch überraschend mit einem Studenten eingelassen, der sie nach der Schule mit seinem Motorrad abholte. Da konnten wir als sechzehnjährige Schüler natürlich nicht mithalten. Ungläubig sahen wir unserer Schönen nach, die uns lachend zuwinkte und dann über den Schulhof lief, um vor dem großen Tor des Lycées mit dem glücklichen jungen Mann leidenschaftliche Küsse zu tauschen.

Als Delphine sich schließlich beherzt auf das Motorrad

schwang, einen Helm auf ihr blondes Haar drückte, die Arme um ihren Freund schlang und mit ihm abrauschte, sahen wir ihr einen Moment verblüfft nach.

Paul zündete sich eine Zigarette an, nahm einen tiefen Zug und stieß den Rauch aus.

«Tja. Wer hätte das gedacht. Verdammtes Pech!»

Ich nickte.

«Aber es hätte klappen können», meinte er dann. «Wir waren *so* nah dran.» Er ließ eine winzige Lücke zwischen Daumen und Zeigefinger.

«Na, *so* nah offenbar wohl doch nicht», sagte ich.

«Doch, doch. Das war knapp.» Paul rollte auf komische Weise mit den Augen, und ich sah ihn wieder vor mir, wie er als kleiner Junge mit wehenden Haaren und hüpfendem Tornister auf den Bus zurannte und im letzten Moment hineinsprang. «Der Plan war jedenfalls gut.»

«Ja, sehr gut. Wir sind nicht mal bis Stufe drei gekommen.»

«Na, und wenn schon. Den Versuch war es wert.» Paul grinste. «Für dich macht es keinen Unterschied, *mon ami*. Am Ende hätte sie sowieso mich genommen.»

«Träum weiter!», entgegnete ich und dachte an Delphines verstohlene Tränen und unseren Moment der Seelenverwandtschaft im *Cinéma Utopia*. «Sie hätte viel besser zu mir gepasst. Aber nun hat sie sich ja für diesen Motorradtypen entschieden, und wir gucken beide in die Röhre.» Ich presste die Lippen aufeinander und nickte ein paarmal. «Die hat uns ganz schön an der Nase herumgeführt.»

Paul schnippte seine Zigarette auf den Boden und trat sie dann aus.

«Ach, was soll's!», sagte er und legte den Arm um mich. «Sei nicht traurig, Pierre-Pierrot. Die Welt ist voll von schönen Frauen, und wir fangen ja gerade erst an.»

3

Paris war eine Offenbarung. Auch wenn Bordeaux gemeinhin als die zweite Hauptstadt Frankreichs gilt, weil es während diverser Kriege zeitweise den Regierungssitz der Grande Nation innehatte, auch wenn einer der besten Weine im Umland von Bordeaux wuchs, worauf die Bordelaisen zu Recht stolz waren, auch wenn für mich als Kind nichts so erhebend war, wie über die Pont de Pierre zu fahren, jene majestätische rötliche alte Steinbrücke, die über die Garonne führt und deren siebzehn Brückenbögen angeblich für die siebzehn Buchstaben von Napoléon Bonaparte standen, auch wenn ich anfangs manchmal Sehnsucht nach dem Geruch des Meeres und der endlosen Küste des Südatlantiks hatte – Paris war überwältigend.

Ich betrat diese Stadt, und es war Liebe auf den ersten Blick.

Ich liebte die Lichter, die sich abends in der Seine spiegelten, an deren Ufern sich die Liebespaare küssten, den angestrahlten Louvre, der unerschütterlich wie eine

Festung über die Stadt wachte, die Parks, in denen man unter riesigen Kastanienbäumen mit einem Buch und einem Glas Wein an einem kleinen runden Metalltischchen die Zeit vergessen konnte, die unterschiedlichen Viertel, durch die ich nicht müde wurde zu streifen, die vielen kleinen Geschäfte, Patisserien, Cafés und Brasserien, die verwinkelten Gässchen des Montmartre und die großen Boulevards in Saint-Germain, auf denen elegant gekleidete Menschen entlangeilten, die alten Zeitungskioske und Litfaßsäulen, die Mädchen mit ihren dicken Schals (im Winter) und den leichten Kleidern und bunten Ohrringen (im Sommer), die Kirchen, die Kunstmuseen und den Eiffelturm, der allabendlich sein Lichtfeuerwerk ins All entsandte, als wollte er sagen: «Seht her! Das ist Paris! Auf dieser Erde, die ein Stern ist.»

Ich sah alles, was die Menschen, die in Paris lebten, schon lange nicht mehr wahrnahmen. Was für ein Privileg musste es sein, in solch einer Stadt zu wohnen. Jedes Detail sah ich und sog es mit glücklicher Begierde in mich auf. Ich ging über jede Brücke, ich setzte mich in gefühlt jedes Café. Ich ging zu den Bouquinisten am Quai de la Tournelle und stöberte stundenlang in den geöffneten Holzkästen der Händler, die ihre alten Bücher und Postkarten feilboten. Ich ging sonntags zu dem Vogelmarkt auf der Île de la Cité und war wohl hundert Mal bei *Shakespeare and Company*, diesem bis unters Dach vollgestopften, bezaubernden Buchladen, über den schon so viele Schriftsteller geschrieben haben. Abends zog ich durch die kleinen Bars des Quartier Latin, wo das Leben pulsierte, oder hing in den Jazzclubs in Saint-Germain ab.

Ja, Paris war ein Fest fürs Leben, immer noch, Jahrzehnte, nachdem Hemingway mit seinen Schriftstellerfreunden im *Café de Flore* gesessen hatte, im *Deux Magots*, in der *Brasserie Lipp* oder im *Dôme*, in *Dingos Bar* oder in der *Coupole* am Montparnasse. Der Geist der Literatur wehte mir entgegen, wenn ich durch die Straßen ging. Die Mädchen lächelten mir zu. Paris entfachte in mir eine Lebenslust, wie ich sie so noch nie erfahren hatte. Ich war beschwingt und berauscht, und mir war ganz schwindelig von all den Möglichkeiten, die diese Stadt mir zu bieten schien.

Und Paul war es auch.

Nach der Schule hatten wir beschlossen, gemeinsam nach Paris zu gehen, um zu studieren. Die glitzernde Metropole lockte, der Südwesten Frankreichs erschien uns hoffnungslos veraltet. Wir waren jung und wollten aus Aquitanien raus, dorthin, wo die Trends gesetzt wurden, in die Hauptstadt. Doch eine bezahlbare Unterkunft zu finden, war nahezu unmöglich. Meine Großmutter, Isabelle Morel, die Mutter meines Vaters, war nach dem Tod ihres Mannes wieder nach Paris gezogen, wo sie ursprünglich herkam und wo ihre Lieblingscousine Cécile wohnte, die auch verwitwet war. Mamie freute sich natürlich sehr, als sie erfuhr, dass ich nach Paris kommen würde, um an der Sorbonne zu studieren. Doch ihre Wohnung, die im Marais lag, war recht klein – nicht groß genug jedenfalls, um zwei unternehmungslustige junge Männer zu beherbergen. Mamie versprach, sich umzuhören. Für die ersten drei Monate konnten wir in der leer stehenden Wohnung eines Geschäftsfreundes von Pauls Vater wohnen, der sich gerade in Indien aufhielt. Die Wohnung lag an der Place des Abbesses, und wir schauten sozusagen direkt auf die *Mur des je t'aime*, eine riesige Tafel, auf der in 250 Sprachen der Satz «Ich liebe dich» stand.

Schon früh am Morgen sahen wir die ersten Pilger zu der Liebesmauer kommen, die vor der riesigen Tafel posierten und sich zusammen fotografieren ließen. Paul stand kopfschüttelnd am Fenster und riss seine Witze. Er fand das Ganze unerträglich kitschig, und ich gab ihm recht, aber insgeheim fand ich es irgendwie liebenswert, denn zumindest zeigte es doch, dass die Liebe etwas war, das nie aus der Mode kam.

Auch wenn wir nicht immer einer Meinung waren, machte es Spaß, mit Paul zusammenzuwohnen und mit ihm die Stadt zu erforschen. Wir hatten eine gute Zeit, und so unterschiedlich wir auch waren, ging alles Hand in Hand. Mit der Ordnung hatten wir es beide nicht so, dafür waren wir gut im Geldausgeben und kamen immer so gerade bis zum Ende des Monats hin.

Paul hatte von Anfang an ziemlich klare Vorstellungen von seiner Zukunft – er hatte sich zu einem Architekturstudium entschlossen und kam schon in den ersten Semestern auf die (wie er fand) geniale Idee, nach seinem Studium für wohlhabende Kunden bekannte Bauwerke nachzubauen – sei es die grüne Terrasse der berühmten Monet-Gärten von Giverny oder die rote Pagode von Chanteloup.

«Das müssen aber sehr reiche Leute mit sehr großen Gärten sein», wandte ich lächelnd ein, doch Paul ließ sich in seiner Begeisterung nicht stoppen.

«Es gibt genug Leute mit riesigen Gärten, glaub mir. Die halbe Dordogne ist voll davon. Und im Übrigen kann man ja auch alles etwas kleiner bauen, allein die Anmutung zählt.»

Ich selbst hatte mich für französische Literatur eingeschrieben, ein Studium, das meinen Neigungen entsprach, auch wenn ich zunächst noch nicht genau wusste, wohin mich das Lesen und die Liebe zur Literatur beruflich führen sollten. Gleich im ersten Semester belegte ich den Kurs «Einführung in die französische Lyrik», und das, was mich als Vierzehnjähriger schon beeindruckt hatte, als ich eher zufällig das grüne Prévert-Bändchen aus dem Regal meines Vaters zog, wurde nun zu meiner Leidenschaft. Ich las alles, was mir an Lyrik in die Hände fiel – Voltaire, Victor Hugo, Charles Baudelaire, Paul Éluard, Louis Aragon, Robert Desnos, dessen Gedicht *J'ai tant rêvé de toi* mich zutiefst berührte – umso mehr, als ich erfuhr, dass der Dichter selbst noch im KZ Liebesgedichte verfasst hatte. Und natürlich las ich die Gedichte von Jacques Prévert, der oft mit seinem Hund und wie ich mit einer Zeitung im Jardin du Luxembourg gesessen und sein Glas Rotwein getrunken hatte. Ich liebte die Schönheit der Sprache und die fantasievollen Bilder, die die Dichter fanden, um die Stimmungen eines Menschen auszudrücken. In nur wenigen Sätzen erschufen sie ein ganzes Gefühlsuniversum, und jeder spürte sofort die tiefe Wahrheit, die ungesagt zwischen den Zeilen lag.

Für mich war ein Gedicht der kürzeste Weg in das Herz eines Menschen. Aber natürlich hatte nicht jeder eine Antenne für Poesie. Paul hatte sie jedenfalls nicht. Er fand, es gäbe bessere Mittel und Wege, um zum Herzen eines Menschen vorzustoßen. Und damit meinte er natürlich die Herzen der Frauen.

«Es gibt nichts Gutes, außer man tut es», sagte er und grinste mir zu. Und dann erzählte er mir von seiner neuen Flamme. Natalie war eine der wenigen Architekturstudentinnen in seinem Kurs. Seit wir mit dem Studium begonnen hatten, beschwerte Paul sich ständig darüber, dass er das falsche Fach gewählt hatte.

«Du hast es gut, Jean-Pierre. Bei dir im Seminar gibt's ja fast nur Frauen», sagte er oft. «Du musst quasi nur die Hand ausstrecken und hast an jedem Finger eine hübsche Lady, aber ich muss mich total anstrengen, um überhaupt eine abzukriegen.»

«Mir kommen die Tränen ... ich weine gleich», spottete ich.

«Das musst du nicht.» Er war ungewöhnlich guter Dinge. «Ich bin schon fast bei Stufe drei.» Er zwinkerte mir zu. «Natalie ist 'ne ganz schön harte Nuss. Aber blond wie ein Engel.» Er zog stolz ein Foto hervor. «Nicht schlecht, was? Die würdest du auch nicht von der Bettkante stoßen, oder?»

«Auf gar keinen Fall», sagte ich. «Nur werden wir bald kein Bett mehr haben. In zwei Wochen kommt Monsieur Bernard von seiner Indienreise zurück, dann müssen wir hier raus. Wir sollten dringend was unternehmen. Vielleicht konzentrieren wir unsere Energie jetzt erst einmal darauf, eine neue Bleibe zu finden. Und aufräumen müssen wir vorher auch, fürchte ich.»

Paul ließ seinen Blick über die Spüle wandern, auf der sich das Geschirr in gefährlichen Türmen stapelte. Der Teppichboden war übersät mit Zeitungen, leeren Chipstüten und Pizzakartons.

«Ja, das müssen wir wohl.»

Wenige Tage später – ich glaube, Stufe drei war inzwischen erreicht, denn Paul war über Nacht nicht nach Hause gekommen – machte Natalie ihn auf einen Aushang aufmerksam, der – ganz altmodisch – am Schwarzen Brett vor der Cafeteria der Universität befestigt war. Es war ein kariertes DIN-A4-Blatt mit vielen Abreißstreifen, auf denen die immer gleiche Nummer stand, die man anrufen sollte, wenn man an einem Zimmer im Quartier Latin interessiert war. Paul riss kurzerhand den ganzen Aushang ab und rief an. Am anderen Ende der Leitung nahm eine alte Dame ab, die Paul sofort um den Finger wickelte. Sie war ziemlich schwerhörig, sagte, sie lege Wert auf einen ruhigen Mieter und wünsche keinen Damenbesuch.

«Das lässt sich einrichten», schrie Paul in den Hörer. «Aber meine Schwestern dürfen mich doch besuchen, oder?»

Die alte Dame war entzückt, sie hatte ein großes Herz für die Familie, auch wenn sie selbst verwitwet und ihr Sohn in Kanada war. Und am selben Abend noch hatte Paul sein Zimmer in der Rue Maître Albert gefunden.

Und auch ich hatte Glück. Meine Großmutter, die ich am Wochenende manchmal besuchte, um mit ihr zu Mittag zu essen, hatte ihre Cousine Cécile gefragt, und die kannte jemanden, der jemanden kannte, der etwas gehört hatte – und zwei Tage bevor Monsieur Bernard von seinem Indienaufenthalt zurückkehrte, hatte ich ein winziges Dachzimmer in der Rue Chanoinesse, einem schmalen Gässchen, das gleich hinter der Kirche Notre-Dame lag, ergattert.

Zu meiner großen Freude war mein neues Zuhause nur wenige Schritte von *Shakespeare and Company* entfernt. Ich musste nur über die Pont au Double gehen, die über die Seine führte, und schon war ich da. Das war besser, als ich es mir erträumt hatte. Und noch mehr freute es mich, dass Paul auch in unmittelbarer Nähe wohnte. Ein Fußweg von fünfzehn Minuten und eine kleine Brücke trennten uns voneinander. Aber vielleicht war es doch mehr.

An diesem Abend jedenfalls stießen wir darauf an, dass wir beide ein Zimmer gefunden hatten und nun das schöne Leben losgehen konnte.

Während Paul mit seinem Studium gut vorankam und bei seinen Projekten einen Ehrgeiz entwickelte, den ich ihm niemals zugetraut hätte, hatte ich angefangen, neben dem Studium in einer privat geführten Buchhandlung im Quartier Latin zu arbeiten. Die Arbeit machte mir so große Freude, dass ich überlegte, eine Ausbildung zum Buchhändler zu machen. Ich träumte davon, eines Tages selbst eine kleine Buchhandlung zu haben wie die von Monsieur Pascale. Und in einem Regal würden nur Gedichtbände stehen.

«Überlegen Sie es sich gut, junger Mann», sagte Monsieur Pascale, als ich ihm von meinen Überlegungen erzählte. «Kleine Buchhandlungen haben keine große Zukunft, fürchte ich. Die Buchbranche ist nicht gerade eine prosperierende. Bringen Sie lieber Ihr Studium zu Ende.»

«Aber ich liebe nun mal Bücher», wandte ich ein. «Und Menschen lieben Geschichten. Warum sollte das plötzlich aufhören? Ich glaube fest daran, dass auch noch in hundert Jahren Bücher gelesen werden.»

Monsieur Pascale war ein weiser alter Mann. Er lächelte und schwieg. Und ich studierte erst einmal weiter.

Paul und ich sahen uns nach wie vor sehr oft und hatten jede Menge Spaß. Natalie aus dem ersten Semester war schon lange Geschichte, bei Paul gingen die Frauen ein und aus, und seine schwerhörige Vermieterin wunderte sich sicher, wie viele Schwestern ihr Mieter hatte. Doch da seine Freundinnen immer blond waren und Madame Legrand eine dicke Brille trug, war sie sich wohl nie sicher, ob es sich nicht doch immer um dieselben jungen Damen handelte.

Auch bei mir hatte es die eine oder andere Liaison gegeben, doch nichts, was mir das Herz beschwerte. Das Leben war so herrlich leicht und aufregend damals, wir probierten alles aus, schworen uns, Junggesellen zu bleiben, bis wir mindestens vierzig waren, und wenn wir abends um die Häuser zogen, waren wir ein unschlagbares Gespann. Der kleinere, agile Paul, der mit seinen braunen Augen und dem dunklen Haar so aussah wie Alain Delon in jungen Jahren, und ich, sein großer, blonder und etwas verträumter Freund mit den blauen Augen.

Wir ergänzten uns gut, doch so unterschiedlich wir auch waren – was Frauen anging, hatten wir denselben Geschmack. Schlank, hübsch und blond mussten sie sein. Es war schon verblüffend und manchmal fast ein wenig unheimlich, dass uns immer dieselben Mädchen gefielen. Es war wie damals mit Delphine. Wenn wir zusammen in eine Bar gingen, hatten wir sofort dieselbe Frau im Blick. Anfangs machten wir noch Witze über unsere Vorliebe für Blondinen und warteten gentlemanmäßig ab, für welchen von uns beiden die Auserkorene sich entschied. Es war wie ein Spiel, doch irgendwann war die Sache nicht mehr lustig, und die Rivalität nahm zu.

Vor allem von meiner Seite, wie ich gestehen muss, denn Paul war meistens der Schnellere von uns beiden. Geschmeidig wie ein schwarzer Panther schlich er sich an sein Opfer an, während ich wie ein Leopard mit Häschenblick danebensaß und lächelnd in meinem Martini rührte.

Natürlich gab es auch Frauen, die auf Leopard mit Häschenblick standen, und dann lief der Abend gut für mich.

Doch in der Regel war es mein Freund, der am Ende die Telefonnummer des Mädchens hatte, und während ich noch überlegte, hatte Paul schon alles klargemacht.

Ich muss zugeben, dass mir das den Spaß an der Sache etwas verdarb. Meine Laune wurde zunehmend schlechter, und irgendwann hatte ich genug davon, immer das Nachsehen zu haben. Unsere Ausgehabende wurden seltener, ich schob die Arbeit in der Buchhandlung vor und die Klausuren, für die ich mich vorbereiten musste – ich glaube, Paul merkte nicht einmal, dass ich mich zurückzog. Auch er war im Prüfungsstress und musste lernen, und so trafen wir uns manchmal mittags auf einen Salade au chèvre oder eine Tartine und ein Glas Wein im *La Palette*, einem gemütlichen Künstlerlokal in der Rue de Seine, wo wir beide gerne hingingen.

Und dann lernte ich in den Semesterferien Camille kennen, ein umwerfend schönes Mädchen mit veilchenblauen Augen. An einem kalten Tag Ende Januar, der außer einem grauen Himmel und ein paar halbherzigen Schneeflocken wirklich nichts zu bieten hatte, schneite sie in die kleine Buchhandlung von Monsieur Pascale wie Julia Roberts in den *Travel Book Shop* in Notting Hill. Nur dass Camille natürlich blond war wie die Sonne und ich nicht Hugh Grant. Aber ich glaube, ich war mindestens so aufgeregt wie William, der Buchhändler aus dem Film, als sie plötzlich vor mir stand. Es war nichts los an diesem Tag, ich saß hinter der Kasse, blätterte in der Literaturbeilage des *Figaro* und sah kaum auf, als die Türglocke klingelte. Und dann stand sie einfach so vor mir, und mir blieb fast das Herz stehen. Sie war auf der Suche nach einem ganz bestimmten Buch und kramte aus ihrer Handtasche einen kleinen Notizzettel hervor.

«*Monsieur Lambert oder die Ordnung der Welt* – haben Sie das?», fragte sie und sah mich unter ihrer hellblauen Baskenmütze mit glänzenden Augen an. Ihre Wangen waren von der Kälte gerötet, und auf den Schultern ihres Wollmantels schmolzen ein paar wässrige Schneeflocken.

«Was? Ja ... *ja*, na klar, sicher haben wir das, es müsste ... warten Sie, das haben wir gleich ...», entgegnete ich und stürzte hinter der Kasse hervor. Natürlich hatten wir den Roman von François Vallejo, einem französischen Autor, der mit seinem Buch gerade auf die Auswahlliste für den Prix Goncourt gekommen war. Ich hatte es erst neulich noch in der Hand gehabt. Aber wo war es jetzt?

In meiner Verwirrung ging ich die Regale ab und versuchte dabei möglichst fachkundig zu wirken. Ich strich mit dem Finger über die Buchrücken, murmelte «Das haben wir gleich ... das haben wir gleich», aber das blöde Buch war wie vom Erdboden verschluckt.

An diesem Tag war ich allein in der Buchhandlung, weil Monsieur Pascale einen Arzttermin hatte. Ich ging wieder an die Verkaufstheke zurück und schaute in den Computer, während das Mädchen mit der Baskenmütze um die zwei Büchertische herumstrich, die vor dem Schaufenster aufgebaut waren, und ihren Blick angelegentlich über die Neuerscheinungen schweifen ließ.

«Hmm», sagte ich. «Also eigentlich müssten wir noch

ein Exemplar hier haben.» Ich zuckte mit den Schultern und versuchte, witzig zu sein. «Es sei denn, es wurde geklaut.»

Sie lächelte. «Klauen Leute wirklich *Bücher?*», fragte sie verblüfft.

«Na ja, manchmal schon.»

Sie nahm ein Buch vom Tisch, besah es sich von allen Seiten und legte es wieder zurück. Offenbar konnte sie sich nicht vorstellen, dass man für den Raub eines Buchs das Risiko einer Anzeige einging.

Dann blickte sie auf.

«Und Sie? Haben Sie schon mal ein Buch geklaut?»

«Ich? Nein.» Ich schüttelte den Kopf und lachte. «Ich meine, das würde keinen Sinn machen, ich arbeite ja schließlich in einer Buchhandlung.»

Sie setzte ihren Weg um die Tische fort und sah mich forschend an.

«Sie sehen gar nicht aus wie ein Buchhändler.»

«Ach ja?» Ich wusste nicht so recht, wie es gemeint war. War das jetzt ein Kompliment oder zweifelte sie meine Kompetenz an? Ich beugte mich vor und stützte die Unterarme auf den Holztresen. «Wie sieht denn ein Buchhändler aus?»

«Na ja …» Sie überlegte kurz. «Nicht ganz von dieser Welt. So ein bisschen abgerissen irgendwie. Sie wissen schon, ein bisschen schluffig.» Sie legte den Kopf schief. «Eher schmächtig. Mit einer braunen Hornbrille und einem Strickpulli mit abgewetzten Ellbogen.» Sie grinste. «Sie sehen viel zu gut aus für einen Buchhändler.»

Ich richtete mich auf, streckte geschmeichelt meinen durchtrainierten Körper, blickte gespielt schuldbewusst an meinem dunkelblauen Fred-Perry-Pullover herunter, den mir Mamie zu Weihnachten geschenkt hatte, und drehte die Arme vor und zurück.

«Tut mir leid, dass ich Ihre Erwartungen enttäuscht habe.»

«Das macht nichts. So gefallen Sie mir viel besser.»

Ich mochte ihre kecke Art.

«Vielleicht liegt es daran, dass ich eigentlich gar kein Buchhändler bin – jedenfalls noch nicht. Ich studiere an der Sorbonne französische Literatur und helfe hier nur aus.»

«Ach, *deswegen*», entgegnete sie, und wir mussten beide lachen.

«Was ist jetzt mit dem Buch?», fragte sie dann.

«Ich könnte es Ihnen bestellen. Bis morgen ist es da.»

Ich beglückwünschte mich zu meiner Geistesgegenwart. Auf diese Weise hätte ich dann immerhin ihren Namen und ihre Telefonnummer.

Sie schüttelte bedauernd den Kopf.

«Nein, ich brauche das Buch noch heute. Es ist ein Geschenk. Für meine Schwester.»

«Ach so. Ich verstehe. Tut mir wirklich sehr leid.»

Und wie leid es mir tat.

«Kein Problem ... jedenfalls, vielen Dank für Ihre Mühe.» Sie nickte mir zu und wandte sich zum Gehen. Dann blieb sie plötzlich stehen. «Schauen Sie mal!», sagte sie, hob ein Buch vom Tisch und hielt es in die Höhe. «Hier ist es ja!» Sie lachte erfreut.

«Oh Mann», sagte ich und schlug mir mit der Hand gegen die Stirn. «Das hätte ich mir ja denken können, dass es sich auf einem der Tische versteckt.»

Rasch trat ich zu ihr, nahm das Buch entgegen, tippte den Preis ein und steckte es in eine Tüte. Sie bedankte sich überschwänglich, und als ich ihr die Tüte mit dem Buch über den Verkaufstresen reichte und sich unsere Hände berührten, gab es einen kleinen Stromschlag, der uns zusammenzucken ließ. Wir sahen uns überrascht an.

«Huch, was war denn das? Sind Sie elektrostatisch aufgeladen?»

«Keine Ahnung», entgegnete ich und lachte verlegen.

Natürlich war ich elektrostatisch aufgeladen, was denn sonst? Ich war wie elektrisiert.

Und dann nahm ich mein Herz in beide Hände und fragte sie, ob wir uns nach der Arbeit auf einen Kaffee treffen wollten.

«Wir könnten uns in der *Fourmi Ailée* treffen», schlug ich vor, und das Herz wummerte dermaßen in meiner Brust, dass ich glaubte, die Erde würde beben.

Sie sah mich lächelnd an mit ihren Veilchenaugen, und sie sagte nicht, dass es heute nicht passen würde, aber vielleicht morgen oder übermorgen oder überhaupt ein anderes Mal.

Sie sagte einfach Ja.

Ich konnte nicht fassen, dass es so einfach war.

Zwei Wochen später war ich ernsthaft in sie verliebt. In jeder blonden Frau, die vor mir herging, sah ich Camille.

Sie arbeitete in einer Boutique in der Rue de Rennes und kam manchmal mittags in der Buchhandlung vorbei. Dann unterhielten wir uns oder gingen in meiner Pause zusammen in die *Fourmi Ailée*.

Ich dachte Tag und Nacht an Camille, ich träumte von ihr, sie war mein schönster Traum, aus dem ich nicht erwachen wollte, und ich stellte mir alle möglichen Dinge vor, von denen ich mir glühend wünschte, dass sie Wirklichkeit werden würden.

Camille, die sich erst wenige Monate zuvor von ihrem Freund getrennt hatte, gab mir zu verstehen, dass sie noch etwas Zeit brauche.

«Kein Problem», sagte ich aufgekratzt. Mir war alles egal, solange ich nur mit dem Mädchen mit der Baskenmütze zusammen sein konnte. «Du kannst alle Zeit der Welt haben. Reichen hundert Jahre?»

«Ach, sechzig würden mir schon genügen», entgegnete sie schlagfertig, und dann stellten wir uns vor, wie wir Seite an Seite mit unseren Rollatoren durch den Jardin du Luxembourg wackeln würden, und lachten uns halb tot.

Ich hielt es für ein gutes Zeichen. Immerhin machten wir schon Zukunftspläne. Na ja, natürlich ging ich davon aus, dass unsere Liebe sich doch in etwas näherer Zukunft erfüllen würde, aber ich wollte Camille nicht zu sehr bedrängen. Für den Moment war es einfach wichtig, Vertrauen aufzubauen und Gelegenheiten zu schaffen.

Ich erzählte ihr von meinen Lieblingsbüchern, von meinem Wunsch, später einmal eine eigene Buchhandlung in Paris zu haben, von Apollinaire, Prévert und Éluard, die ein Extraregal bekommen würden.

«Es muss schön sein, sich so leidenschaftlich für eine Sache begeistern zu können», sagte sie und sah mich mit einem Blick an, der mir zärtlich erschien. Doch je mehr ich sie begehrte, desto befangener wurde ich. Bei diesem Mädchen wollte ich alles richtig machen.

Ich lud sie zum Essen ein, ein anderes Mal gingen wir in den Tuilerien spazieren und sie hakte sich ganz selbstverständlich bei mir unter. Wir stiegen auf den Eiffelturm, wo ein eisiger Wind uns um die Ohren pfiff, und kamen völlig außer Atem oben an. Aus unseren Mündern stiegen kleine weiße Wölkchen in den Himmel. Es sah sehr poetisch aus. Ich musste an Charles Baudelaires Gedicht *La soupe et les nuages* denken und stellte mir vor, dass unsere Atemwolken all die ungesagten Wörter enthielten. Und dann streckte ich die Hand aus und versuchte, Camilles Wolke zu erhaschen, und sie lachte und versuchte, meine Wolke zu erhaschen, und dann gab sie mir einen kleinen schnellen Kuss auf den Mund und drehte sich von mir weg, um über die Stadt zu schauen. Es war Winter, und ganz Paris lag uns zu Füßen.

Paul bekam nicht viel mit von meinem neuen Liebesglück. Er war in den Semesterferien nach Hause gefahren, um mit seinen Eltern in Val d'Isère Ski zu laufen und anschließend seine Hausarbeit fertig zu schreiben. Wir telefonierten ein paarmal, und ich erzählte ihm von Camille, ich nehme an, jedes zweite Wort bei diesen Telefonaten zwischen Paris und den französischen Alpen war Camille. Ich schwärmte so sehr von ihr, dass Paul lachend meinte, das müsse ja ein ganz besonderes Mädchen sein.

«Und das ist sie auch», sagte ich mit Nachdruck. «Du wirst sehen.»

«Ist sie blond?», fragte er vergnügt.

«Blond wie der helle Tag.»

«Du machst mich neugierig. Nächstes Wochenende bin ich wieder zurück in Paris. Dann stellst du sie mir vor.»

«Das werde ich. Ich habe ihr schon viel von dir erzählt, sie kann es kaum erwarten, dich kennenzulernen.»

«Gut ... gut», sagte Paul. «Warst du schon im Kino mit ihr?»

«Ach, Paul», seufzte ich lachend. «Immer deine alten Tricks.»

«Meine alten Tricks sind immer noch die besten.»

Zwei Tage später lud ich Camille ins Kino ein. Wir gingen ins *Cinema Le Saint Germain des Prés*, das direkt neben dem *Bonaparte* lag, wo wir vorher zu Abend gegessen hatten, und besuchten die Spätvorstellung. Ich war selig, Camille den ganzen Abend für mich zu haben. Wir schauten uns einen Film an – welchen, habe ich ehrlich gesagt vergessen –, aber noch bevor der Abspann über die Leinwand flimmerte, küssten wir uns.

Nach der Vorstellung begleitete ich Camille nach Hause, wir hatten uns an den Händen gefasst und traumwandelten durch die leeren Straßen. Sie wohnte hinter der Place de l'Odéon, in der Rue Racine, über einem Blumengeschäft, zusammen mit ihrer Schwester Béatrice, der ich es in gewisser Weise verdankte, dass wir uns überhaupt getroffen hatten. Und bevor wir uns verabschiedeten und sie in den Hausflur schlüpfte, küssten wir uns noch einmal.

An diesem eisigen Januarabend schwebte ich nach Hause, ich spürte die Kälte nicht, merkte kaum, dass meine Füße den Boden berührten, wahrscheinlich flog ich mehr, als dass ich ging.

Und als ich in meiner kleinen Dachkemenate angekommen war, setzte ich mich an den Tisch unter dem Fenster, nahm meinen Füller und ein Blatt Papier zur Hand und schrieb in kühnen Buchstaben das Gedicht von Robert Desnos aufs Papier.

J'ai tant rêvé de toi que tu perds ta réalité.

«Ich habe so viel von dir geträumt, dass du fast unwirklich bist», schrieb ich und sah Camilles lächelndes Gesicht vor mir, das in der Dunkelheit verschwand.

Und als ich die letzten Zeilen dieses wunderbaren Gedichts aufs Papier brachte, in denen Desnos davon spricht, dass er so oft von seiner Liebsten geträumt hat, so oft mit ihrem Phantom gesprochen und geschlafen hat, dass ihm vielleicht nichts übrig bleibt, als selbst ein Phantom zu werden und «hundertmal mehr Schatten als der Schatten, der sich behände über die Sonnenuhr deines Lebens bewegt», setzte ich ergriffen «Dein träumender und hoffender Jean-Pierre» unter meinen Brief.

Beseelt, wie man es nur in der Nacht sein kann, faltete ich das Blatt und steckte es in ein Kuvert. Ich wollte es Camille am nächsten Tag mit der Post schicken. Das erschien mir sehr romantisch. Doch dann war mir das nicht schnell genug, und ich lief den ganzen Weg zur Rue Racine noch einmal zurück, wartete, bis jemand ins Haus ging, und warf das Kuvert in ihren Briefkasten.

Camille reagierte für meinen Geschmack etwas verhalten auf meinen Brief. «Was für ein schönes Gedicht», sagte sie, als wir uns das nächste Mal trafen, und ich bekam plötzlich Zweifel, ob ich sie in meiner Euphorie vielleicht zu sehr bedrängt hatte. Doch dann küsste sie mich und sagte so etwas wie «Das war wirklich süß von dir», und ich war sofort beruhigt.

Als am Wochenende darauf Paul nach Paris zurückkehrte, trafen wir uns zu dritt im *La Palette*. Ich weiß noch, wie ich die beiden miteinander bekannt machte. «Das ist mein bester Freund Paul», sagte ich zu Camille, die Paul ein wenig unbestimmt musterte. «Und das – ist Camille!»

Ich legte den Arm um sie und spürte, wie sie sich kurz ein wenig versteifte, wahrscheinlich, so vermutete ich, war sie einfach etwas verlegen. Paul lächelte ihr zu. «Freut mich sehr», sagte er. Er sah fantastisch aus. Er war braun gebrannt, bestand darauf, uns einzuladen, und machte Camille Komplimente wegen des hübschen Samtkleids, das sie an diesem Abend trug. Ich sah seinen anerkennenden Blick und platzte fast vor Stolz. Ich war dermaßen glücklich, meine beiden liebsten Freunde um mich zu haben, dass ich das Unheil nicht kommen sah.

Ich war so ein Idiot.

Wir saßen noch bis weit nach Mitternacht im *La Palette* und tranken und redeten. Das heißt, die meiste Zeit redete Paul. Er erzählte vom Skilaufen und von seinen ambitionierten Plänen als zukünftiger Architekt.

Camille saß neben mir und sagte nicht viel. Zwischendurch dachte ich beunruhigt, dass sie Paul vielleicht nicht so sympathisch fand. Vielleicht hielt sie ihn für einen Angeber. Aber als er ihr dann mit ausholender Geste Wein nachschenkte und die Hälfte davon über ihr Kleid schüttete, sagte sie nur «Nicht schlimm», wischte mit der Serviette über den Stoff und lächelte ihm zu, bevor sie in den Waschräumen verschwand.

Paul blickte ihr einen Moment nach, dann wandte er sich zu mir.

«Meine Güte, du hast nicht übertrieben, Jean-Pierre. Die Kleine ist wirklich der Hammer. Ich bin schwer beeindruckt. Diese Augen! Hast du ihre Augen gesehen?»

«Natürlich hab ich ihre Augen gesehen, Blödmann.»

Er nahm einen Schluck Wein. «Sie hat nicht zufällig noch eine Schwester?»

«Doch, hat sie. Aber Béatrice wird dir nicht gefallen. Die ist eher so der burschikose Typ mit raspelkurzen Haaren.» Ich lächelte ein wenig schadenfroh. «Sie macht Kampfsport.»

«Oha», meinte Paul. «Schade.» Er zuckte mit den Schultern und zwinkerte mir zu. «Du bist wirklich ein

Glückspilz, mein Lieber. Die würde ich auch nicht von der Bettkante stoßen.» Er grinste, und ich grinste auch, es war seine Art, mir zu sagen, dass ich eine gute Wahl getroffen hatte, doch dann beschlich mich ein ungutes Gefühl.

«Denk nicht mal dran», sagte ich halb im Spaß, halb im Ernst. «Von Camille lässt du die Finger, verstanden? Die nicht. Nicht Camille.»

Er tätschelte meinen Arm. «Keine Sorge, mein Freund. Camille ist heilig.»

Wenig später standen wir vor dem Bistro, und der Regen trommelte auf die Markise. Es war sehr spät geworden, und wir hatten ein bisschen zu viel getrunken. «Ach, meine Lieben, was für ein schöner Abend», säuselte Paul leicht angeheitert. «Das müssen wir bald wiederholen. Aber jetzt muss ich ins Bett.» Er starrte auf die Straße, wo sich schon kleine Pfützen gebildet hatten. «Meine Güte, es schüttet ja», stellte er fest. Ich sah, wie Camille fröstelnd die Schultern hochzog, und Paul sah es auch.

Er war der Einzige, der einen Schirm dabeihatte.

«Meine Freunde, ich bring euch jetzt nach Hause», rief Paul und spannte den Regenschirm auf. «Willkommen beim Umbrella-Express.» Also drängten wir uns kichernd unter seinen großen karierten Schirm, Paul ging in der Mitte, und Camille und ich hängten uns rechts und links bei ihm ein. Zu dritt spazierten wir den Boulevard Saint-Germain entlang, der vom Regen glänzte, und brachten erst Camille in die Rue Racine, die sich mit Wangenküsschen von Paul und mir verabschiedete. Und anschließend machten wir uns auf den Weg in die Rue Maître Albert, wo Paul immer noch seine Bude bei der schwerhörigen Madame Legrand hatte. Ich wünschte Paul eine gute Nacht, klappte meinen Mantelkragen hoch und lief das kurze Stück zur Île de la Cité durch den Regen. Von Notre-Dame hallten drei tiefe Glockenschläge über den menschenleeren Platz. Als ich wenig später in mein Bett schlüpfte, war die Welt noch in Ordnung.

Es kam, wie es kommen musste. Es dauerte keine drei Tage, da hatte Paul mir Camille ausgespannt – oder jedenfalls sah ich das damals so –, und es kam zum endgültigen Zerwürfnis zwischen uns. Diesmal war Paul zu weit gegangen, und ich beendete unsere Freundschaft – sehr zum Bedauern von Paul, der sich keiner Schuld bewusst war.

Als Camille mir verlegen gestand, dass sie jetzt mit Paul zusammen sei – ich hatte sie mehrfach angerufen, besorgt, weil ich nach unserem Abend im *La Palette* so gar nichts mehr von ihr gehört hatte –, war ich fassungslos.

«Sei nicht böse, Jean-Pierre», sagte sie. «Ich ...»

Aber da hatte ich schon aufgelegt.

Wutentbrannt rannte ich in die Rue Maître Albert und trommelte so heftig gegen Pauls Wohnungstür, dass selbst seine schwerhörige Vermieterin in den Flur trat und besorgt fragte, ob etwas Schlimmes passiert sei.

«Das kann man wohl sagen», entgegnete ich, und

Madame Legrand griff sich ans Herz und seufzte erschüttert:

«*Mon Dieu*, aber doch wohl hoffentlich nicht mit einer von Monsieur Gérards Schwestern.»

«Monsieur Gérard hat gar keine Schwestern», gab ich zurück, und die alte Dame sah mich einigermaßen verwirrt an.

«Da irren Sie sich, Monsieur, er hat ganz reizende Schwestern, und sie kommen ihn immer besuchen. Er ist ein echter Familienmensch, wissen Sie?» Ihre hellgrauen Augen schwammen in Tränen.

«So kann man es auch nennen», knurrte ich und überlegte, ob Paul auch Camille bereits schon als seine Schwester bei sich eingeschleust hatte. Wieder hämmerte ich gegen die Tür.

«Mach auf, Paul, ich weiß, dass du da bist.»

Die Wohnungstür öffnete sich einen Spalt, und ich drückte sie gewaltsam auf, trat in den Flur und sah mich mit einem Mal Paul gegenüber, der abwehrend die Hände hob. Sein Gesicht sprach Bände, offenbar hatte Camille ihn schon vorgewarnt.

«Bitte, reg dich nicht auf, Jean-Pierre.»

«Ich rege mich aber auf.» Ich tötete ihn mit meinen Blicken.

«Komm rein. Lass uns in Ruhe reden. Möchtest du vielleicht erst mal einen Kaffee?»

«Nein, keinen Kaffee», schrie ich. «Bist du besoffen, oder was? Was hast du mit Camille gemacht?»

«Gar nichts ... ich habe gar nichts gemacht», versicherte er mir mit treuherziger Miene und wich vorsichtshalber einen Schritt zurück. Dann breitete er die Hände aus wie ein Friedensengel.

«Ich wollte das alles gar nicht, Jean-Pierre.»

«Du wolltest es nicht?!» Ich spie ihm die Worte ins Gesicht. Ich war Aguirre, der Zorn Gottes, ich war das Jüngste Gericht. «Du *wolltest* es nicht? So was Blödes hab ich ja noch nie gehört. Du hattest doch schon im *La Palette* ein Auge auf Camille geworfen. Sie ist der Hammer, hast du gesagt.» Ich gab einen würgenden Laut von mir und fuhr mir verzweifelt durch die Haare.

«Aaah, ich hätte es wissen müssen ... ich hätte es wissen müssen!»

«Du musst nicht alles zweimal sagen», meinte Paul, der sich von seinem ersten Schreck erholt hatte. «Ja, klar, fand ich sie toll, das bestreite ich ja gar nicht, aber es lag nicht an mir. Wirklich nicht.»

Er machte eine kleine Pause. «Weißt du, es war ...»

«Ja?», sagte ich drohend.

«Es war alles ganz anders.»

Ich stöhnte auf. «Was Besseres fällt dir nicht ein?»

«Ich sage nur die Wahrheit. Ich meine, was kann ich dafür, dass Camille am Sonntagabend plötzlich vor meiner Tür stand.»

Er zuckte mit den Achseln.

«Camille stand vor deiner Tür?» Ich brauchte einen Moment, um diese Information zu verdauen. «Egal. Dann hättest du sie eben wegschicken müssen. Du bist doch mein Freund. Du hättest sie wegschicken müssen.»

«Aber warum? Sie meinte, zwischen euch liefe gar nichts.»

«Ach ja? *Noch* nichts vielleicht, *noch* nichts. Stell dich nicht dümmer, als du bist, Paul. Du wusstest genau, was Camille mir bedeutet. Und außerdem hätte sie so etwas nie gesagt.»

Ich war außer mir. Camille hatte mich verraten, Paul hatte mich verraten. Ich hatte die Schnauze voll. Ich baute mich mit drohender Miene vor meinem Freund auf.

«Was hatte ich dir gesagt: DIE NICHT! NICHT CAMILLE!»

«Ich weiß, ich weiß.» Paul wich erschrocken einen Schritt zurück. «Aber diesmal ging es nicht von mir aus, Jean-Pierre, ehrlich. Ich hab sie nur reingelassen, und in der nächsten Sekunde hing sie schon an meinem Hals und küsste mich. Mein Gott, sie küsste wie der Teufel. Ich war machtlos.»

Er sah mich an wie ein Unschuldslamm, dann schien ihm etwas einzufallen. «Sag mal, stimmt es, dass du ihr *Gedichte* geschickt hast? Dein Ernst?» Um seine Mundwinkel zuckte ein Lächeln. «Ach, mein Pierrot! Das hätte ich dir gleich sagen können, dass das nicht funktioniert. Gedichte!»

Er schüttelte nachsichtig den Kopf, und ich merkte, wie sich meine Fäuste ganz von selbst ballten. Erst betrog er mich, dann verspottete er mich auch noch. Ich war kurz davor, ihm eine reinzuhauen. Stattdessen hieb ich mit der Faust gegen die Wand.

«Verdammt, Paul, glaubst du eigentlich selbst, was du

da erzählst? *Sie hat mich geküsst, und ich war machtlos*», äffte ich ihn nach. «Du müsstest dich mal hören. Man kann immer Nein sagen, wenn man will.»

«Ja, mag sein. Aber mir fällt es nun mal schwer, Nein zu sagen.» Er seufzte Mitleid heischend.

«Ja, das glaube ich dir gern. Bei einem Mädchen wie Camille!» Ich lachte zynisch.

«Außerdem regnete es in Strömen. Ich bin kein Unmensch. Ich meine, hätte ich die Kleine in den Regen schicken sollen?» Er hob in einer versöhnlichen Geste die Hände.

«Ja, genau das hättest du tun sollen», entgegnete ich in kalter Wut. «Wenn du mein Freund wärst, hättest du genau das getan.» Ich starrte ihn einen Moment schweigend an. «Aber weißt du was, Paul?»

«Was?» Ich sah einen Funken Hoffnung in seinen Augen aufflackern und freute mich, diesen Hoffnungsschimmer mit einem Schlag auszulöschen.

«Dafür schicke ich *dich* jetzt in die Wüste. Und zwar für immer.»

«Pierre ... *Pierrot*, ach komm, jetzt sei nicht so melodramatisch ...»

Er sah mich bittend an.

«Nein, ich meine es ernst, Paul. Sehe ich aus wie ein Masochist? Das war das letzte Mal, dass du mir ein Mädchen ausspannst, mein Freund. Und nenn mich nicht Pierrot. Ich hasse das. Es reicht. Und komm bloß nicht auf die Idee, noch mal bei mir aufzutauchen. Du brauchst mich auch nicht anzurufen, ich gehe sowieso nicht dran.

Das war's mit uns. *C'est fini!* Und das kannst du auch deiner blöden Camille sagen. Geht mir aus der Sonne, alle beide!»

Ich sah noch Pauls verblüfftes Gesicht, seine Augen, die mich entgeistert und ein wenig hilflos anstarrten. Dann drehte ich mich um und warf die Tür mit aller Macht zu. Sie fiel krachend hinter mir ins Schloss, und das ganze Haus schien zu beben.

Die Tür gegenüber öffnete sich langsam, und Madame Legrand spähte vorsichtig in den Hausflur. «Du liebe Zeit», sagte sie und warf mir einen verstörten Blick zu. «Was war denn *das*? Ist eine Bombe eingeschlagen? Ist wieder Krieg?»

«Ja», sagte ich grimmig. «Es ist Krieg. Aber keine Sorge, Ihnen passiert nichts, Madame Legrand. Ich habe nur Krach mit Ihrem Mieter.»

Augenblicklich fasste sie sich wieder und starrte mich vorwurfsvoll an, während ich an ihr vorbeimarschierte und wütend die Treppe hinunterstampfte.

«Warum machen Sie hier so ein Getöse, Monsieur. Was wollen Sie eigentlich? Uns so zu erschrecken!» Sie schlug sich sofort auf Pauls Seite. «Der arme Monsieur Gérard. Wenn Sie sich nicht benehmen können, brauchen Sie gar nicht mehr wiederzukommen», rief sie mir nach.

«Keine Sorge, die Gefahr besteht nicht», rief ich erbost zurück. «Ich komme sowieso nie wieder. Mit dem *armen* Monsieur Gérard bin ich nämlich fertig.»

4

Wenn man jung ist, kommen einem Worte wie «nie» oder «immer» sehr rasch über die Lippen. Dann wird man irgendwann älter und begreift, dass das Leben nicht einfach nur schwarz oder weiß ist, sondern unendlich viele Schattierungen hat. Man begreift, dass man nichts mit Sicherheit vorhersagen kann und dass zwischen «für immer» und «nie wieder» viele Momente liegen – glückliche und traurige –, die unser Leben ausmachen und die am Ende so viel wichtiger sind als finale Prophezeiungen. Alles ist im Fluss, und auch der Mensch ist kein starres und unveränderliches Gebilde – solange er lebt und atmet, ist er beweglich im Kopf und im Herzen, und das, was man heute noch für unvorstellbar hielt, kann morgen bereits Wirklichkeit werden – im Guten wie im Schlechten.

Meine lebenskluge Großmutter wusste das natürlich schon damals, als ich ihr aufgebracht vom «großen Verrat» erzählte und mit den Worten schloss, dass ich Paul nie mehr wiedersehen wolle. Sie lächelte mich mitfühlend an und schob mir ein Himbeertörtchen mit Sahne auf einem ihrer feinen Limoges-Teller zu. Himbeertörtchen mit Schlagsahne waren Mamies Allheilmittel und Trost für die kleinen und großen Katastrophen, die einen ereilten. Glücklicherweise befand sich gleich in der Nähe ihrer Wohnung an der Place des Vosges eine wunderbare Patisserie, die ihrer Meinung nach die besten *tartes aux framboises* von ganz Paris machte.

«Ach, mein Junge», sagte sie bedächtig, während ich aufgeregt in meinem Törtchen herumstocherte und den mit Schokolade ausgegossenen Boden, auf dem die Himbeeren ruhten, zersplitterte.

«*Nie* ist ein großes Wort. Ich bin jetzt über siebzig Jahre alt, und wenn ich eins gelernt habe in diesem Leben, ist es, dass man niemals nie sagen sollte. Erst wenn der Sargdeckel zu ist, ist alles unwiderruflich vorbei.» Sie blinzelte mir zu mit ihren gewitzten blauen Augen. «Und selbst das ist nicht gewiss.» Dann ließ sie ihre Gabel anmutig in den Kuchen sinken, schob sich einen Bissen in den Mund und kaute verzückt. «Sicher ist nur, dass diese Himbeertörtchen köstlich sind.»

«Nein, Mamie», widersprach ich und schüttelte den Kopf. «Sicher ist, dass ich Paul nie mehr wiedersehen will.»

«Wir werden sehen», meinte Mamie weise. «Aber du darfst nicht so bitter sein, mein Schatz. In einem bitteren Herzen kann keiner wohnen.»

«Ja, ja», sagte ich mürrisch. «Es liegt ja nicht an mir, wenn ich verbittert bin.»

«Das wird schon wieder.»

Wir saßen noch eine Weile im Erker ihres kleinen Salons und redeten. Und dann schauten wir schweigend nach draußen, wo der Himmel gerade aufriss und ein Sonnenstrahl durch die Wolken fiel.

«Was auch passiert, *versuche stets, ein Stückchen Himmel über deinem Leben frei zu halten*», sagte Mamie, die immer den passenden Spruch parat hatte. Sie sah mich aufmunternd an und zog die Augenbrauen hoch. «Ist von Proust. Erstaunlich, oder? Du siehst, selbst der depressivste Mensch hat einen Hang zur Hoffnung.»

Meine Großmutter war sehr belesen. Und dieser wunderbare Satz, an den ich noch oft denken sollte, war der erste, den ich viele Jahre später im *Café des Poètes* an die Wand schrieb.

Seit jenem verhängnisvollen Tag, als ich den verdutzten Paul in seiner Wohnung in der Rue Maître Albert stehen ließ, waren mittlerweile mehr als zehn Jahre vergangen, und ich hatte meinen Freund tatsächlich nie mehr wiedergesehen.

Anfangs hatte er noch ein paarmal versucht, bei mir anzurufen, er hatte bei mir geklingelt, er hatte Nachrichten hinterlassen und mir sogar einen Brief geschrieben, in dem stand, dass er mich unbedingt sehen wolle, damit wir noch einmal über alles reden könnten.

Doch ich wollte nicht reden. Über eine Kommilitonin hatte ich erfahren, dass Paul nun offenbar mit Camille zusammen war, und dabei zuzusehen, wie er mit ihr glücklich war, das musste ich mir nun wirklich nicht antun. Schweigend und voller Groll saß ich alle seine Annäherungsversuche aus. Ich antwortete nie, und wenn er an meiner Tür klingelte, machte ich nicht auf. Ich mied das *La Palette* und die anderen Cafés, wo wir uns früher immer getroffen hatten. Und irgendwann hörten die Anrufe auf.

Ich muss gestehen, dass ich Paul anfangs vermisste, immerhin hatten uns viele Jahre der Freundschaft verbunden, und wenn ich sagen würde, dass mir das Ganze nichts ausgemacht hätte, wäre das gelogen. Mir fehlte seine unbekümmerte, lustige Art, aber dann sagte ich mir wieder, dass genau diese Art zu unserem Zerwürfnis geführt hatte. Paul nahm nichts wirklich ernst, er nahm sich alles heraus und war überzeugt davon, dass keiner ihm böse sein könnte.

In den ersten Monaten ertappte ich mich manchmal, wenn ich durchs Quartier Latin ging, bei dem Gedanken, dass ich meinem Freund auf der Straße begegnen könnte. Erstaunlich war es schon, dass wir uns nie mehr sahen, obwohl wir gar nicht weit voneinander entfernt wohnten. Im Frühling meinte ich ihn einmal im Jardin du Luxembourg zu sehen. Er schlenderte in einiger Entfernung an mir vorbei, Arm in Arm mit einem Mädchen, das ganz offensichtlich nicht Camille war, aber er bemerkte mich nicht, und am Ende war ich mir nicht sicher, ob er es überhaupt gewesen war.

Ich fand neue Freunde und irgendwann auch eine neue Freundin, und allmählich verblassten die Erinnerungen an unsere gemeinsame Zeit in Paris.

Noch bevor ich mein Studium abschloss, hatte ich eine Ausbildung zum Buchhändler angefangen, doch mein Traum von einer eigenen literarischen Buchhandlung sollte sich nicht erfüllen. Monsieur Pascale starb, und die Besitzer des Ladenlokals wollten den Pachtvertrag nicht verlängern, obwohl ich den Buchladen gern übernommen hätte. Ich glaube, dort, wo einst die *Librairie Pascale* war, ist heute ein Wäscheladen von *Princesse Tam Tam*. Wie es aussieht, verkauft sich feine Lingerie besser als feine Literatur.

Ich wohnte schon längst nicht mehr in meinem zugigen Dachkämmerchen auf der Île de la Cité, sondern war ins Marais umgezogen, wo ich mit viel Glück eine bezahlbare Wohnung gefunden hatte. Sie lag im Hochparterre eines verwinkelten alten Hauses und nach hinten gab es einen verwunschenen kleinen Hof mit vielen Pflanzen und Blumenkübeln, der mir allein gehörte und den ich von der Küche aus, die an den großzügigen Wohnraum angrenzte, über drei steinerne Stufen erreichen konnte. Vom Wohnzimmer führte eine Wendeltreppe nach oben, wo sich außer dem Bad und dem Schlafzimmer ein weiterer kleiner Raum befand, in dem ein paar Kisten mit meinem alten Krempel standen. Nach dem winzigen Zimmer in der Rue Chanoinesse war diese Wohnung ein Palast für mich, und meine Regalwand, die eine ganze Seite des Wohnzimmers einnahm, füllte sich mit Büchern. Wenn ich an lauen Sommerabenden in dem Innenhof saß, einen Pastis trank und ein gutes Buch las, kam ich mir vor wie im Paradies.

Ab und zu fuhr ich nach Hause, um meine Eltern zu besuchen, und bei einem dieser Besuche erwähnte meine Mutter beiläufig, dass Paul nach dem Studium offenbar wieder nach Bordeaux zurückgekehrt war und dort inzwischen erfolgreich als Architekt arbeitete. Er besaß ein eigenes Büro und hatte sich unter anderem auf ungewöhnliche Nachbauten für exquisite Kunden spezialisiert – so wie es immer sein Plan gewesen war.

Ich hingegen war in Paris geblieben. Paris war meine Stadt, in Paris schlug das Herz der Kultur, und nichts hätte mich nach Aquitanien zurückgezogen, es sei denn, um für ein paar Wochen Urlaub am Meer zu machen.

Nach Monsieur Pascales Tod hatte ich einige Jahre in einer kleinen Buchhandlung in Saint-Germain gearbeitet, bevor diese aufgrund stetig schwindender Kundschaft schließen musste. Die frühere Buchhandlung wurde durch ein hippes Café namens *Ma joie végétalienne* ersetzt, in dem überteuerte Veggie-Burger einen reißenden Absatz fanden. Es war, das musste man neidlos anerkennen, offenbar das bessere Konzept. Der Laden war immer voll, und unter riesigen schwarzen Industrielampen drängten sich an langen Tischen die Kunden, die wir in der Buchhandlung so schmerzlich vermisst hatten und die offensichtlich gerne bereit waren, für ein schickes veganes Essen ihr Portemonnaie weit zu öffnen. Nichts gegen Veggie-Burger, aber das war irgendwie bitter.

Meine Liebe zur Literatur hatte ich dennoch nie verloren, und trotz aller Rückschläge hatte ich auch den Rat meiner Großmutter beherzigt und versucht, mir stets ein Stückchen Himmel über meinem Leben frei zu halten.

Mamie ging inzwischen auf die achtzig zu, und einmal im Monat lud sie mich zum Essen ein. Dann gingen wir in ein schickes Restaurant, das sie ausgesucht hatte, und redeten über Bücher, die wir gelesen hatten, denn auch Isabelle Morel liebte die Literatur.

«Das hast du von mir, Jean-Pierre», sagte sie oft stolz.

Und eines Tages, es war kurz nachdem die Buchhandlung in Saint-Germain schließen musste, sagte sie eher beiläufig, während sie ihr Schälchen mit der Crème brulée auslöffelte:

«Monsieur Clément meint, an der Place du Marché Sainte-Cathérine wird demnächst ein Ladenlokal zur Verpachtung frei.»

Monsieur Clément war Concièrge in dem prächtigen Stadthaus, in dem meine Großmutter wohnte, und er schien alles zu wissen, was im Marais vor sich ging. Außerdem verehrte er meine Großmutter, als ob sie Anastasia, die letzte Zarenprinzessin, wäre. Sobald sie unten in den Flur trat, kam er aus seiner kleinen Hausmeisterwohnung herausgeschossen.

«Bonjour, Madame Morel», rief er dann. «Wie geht es Ihnen? Was für ein schöner Tag heute, nicht wahr?» Oder: «Heute ist das Wetter aber wirklich besonders scheußlich. Vergessen Sie nur nicht, Ihren Regenschirm mitzunehmen, sonst ruinieren Sie sich Ihre hübschen Lackschuhe.» Und dann blieb meine Großmutter geschmeichelt stehen, und die beiden tauschten sich eine Weile aus – meistens über das Wetter, das ja immer ein dankbares Thema ist, aber auch über alles, was Monsieur Clément «so gehört» hatte. Und nun hatte er also von dem Ladenlokal gehört, das bald neu verpachtet werden sollte.

«Vielleicht wäre das etwas für dich», sagte Mamie.

«Hmm», machte ich. Seit dem Niedergang der bereits zweiten kleinen Buchhandlung, in der ich gearbeitet hatte, hing ich ehrlich gesagt etwas in der Luft, und meine Ambitionen, einen eigenen Buchladen zu eröffnen, hatten merklich abgenommen.

Ich lehnte mich zurück und dachte an meine kümmerlichen Ersparnisse.

«Von was sollte ich einen Laden pachten?»

«Ach», sagte Mamie mit einer wegwerfenden Handbewegung. «Mach dir um Geld keine Sorgen.» Sie kicherte zufrieden. «Ich habe noch einen Notgroschen.»

«Und den solltest du auch behalten», entgegnete ich.

«Was soll ich mit dem ganzen Zaster? Ich bin bald achtzig, ich mache eh keine Reisen mehr», entgegnete sie. «Und wenn der Laden erst mal brummt, kannst du mir das Geld ja zurückzahlen.»

Ich musste lachen.

«So weit kommt es noch, dass ich dein Geld in einer Buchhandlung versenke», sagte ich.

Sie kramte in ihrer eleganten Handtasche und zog einen Schlüssel heraus, den sie triumphierend vor meiner Nase schwenkte. Keine Ahnung, wie sie an den gekommen war.

«Du bist wirklich unglaublich, Mamie.»

«Findest du?» Ein listiges Lächeln stahl sich auf ihr feines Gesicht. «Was ist nun? Wollen wir uns den Laden mal anschauen? Wenn das Glück dir den Schlüssel zum Paradies in die Hände spielt, musst du die Tür auch öffnen.»

«Und welcher große Dichter hat das gesagt?»

«Ich.»

Wenig später standen wir vor dem Ladenlokal, dessen Fenster von innen mit Zeitungspapier verklebt waren. Mamie hielt mir den Schlüssel hin, und ich schloss auf und betrat den leeren Raum, der vielleicht sechzig Quadratmeter groß war und an dessen hinterer Wand sich ein dunkler Holztresen befand. Die Mauern waren unverputzt, und der Boden mit den alten schwarz-weißen Fliesen mit einer dicken Staubschicht überzogen. Eine Weile wanderte ich umher und schaute mich um. Ich strich über die Wände, schaute hoch zu den alten Lampen, die noch von der Decke hingen, und sah zu den drei hohen Fenstern hinüber, an denen die Zeitungen die Sicht versperrten. Mit einem Mal hatte ich das Gefühl, in einem dieser alten Schwarz-Weiß-Filme zu sein, die ich früher mit meiner Mutter im *Cinéma Utopia* angeschaut hatte.

Und dann hatte ich plötzlich eine Vision.

Ich glaube, die Idee, an der Place du Marché Sainte-Cathérine ein Café zu eröffnen, war vielleicht der beste Einfall meines Lebens. Es war ja auch nicht irgendein Lokal. Es war ein Literaturcafé, und ich nannte es stolz das *Café des*

Poètes. Den Namen hatte ich aus dem alten *Orphée*-Film von Jean Cocteau geklaut, doch das wussten wahrscheinlich die wenigsten der Gäste, die ein halbes Jahr später zur Eröffnung kamen.

In nur sechs Monaten hatte sich das staubige, etwas heruntergekommene Ladenlokal in einen magischen Ort verwandelt. An den dunkeltürkis gestrichenen Wänden hingen Schwarz-Weiß-Fotografien berühmter Dichter, daneben waren Gedichtzeilen in großen Lettern auf die Wand gemalt. Glaslüster hingen von der Decke, und über der dunklen Holztheke, auf die der Blick als Erstes fiel, wenn man das Café betrat, stand ein Satz von Guillaume Apollinaire:

Es ist höchste Zeit, die Sterne wieder anzuzünden.

Und wenn man das Café verließ, konnte man über der Tür lesen:

Lache das Leben an. Vielleicht lacht es zurück.

Es war ein Rat, der von Jean-Paul Sartre stammte und den die Gäste, die dicht gedrängt mit ihren Champagnergläsern im Café standen und alles bewunderten, ganz offensichtlich beherzigten. Die Stimmung war ausgelassen, und die Eröffnung ein voller Erfolg.

Auch Mamie war gekommen und zeigte begeistert nach oben an die Decke, wo sich ein Himmel mit weißen Wolken wölbte, in dem sie «ihren» Satz von Proust entdeckt hatte:

Versuche stets, ein Stückchen Himmel über deinem Leben frei zu halten.

Man sagt immer, dass die meisten Leute mit Gedichten nichts anfangen können. Vielleicht liegt das daran, dass die meisten Leute wenig Gelegenheit haben, Gedichten zu begegnen, die ihr Herz aufschließen. Ich kann nur sagen, dass jeder, der ins *Café des Poètes* kam, mit einem versonnenen Lächeln die Gedichte und Zitate an den Wänden betrachtete.

Das Herz hat seine Gründe, die der Verstand nicht kennt, sagte Blaise Pascal den Besuchern.

Hin und wieder ist es gut, bei unseren Bestrebungen nach Glück eine Pause einzulegen und einfach glücklich zu sein, meinte Apollinaire.

Sie haben Feinde? Gut. Das bedeutet, dass Sie sich irgendwann in Ihrem Leben für etwas eingesetzt haben, erklärte Victor Hugo.

Paul Éluard glaubte zu wissen, dass die Welt blau wie eine Orange ist – *La terre est bleu comme une orange.*

Und Jacques Prévert machte Mut mit seinen Worten:

Man sollte versuchen, glücklich zu sein, und sei es nur, um ein gutes Beispiel zu geben.

Von Prévert stammte auch ein wunderbares Bonmot, das auf der Speisekarte über den vegetarischen Gerichten stand, die man neben anderen Speisen im Café bekam, und das meistens für Heiterkeit sorgte:

Der Vegetarier ist genügsam. Er bestellt nur einen Kleeblattsalat, doch der Klee soll vierblättrig sein.

Ich weiß nicht, wie oft ich augenzwinkernd nach dem Glückskleeblattsalat gefragt wurde, den es natürlich nicht gab. Oder wie oft Guillaume Apollinaires berühmtes

Calligramme La Tour Eiffel, das an einer Wand über einem dunkelblauen Samtsofa hing, abfotografiert wurde – jener aus den Buchstaben eines Satzes zusammengesetzte Eiffelturm, der mit seinem «Salut Monde» die Welt grüßt.

An der gegenüberliegenden Wand stand ein Regal mit Gedichtbänden, die sich die Gäste mit an ihren Platz nehmen konnten, um darin zu lesen, und daneben hatte ich ein Gedicht von Prévert aufgehängt, das mir gut gefiel und von dem ich damals noch nicht wissen konnte, dass es einige Jahre später in einer wundersamen Vollmondnacht von großer Bedeutung für mich sein würde.

Trois allumettes une à une allumées dans la nuit.
La première pour voir ton visage tout entire.
La seconde pour voir tes yeux.
La troisième pour voir ta bouche
Et l'obscurité tout entire
Pour me rappeler tout cela
En te serrant dans mes bras

Drei Streichhölzer, die ich nacheinander
in der Nacht entzünde.
Das erste, um dein Gesicht zu sehen.
Das zweite, um deine Augen zu sehen.
Das letzte, um deinen Mund zu sehen
Und die ganze Dunkelheit, die uns umfängt,
Um mich an all das zu erinnern,
Während ich dich in den Armen halte.

Man kann sagen, dass das *Café des Poètes* ein Glücksgriff für mich war. Es war das kleinste Café an der bezaubernden Place du Marché Sainte-Cathérine mit ihren bunten Markisen und den alten Laternen, die abends alles in ein warmes Licht tauchten, doch es wurde für viele Menschen ein Ort, an dem sie sich wohlfühlten. Und das ist doch das Schönste, was man von einem Café sagen kann.

Das zusammengewürfelte, aber gemütliche Interieur und die Gedichte an den Wänden lockten viele Gäste an, die hier kleine literarische Entdeckungen machen konnten, während sie ihren Café crème tranken und frische Croissants, Pain au chocolats, vorzügliche Törtchen, frisch belegte Baguettes, mit Gruyère überbackene Tartines oder ein Stück selbst gemachte Quiche aßen.

Es dauerte nicht mal ein Jahr, da konnte ich Mamie das Geld zurückzahlen, das sie mir so großzügig zur Verfügung gestellt hatte. Und zum ersten Mal konnte ich von einer Arbeit, die mir großen Spaß machte, gut leben. Ich mochte den Austausch mit den Gästen, die mir oft genug ihre Geschichten erzählten. Und einmal im Monat gab es eine *soirée littéraire* – einen literarischen Abend mit Wein, Musik und kleinen Canapés. Dann lud ich eine Autorin oder einen Autor ein, die aus ihren Werken lasen. Die meisten von ihnen waren noch gar nicht so bekannt, trotzdem waren diese Veranstaltungen sehr beliebt und immer ausverkauft. Endlich, so schien es, war das Glück auf meiner Seite, der Laden «brummte», um es mal mit Mamie zu sagen, und ich hatte meine Entscheidung nie bereut.

Und ich war nicht allein.

Als ich meiner Schwester Laurence von meinen Plänen erzählte, ein eigenes Café im Marais zu eröffnen, überlegte sie nicht lange. Laurence, die fünf Jahre älter war als ich, eine Hotelfachschule besucht hatte und einige Jahre in diversen Hotels gearbeitet hatte, wollte schon lange etwas Neues ausprobieren. Sie war Feuer und Flamme und sah im *Café des Poètes* ihre Chance. Laurence waren die Gedichte an den Wänden egal – sie war eher der pragmatische Typ. Aber sie konnte sehr gut organisieren, sie backte alle unsere Kuchen, und mit Lucie, die in der Küche kleine herzhafte Speisen zubereitete, hatte sie einen guten Griff getan. Wir waren ein fabelhaftes Team, und ich war, was das kleine Café anging, rundum zufrieden.

Zwei Jahre nachdem Laurence nach Paris gezogen war, lernte sie in der Metro ihren zukünftigen Mann kennen, einen Vertriebsmann, der für einen großen Verlag in Saint-Germain arbeitete und mich mit dem einen oder anderen bekannten Schriftsteller zusammenbrachte, der dann im *Café des Poètes* aus seinen Werken las. Laurence war glücklich, ich war glücklich, Mamie war überglücklich, nun noch ein Familienmitglied um sich zu scharen zu können – nur meine Eltern fanden es verständlicherweise etwas schade, dass ihre beiden Kinder nun in Paris lebten. Anders als ich mochten sie die Hauptstadt nicht besonders. Paris war ihnen zu voll, zu laut und zu teuer. Sie fuhren lieber ans Meer oder in die Dordogne, wo das Essen angeblich so gut war wie nirgendwo sonst in

Frankreich und nicht so viele Touristen herumlatschten wie in der Provence.

Als meine große blonde Schwester an einem strahlend schönen Tag im Mai in der Saint-Sulpice-Kirche heiratete, kamen sie natürlich angereist und besuchten bei dieser Gelegenheit auch das *Café des Poètes*, das ihnen ausnehmend gut gefiel. Maman meinte, es erinnere sie irgendwie an einen alten Film, und Papa stand lange vor dem Prévert-Gedicht *Les Trois Allumettes* und lächelte versonnen.

Kurz nach ihrem Besuch schickte er mir sein kleines grünes Gedichtbändchen mit den Worten, dass er unendlich stolz auf mich sei, weil ich so etwas Schönes und Poetisches geschaffen hätte.

Und noch jemand sollte mich im *Café des Poètes* besuchen. Jemand aus der Vergangenheit. Jemand, den ich aus meiner Erinnerung gelöscht hatte.

5

Die Launen des Schicksals sind mindestens so unberechenbar wie die der Frauen. Ihr Sinn bleibt uns zunächst verborgen, und erst später entschlüsseln sich die fein gesponnenen, unsichtbaren Fäden, die alles miteinander verbinden.

Eines Tages – es muss einige Monate nach dem Besuch meiner Eltern gewesen sein, denn ich erinnere mich noch, dass die Kastanienbäume in den Tuilerien sich schon rötlich verfärbten – tauchte Camille plötzlich bei einer Lesung im *Café des Poètes* auf.

An diesem Abend hatte ich einen jungen angesagten Autor für eine Veranstaltung gewinnen können, und das kleine Café war rappelvoll. Als Camille hereinkam, sah ich als Erstes ihre hellblaue Baskenmütze. Ich starrte zur Tür, sah über die Tische, Stühle, Sesselchen und Sofas hinweg, und es war wie eine Zeitreise. Ich konnte es kaum glauben, dass sie da einfach so stand. Wie damals in der Buchhandlung von Monsieur Pascale.

Camille, dachte ich überrascht und hielt unwillkürlich nach Paul Ausschau. Im nächsten Moment spürte ich den alten Groll in mir aufsteigen, und mein Herz zog sich zusammen.

Camille war immer noch schön, natürlich war sie noch schön, es war ja gerade mal sieben Jahre her, dass wir uns zuletzt gesehen hatten – oder waren es vielleicht nur sieben Sekunden?

In diesem Augenblick hatte sie mich entdeckt und steuerte an den Tischen und Stühlen vorbei auf mich zu. Sie schien ebenso überrascht zu sein, mich zu sehen, wie ich.

«Salut, Jean-Pierre», sagte sie. «Na, so was! Bist du's wirklich?» Sie musterte mich mit einem verlegenen Lächeln.

«Ja, klar, wer denn sonst?», entgegnete ich frostig.

Wir schwiegen einen Moment, während der ganze Raum um uns herum von erwartungsfrohem Geplapper erfüllt war. Die Lesung hatte noch nicht angefangen, und einige Gäste drängten sich am Eingang, wo Laurence stand und die Eintrittskarten entgegennahm, während der junge Autor mit Lampenfieber im Hinterzimmer saß und sich noch einmal die Textstellen ansah, die er gleich lesen wollte.

«Kommst du auch zur Lesung?», fragte Camille.

«Ich veranstalte diese Lesung», sagte ich und fuhr mir betont lässig durch das Haar.

«Oh ...» Sie brauchte einen Moment, um zu begreifen. «Dann ist das ... dein Café?»

Ich nickte.

Camille sah sich bewundernd um. «Wow!», sagte sie. «Ein eigenes Café. Das ist wirklich toll, Jean-Pierre. Glückwunsch! Ist sehr schön geworden – originell irgendwie.» Sie wirkte beeindruckt. «Ich hatte ja keine Ahnung, dass das *Café des Poètes* dir gehört. Ich war noch nie hier, aber eine Freundin von mir schwärmt mir die ganze Zeit von diesem Café vor. Ich komme nicht so oft ins Marais, weißt du. Seit wann hast du ...»

«Vier Jahre», erwiderte ich knapp.

«Wolltest du nicht eigentlich mal Buchhändler werden?»

Ich schaute sie lange an, und sie wurde mit einem Mal feuerrot. Wahrscheinlich dachte sie wie ich an unsere erste Begegnung in der *Librairie Pascale*.

«Tja. Wie es aussieht, haben meine Pläne sich seit damals geändert.» Ich verschränkte die Arme und lehnte mich am Tresen zurück.

«Und du ... hast dich auch ziemlich verändert seit ... *damals*.»

Sie warf mir einen anerkennenden Blick zu.

Ja, damals war ich ein Idiot, dachte ich grimmig. Das bin ich heute nicht mehr.

«Wie lange ist das jetzt her, dass wir uns gesehen haben?», fragte sie.

Das war ein mutiger Vorstoß.

«Lange genug, um den Verrat zu vergessen. Nicht lange genug, um ihn zu verzeihen.»

«Oje. Du bist immer noch böse.» Sie sah mich ehrlich bestürzt an.

«Wie sollte ich nicht? Paul war mein bester Freund. Ich hätte ihm blind vertraut. Und dann spannt er mir mein Mädchen aus. Das war echt eine ganz miese Nummer.»

Sie schüttelte den Kopf. «Ganz so war es nicht, Jean-Pierre», sagte sie leise.

«Aha. Und wie war es dann?»

«Im Grunde war ich an allem schuld.» Sie zupfte an einer Haarsträhne. «Oder sagen wir, an fast allem.»

«Du?» Ich lachte spöttisch. «Das Lamm ist schuld, wenn der böse Wolf es frisst?»

«Ja.» Camille nickte mit zerknirschter Miene. «Ich war es, die damals die Initiative ergriffen hat. Ich war es, die zu Paul gegangen ist, um ihn zu verführen. Ich war es, die ihn geküsst hat und nicht gehen wollte.»

«Aber warum?», stammelte ich. «Mir hast du gesagt, du brauchst noch Zeit. Ich habe auf dich Rücksicht genommen. Ich habe dich geliebt… Und dann taucht Paul auf, und du … du …»

«Ja, ich weiß.»

Sie sah mich freimütig an. «Das war nicht fair. Das ganze Leben ist nicht fair.» Sie biss sich auf die Lippen. «Ich weiß gar nicht, wie ich es erklären soll. Es gab nicht den geringsten Grund. Ich meine, du warst wirklich so unglaublich lieb, Jean-Pierre, so sanft und süß. Du hast mich umworben, wie es lange kein Mann mehr getan hatte, und es hat mir gefallen.» Sie lächelte nachdenklich. «Erinnerst du dich noch, wie du mir dieses Gedicht geschickt hast? Ich habe es mindestens fünfmal gelesen.

Niemand hatte mir jemals ein Gedicht geschickt. Und ganz sicher war ich auch ein bisschen verliebt in dich, aber als dann dein Freund im *La Palette* auftauchte, war es um mich geschehen. Ich weiß es noch wie heute: Paul sah mich an, und es war wie ein Erdbeben.»

Camille schaute gedankenverloren an mir vorbei, und ich musste daran denken, wie ich ihr Schweigen damals im *La Palette* völlig falsch gedeutet hatte.

«Ein Erdbeben, das allerdings schnell wieder vorbei war», fuhr sie fort. «Nach drei Monaten, um genau zu sein. Länger hat unsere Beziehung nicht gehalten. *Et voilà!* Nichts ist so unzuverlässig wie die Liebe, nicht wahr?»

Sie zuckte mit den Schultern. «Am Anfang denkt man, man kann keine Sekunde ohne den anderen leben, und kurze Zeit später stört einen schon die Art und Weise, wie die Person, die vor Kurzem noch der wichtigste Mensch des Universums war, auf dem Teller herumkratzt oder die Strümpfe auszieht.»

Ich nickte. Das kannte ich auch.

«Trotzdem denke ich manchmal noch an Paul und frage mich, was er wohl so treibt.» Sie legte den Kopf schief und sah mich an. «Habt ihr eigentlich noch Kontakt?»

«Seit damals? Nein.» Ich schüttelte mit finsterer Miene den Kopf und fragte mich plötzlich in einem Anflug von Eifersucht, ob Camille vielleicht doch nicht ganz zufällig in meinem Café war.

«Ach, wirklich? Das tut mir leid. Ich dachte immer, ihr hättet euch schon längst wieder ausgesöhnt. Ihr wart doch richtig gute Freunde. Na, ich hoffe, du bist wenigstens mir nicht mehr böse. Das ist alles schon so lange her. Wer weiß? Vielleicht habe ich ja damals auch die falsche Wahl getroffen.»

Sie lächelte kokett, und für einen Moment dachte ich daran, wie sehr ich sie damals begehrt hatte. Für einen kurzen Augenblick flackerte die verrückte Idee durch mein Hirn, dass man an die alten Zeiten anknüpfen könnte. Aber konnte man das wirklich? Unwillkürlich runzelte ich die Stirn, doch meine Überlegungen erübrigten sich, denn in diesem Moment stellte sich Camille auf die Zehenspitzen und winkte jemandem zu.

«Ah, da kommt Maxime! Darf ich dir Maxime vorstellen?»

Ein Mann mit dunklem Haar bahnte sich den Weg durch die Menge und trat auf uns zu. Camille war nicht allein hier, natürlich nicht. Was hatte ich denn gedacht?

Ich begrüßte Maxime, wer immer das war, und dann fing die Lesung an, und die beiden suchten sich einen Platz, während ich mit einer kleinen Rede den jungen Autor im *Café des Poètes* begrüßte.

Seine Lesung war brillant, und als die ersten Gäste sich nach vorn drängten, um sich ihre Bücher signieren zu lassen, sah ich Camille noch neben ihrem Begleiter an einem der Tische sitzen. Dann war sie verschwunden, noch bevor ich weiter mit ihr hätte reden können. Aber was hätten wir auch noch zu bereden gehabt? Das alles war schon sehr lange her, wie Camille richtig bemerkt hatte – es kam mir fast vor wie aus einem anderen Leben.

An diesem Abend ging ich nachdenklich nach Hause. Und ich dachte seit Langem wieder einmal an Paul. Auch wenn ich Camilles freimütiges Bekenntnis nicht gerade erhebend fand – welcher Mann will schon von seiner Angebeteten süß und lieb gefunden werden, wenn der Rivale gleich ein ganzes Erdbeben auslöst? –, betrachtete ich die unglückselige Episode von damals nun doch in einem gnädigeren Licht. Natürlich war ich immer noch der Meinung, dass Paul Camilles Annäherungsversuche hätte abwehren müssen, aber er hatte jedenfalls nicht nur gelogen, als er sagte, dass er überrumpelt worden war.

Dennoch, dachte ich trotzig, was nützt einem ein Freund, auf den man sich nicht verlassen kann und der einem in Liebesdingen immer in die Quere kommt.

Immerhin war Paul mit Camille auch nicht glücklich geworden, und das erfüllte mich mit einer seltsamen Genugtuung.

Die Wahrheit war nämlich die: So erfolgreich ich mit meinem kleinen Café war, mein Glück mit blonden Frauen schien nach wie vor nicht von Dauer. Über die Jahre hatte ich einige Freundinnen gehabt, am Ende war nie etwas daraus geworden. Laurence meinte einmal zu mir, dass ich meinen Typ Frau vielleicht noch mal überdenken sollte.

«Vielleicht sind Blondinen einfach nicht das Richtige für dich», sagte sie grinsend. «Mich natürlich ausgenommen, aber ich bin ja auch deine Schwester.»

Ich nickte und ließ sie reden. Und wenige Wochen

nach der unerwarteten Begegnung mit Camille lernte ich Océane kennen.

Sie war bildhübsch, anfangs ein bisschen schüchtern, sie hatte eine entzückende kleine Zahnlücke, und, na ja, blond war sie auch.

Das Leben mit Océane war zunächst einfach wunderbar, sie schien alles an mir zu mögen. Dann wurde es kompliziert, und sie schien nichts mehr an mir zu mögen. Ich war verwirrt, denn ich war doch immer noch derselbe Mensch wie vorher. Eine Weile redete ich mir ein, unsere Beziehung sei etwas ganz Besonderes, gerade *weil* alles dermaßen kompliziert war und wir uns permanent und zunehmend verzweifelt stritten, was ich fälschlicherweise als Beweis für unsere großen Gefühle sah. Immerhin hielt ich es drei Jahre mit der zänkischen Océane aus, hoffte, dass es nur eine Phase war, erkannte irgendwann, dass es eine Phase war, die niemals enden würde, und als Océane sich dann zum hundertsten Mal von mir trennte, sagte ich unwiderruflich Ja, auch wenn sie wenig später wegen irgendwelcher Châteauneuf-du-Pape-Flaschen wieder vor meiner Tür auftauchte.

Das war der Tag, als ich Pauls Einladung im Briefkasten fand. Es war April, es regnete, die gemeinsame Zeit mit Paul lag schon über zehn Jahre zurück, so lange, dass ich gar nicht wusste, was das Ganze eigentlich noch sollte, selbst wenn wir nicht im Streit auseinandergegangen wären.

Ich war zweiunddreißig, ich hatte ein gut gehendes Café, ich war wieder solo, und ich wäre sicherlich nie zu dieser Hochzeit gefahren, wenn mich nicht Anfang Juni, kurz vor dem geplanten Termin, ein handgeschriebener Brief von Paul erreicht hätte, der meinen Entschluss ins Wanken brachte.

Es war Montag, mein freier Tag, und ich hatte mir gerade ein Croissant zum Frühstück geholt und mich mit einer Tasse Kaffee, dem *Figaro* und der Post in den kleinen Innenhof gesetzt, als ich den Brief mit dem Absender *Paul Gérard* entdeckte und neugierig öffnete.

Lieber Jean-Pierre,

ich hoffe, du hast die Einladung zu meiner Hochzeit bekommen. Wir haben lange nichts voneinander gehört, aber gerade in letzter Zeit musste ich doch oft an dich denken und habe mich gefragt, wie es dir wohl geht. Ich habe ein bisschen recherchiert und herausgefunden, dass du jetzt ein Literaturcafé im Marais betreibst. Da würde ich gern mal vorbeischauen, obwohl ich immer noch kein großer Leser bin. Das wirkliche Leben ist für mich spannend genug. Weißt du noch, wie wir damals zusammen nach Paris gingen und uns schworen, jede Menge Spaß zu haben und auf keinen Fall zu heiraten, bevor wir vierzig sind? Nun hat es mich doch schon früher erwischt, mon chèr ami, und wie, und wie!

Eine Frau ist in mein Leben getreten, sie heißt Marie, und sie hat mich um den Finger gewickelt, so sehr, dass daraus ein goldener Ring geworden ist, den ich nun bald stolz und für immer tragen werde. Wir haben uns auf einer Weinprobe in Saint-Émilion kennengelernt und viel zusammen gelacht, und am Ende stellte sich heraus, dass der Wein vom Weingut ihrer Eltern stammt. Marie behauptet jetzt natürlich, dass ich sie nur deswegen heiraten will, aber das stimmt nicht. Sosehr ich einen guten Rotwein zu schätzen weiß, heirate ich sie nur aus einem Grund, der sicher der schönste ist: weil ich sie liebe und weil ich so wunderbar mit ihr lachen kann. Wenn ich dir etwas von Herzen wünsche, dann, dass auch du mal eine solche Frau findest, die ganz anders ist als alle anderen. (Oder hast du sie etwa schon gefunden?) Und wenn ich mir etwas von Herzen wünsche, dann das: Ich möchte meinen ältesten und besten Freund – denn das bist ja wohl du! – auf meiner Hochzeit dabeihaben.

Ich habe bis jetzt noch keine Antwort von dir bekommen, deswegen schreibe ich dir heute noch einmal. Ich weiß, dass du damals wirklich sauer auf mich warst, ich habe leichtfertig deine Freundschaft verspielt, und du hattest recht: Ich hätte Camille in den Regen schicken müssen, auch wenn sie verdammt gut küsste und ihren blauen Augen schwer zu widerstehen war. Wer kann schon sagen, ob ihr am Ende nicht das glücklichere Paar gewesen wärt? Jedenfalls tut mir das Ganze heute noch leid, das musst du mir glauben. Du warst mir immer ein guter Freund, Jean-Pierre, und ich würde mich so sehr freuen, wenn wir uns endlich wiedersähen nach all den Jahren. Und diese Hochzeit, die auf einem Schloss stattfindet – es war nicht meine Idee, glaub mir bitte –, wird nicht dasselbe sein ohne dich. Du gehörst einfach zu meinem Leben dazu, besonders an einem so wichtigen Tag.

Du wirst es nicht glauben, aber ich habe neulich beim Aufräumen noch das Säckchen mit dem Sand von der Dune de Pilat gefunden, die wir mal in den Ferien hochgekraxelt sind. Und plötzlich war mir dieses Säckchen mit Sand so kostbar wie Gold. Ich möchte niemals all das missen, was wir zusammen erlebt haben – als Kinder, als Heranwachsende und als junge Männer, die sich für die Könige der Welt hielten und im Grunde noch so wenig wussten vom Leben.

Aber eines weiß ich genau: Ich möchte den alten Streit, den ich auf meine Kappe nehme, beilegen. Ich möchte, dass wir wieder Freunde sind wie früher. Und ich denke, dafür gibt es keinen besseren Moment als meine Hochzeit.

Maries Vater ist Engländer, und es ist für ihn das Größte, wenn sein geliebtes Töchterlein auf einem Schloss in Aquitanien heiratet. Wie du vielleicht weißt (ich wusste es nicht mehr), hat Aquitanien mal den Briten gehört. Das war zu den Zeiten der unerschrockenen Eleonore von Aquitanien, ist also schon ein Weilchen her, so ungefähr tausend Jahre, schätze ich mal, aber die Engländer sind immer noch ganz scharf auf Hochzeiten dort. Du glaubst nicht, wie viele englische Paare auf diesen alten Schlössern heiraten. Sei's drum, ich mache alles mit, denn ich bin ja nur der Bräuti-

gam, und ich freue mich jetzt schon auf das große Fest, zu dem ich dich nochmals herzlich einladen möchte. Für ein Zimmer im Schloss ist gesorgt. Die meisten Gäste werden übernachten. Meine zukünftigen Schwiegereltern sind sehr spendabel. Ich habe Marie von dir erzählt, von unseren wilden Zeiten in Paris, und auch sie würde dich gern kennenlernen. Ich bin sicher, sie wird dir gefallen. Also lass uns das Kriegsbeil begraben und komm einfach, ja?

Ich zähle auf dich!
Paul

Als ich den Brief gelesen hatte, war ich doch ein bisschen gerührt.

Ich saß in dem kleinen Hof und lehnte mich nachdenklich in meinem Korbstuhl zurück. Es war ein angenehm warmer Morgen, die Sonne kletterte gerade über die Dächer der alten Stadthäuser des Marais, und ihre Strahlen verfingen sich in den Pflanzen und Blumen, die in bunter Reihe vor der Backsteinmauer standen. Ein kleiner Vogel zwitscherte und flog vorsichtig näher, um ein Stück Croissant von dem runden grünen Metalltischchen zu picken, an dem ich saß. Dann flatterte er aufgeregt mit seiner Beute davon. Ich sah ihm lächelnd nach, blickte in das blaue Stück Himmel über mir, und mit einem Mal fielen mir ganz viele Dinge ein, die ich damals mit Paul gemacht hatte. Und je mehr ich mich erinnerte, desto mehr schmolz mein Widerstand.

Es war ja nicht *alles* schlecht gewesen – und abgesehen von unserer verhängnisvollen Vorliebe für denselben Typ Frau, war ich gern mit Paul befreundet. Ich dachte daran, was Camille mir auf der Lesung erzählt hatte. So schlimm, wie ich geglaubt hatte, war Paul am Ende gar nicht gewesen. Und war es nicht kindisch, immer noch auf dieser alten Sache herumzureiten? Ich überflog noch einmal den Brief – auch ich hatte das Säckchen mit dem Sand von der Dune de Pilat noch. Es lag in einem der Kartons, die ich in meiner Abstellkammer aufbewahrte. Ich musste an jenen heißen Sommertag in den Ferien denken, wo wir keuchend und schwitzend durch den Sand gestapft waren, und plötzlich sah ich uns wieder oben auf dieser riesigen Düne stehen, den wolkenlosen Himmel und eine brennend heiße Sonne über uns, und erinnerte mich mit einem Lächeln daran, wie Paul sich triumphierend in den Sand fallen ließ und schrie:

«Ist das hier die verdammte Sahara, oder was?»

Ich trank meinen Kaffee aus und ging zum Schreibtisch, der in einer Nische im Wohnzimmer stand. Wenig später hatte ich die Einladung unter einem Stapel mit Rechnungen gefunden. Eine Weile hielt ich sie in der Hand und betrachtete sie unschlüssig. Sollte ich nun zur Hochzeit meines ehemals besten Freundes fahren oder nicht?

Kurz streifte mich der Gedanke, ob Paul vielleicht auch Camille eingeladen hatte. Seit unserer Begegnung im *Café des Poètes* waren fast zwei Jahre vergangen. Wer weiß, ob sie überhaupt noch mit diesem Maxime zusammen war. *Nichts ist so unzuverlässig wie die Liebe.* Das hatte sie selbst gesagt.

Ich steckte die Karte an den Spiegel über der Kommode im Eingangsflur und beschloss, mir die Sache noch mal durch den Kopf gehen zu lassen.

«Oh, was ist das?», fragte Laurence, als sie abends mit einer Flasche Vacqueyras bei mir vorbeikam (einem ihrer Lieblingsweine, den sie bei ihrem letzten Urlaub auf dem kleinen Weingut Domaine Burle in der Region Vaucluse entdeckt hatte und von dem sie sagte, er schmecke ihr besser als jeder Châteauneuf-du-Pape).

«Darf ich?» Sie drückte mir die Flasche in die Hand und nahm die Einladung vom Spiegel. «Wer heiratet?»

«Paul», sagte ich und starrte auf das orangefarbene Etikett der Flasche mit der Aufschrift *La Muse*. «Danke.»

«Wie jetzt? Paul Gérard? Dein alter Freund Paul?» Sie zog erstaunt die Augenbrauen hoch.

Laurence kannte Paul noch aus der gemeinsamen Schulzeit in Bordeaux und auch von den Sommerferien, die wir damals an der Côte d'Argent zusammen verbracht hatten. Obwohl meine Schwester einige Jahre älter war als wir, hatte sie meinen munteren Freund immer nett gefunden. Natürlich hatte sie mitbekommen, dass etwas in Paris «vorgefallen» war und ich den Kontakt zu Paul abgebrochen hatte – auch wenn ich nicht jedes Detail dieser für mich wenig schmeichelhaften Geschichte preisgab.

«Oh, là, là! Er heiratet auf einem Schloss», sagte sie, nachdem sie die Klappkarte überflogen hatte. *«Très élégant!»* Sie lächelte. «Und – gehst du hin?»

Ich zuckte mit den Schultern. «Ich weiß es noch nicht.»

Sie sah überrascht auf, und unsere Blicke begegneten sich im Spiegel. «Du *weißt* es noch nicht? Aber Jean-Pierre – was soll denn das? Natürlich gehst du hin. Es ist dein alter Freund Paul. Außerdem lässt man sich eine so tolle Hochzeit doch nicht einfach entgehen. Auf einem *Schloss*!», wiederholte sie, und ihre Augen begannen zu glänzen.

Meine Schwester liebte Hochzeiten. So bodenständig sie auch sonst war, bei Hochzeiten setzte ihr sonst so pragmatischer Verstand aus. Da konnte es nicht romantisch genug sein. Kutschen mit weißen Pferden oder ein kleines Auto mit der Aufschrift «Just married» und klappernden Dosen an der Stoßstange, Hochzeitstauben, die das Brautpaar in den Himmel flattern ließ oder rote Luftballons in Herzform, die die Gäste steigen ließen – Laurence war ganz verrückt nach Hochzeiten und freute sich immer, wenn irgendjemand, den sie kannte, die Absicht hegte zu heiraten. Wenn sich eine von ihren vielen Freundinnen verliebte, war Laurence' erste Frage stets:

«Und? Wann heiratet ihr?»

Sie bot sich gerne an – als Trauzeugin oder Brautjungfer, als Organisatorin oder Chauffeurin des Hochzeitsautos. Sie zog stundenlang mit der Braut durch die Brautmodengeschäfte, um sie bei der Wahl des Kleides und des Haarschmucks zu beraten. Eine Hochzeitsfeier, bei der mit Reiskörnern auf das Brautpaar geworfen wurde, bei der kleine Kinder den Weg entlangstolperten und andächtig Blumen streuten, bei der launige Reden gehalten, die Servietten unter Jubelrufen über den Köpfen geschwenkt wurden und mit Champagner und gutem Essen gefeiert und getanzt wurde, war ganz nach ihrem Geschmack. Für meine Schwester war es völlig unverständlich, wie zwei Menschen, die sich von Herzen liebten, auf diesen – wie sie immer betonte – schönsten Tag ihres Lebens freiwillig verzichten konnten und ihr Glück nicht mit möglichst vielen Menschen teilen wollten.

Sie hasste es, wenn Leute einfach wegfuhren oder sich unter Ausschluss der Öffentlichkeit das Ja-Wort gaben. Dann fühlte sie sich irgendwie betrogen. Es nützte auch nichts, wenn man sie darauf hinwies, dass manche Menschen gerne in aller Stille den Bund fürs Leben schlossen oder um den Preis einer Hochzeit lieber eine Weltreise machten.

«Nein, nein», sagte sie dann und schüttelte streng den Kopf: «Wenn man jemanden liebt, muss man es auch zeigen. Und wenn man die Liebe nicht feiert, was will man denn dann feiern?»

Jetzt drehte sie sich um und wedelte mit der Karte vor meiner Nase herum. «Eine Einladung zur Hochzeit darf man niemals ausschlagen, weißt du das nicht? Schon gar nicht, wenn sie von einem alten Freund kommt. Außerdem bringen Hochzeiten Glück.»

«Ja. Für das Brautpaar vielleicht.»

«Wer weiß?» Sie schaute mich vielsagend an und grinste. «Vielleicht fällt auch eine Brotkrume für dich ab. Ich an deiner Stelle würde hinfahren!»

«Na ja», entgegnete ich und ahnte nicht, dass dies der beste Rat war, den meine große Schwester mir je gegeben hatte. «Ich überlege ja auch hinzufahren. Es ist nur ... Paul und ich haben uns seit Ewigkeiten nicht mehr gesehen ... Du weißt schon ...»

«Umso netter, dass er dich jetzt einlädt.» Laurence stemmte die Hände in die Hüften und sah mich spöttisch an. «Nun sei mal nicht so nachtragend, kleiner Bruder.»

«Ich bin nicht nachtragend», entgegnete ich.

Am nächsten Morgen warf ich die Antwortkarte in den Briefkasten. Ich hatte mich entschieden. Ich würde zur Hochzeit meines alten Freundes fahren. Am 15. Juni würde ich mich auf den Weg nach Aquitanien machen, ins Entre Deux Mers, auf ein altes Schloss, wo schon ein Zimmer für mich reserviert war. Laurence hatte recht, so schlecht war das doch gar nicht.

Der Briefkasten klapperte fröhlich, als ich den Umschlag darin versenkte und mich auf den Weg ins Café machte. Die Sonne schien, und der Himmel über Paris war blau. Ich fühlte mich gut. Ich war nicht nachtragend, ich war souverän und großherzig. Gut gelaunt marschierte ich die Rue Roger Verlomme entlang, bog in die Rue des Tournelles ein und ging weiter zur Place des Vosges, die still und in ihrer ganzen Pracht im Morgenlicht dalag. Ich schlenderte die Arkaden entlang, die um den quadratischen Platz herumführen, warf einen Blick in die Fenster einer kleinen Galerie, die noch geschlossen hatte, und blieb einen Moment vor einem sommerlichen Bild stehen, das eine junge Frau zeigte, die inmitten hoher Gräser rücklings auf einer Decke lag und ein Buch las, eine bauchige rote Teekanne neben sich. Wenige Minuten später erreichte ich die Place du Marché Sainte-Cathérine und schloss das Café auf. Alles war friedlich, und ich war mit mir im Reinen.

Wenn mir an diesem Morgen jemand gesagt hätte, dass ich mit dem Entschluss, Pauls Einladung anzunehmen, unversehens in das wildeste, aberwitzigste und wunderbarste Abenteuer meines Lebens geraten würde, ich hätte ihm nicht geglaubt.

6

Am Tag von Pauls Hochzeit ging alles schief, was nur schiefgehen konnte. Doch das wusste ich glücklicherweise nicht, als ich morgens meine Tasche packte und den blauen Anzug, den ich tags zuvor aus der Reinigung geholt hatte, in den Kleidersack steckte. Die Feier begann am frühen Abend, die Fahrt dauerte etwas über sechs Stunden, und ich hatte mir vorgenommen, gegen zehn von Paris aus zu starten, um vor Ort noch genügend Zeit zu haben, mich umzuziehen und ein bisschen frisch zu machen.

Die Route über die A10 Richtung Bordeaux war mir bestens vertraut, die nahm ich immer, wenn ich meine Eltern besuchte – Orléans, Blois, Tours, Poitiers –, doch diesmal würde ich bei Libourne die Autobahn verlassen, um zu dem Schloss zu fahren, das sich irgendwo in der Nähe von Saint-Émilion befand.

Ich muss sagen, dass ich mich inzwischen fast auf die Hochzeit freute. Laurence hatte mich mit ihrer Begeisterung ein wenig angesteckt. «Das wird toll», hatte sie gesagt, als wir bei *Assouline* in der Rue Bonaparte zusammen nach einem Geschenk für Paul Ausschau hielten. Dieser Luxusbuchladen mit seinen exquisiten Bildbänden und geschmackvollen Accessoires war eine einzige Liebeserklärung an Schönheit und Lebenskunst – ein wahres Eldorado für Menschen, die sich für Kunst oder Architektur interessierten. Am Ende hatte ich mich für einen Bildband mit dem Titel *Travel by Design* und einen dazu passenden zusammenklappbaren Buchständer in Knallgelb entschieden. Beides steckte in der schwarz-weißen Assouline-Tüte, die nun neben meinem Schreibtisch stand.

Ich holte gerade meine Frühstückstasse aus dem Küchenschrank, als es an der Tür klingelte. Erstaunt trat ich in den Flur. Es war Samstag und kurz nach neun. Wer wollte so früh etwas von mir? Ich hoffte, dass es nicht wieder meine neue Nachbarin war.

Madame Clément, eine liebenswerte und etwas zerstreute emeritierte Professorin Anfang sechzig, die vor ein paar Monaten in das Stockwerk über mir eingezogen war, neigte dazu, sich öfter mal auszusperren. Dann kam sie zu mir herunter, um mich zu bitten, ihr zu helfen, mit der Scheckkarte das Schloss aufzubekommen. «In den Filmen geht das immer ganz leicht», sagte sie aufmunternd, während ich fluchend die Scheckkarte mehrere Male ohne Ergebnis durch den Türschlitz zog und mir zunehmend unfähig vorkam. Am Ende war der Magnetstreifen der Scheckkarte zerkratzt, und Madame Clément bemerkte «Schade, die ist wohl hin» und kam mit in meine Wohnung, um von meinem Telefon den Schlüsseldienst anzurufen. Dann setzte sie sich anmutig aufs Sofa.

«Danke, dass Sie mir Asyl gewähren, Monsieur Morel, Sie sind wirklich zu freundlich», meinte sie, während sie an dem Glas Pastis nippte, das ich ihr angeboten hatte, und sich interessiert in meiner Wohnung umsah. Ganz augenscheinlich genoss sie unsere kleine Zusammenkunft. «Ich bin so zerstreut in letzter Zeit. Ich schreibe gerade an einer wissenschaftlichen Abhandlung über den Apollonkult in Pompeji, das nimmt meine ganze Aufmerksamkeit in Anspruch, und bevor ich daran denke, habe ich die Tür hinter mir zugezogen, und der Schlüssel ist noch drinnen. Bitte verzeihen Sie die Umstände. Irgendwie bin ich gerade nicht von dieser Welt.»

Sie lächelte entschuldigend, strich sich ihre langen silbergrauen Haare zurück, die ihr offen über die Schulter fielen, und sah ein bisschen aus wie die ältere Schwester von Galadriel aus dem *Herrn der Ringe*.

Ich lächelte auch.

«Machen Sie sich keine Gedanken, das kann doch jedem mal passieren, Madame Clément», sagte ich. Da wusste ich noch nicht, dass meine neue Nachbarin eine Wiederholungstäterin war.

Erst vor einer Woche hatten wir nachts über eine Stunde in meinem Wohnzimmer gesessen und auf den Schlüsseldienst gewartet, weil Madame Clément noch abends um kurz vor zwölf ihren Müll nach unten bringen musste und sich wieder einmal ausgesperrt hatte.

An diesem Abend hatte der Schlüsseldienst endlos auf sich warten lassen. Wir hatten zusammen eine Flasche Wein geleert, Madame Clément hatte von ihrer Kindheit im Elsass erzählt, von den guten Kuchen ihrer Großmutter, und irgendwann waren wir zum Du übergegangen.

«Allmählich kannst du bei dem Schlüsseldienst Rabatt verlangen, Sandrine», meinte ich, als es endlich klingelte.

«Vielleicht sollte ich mir das blöde Ding in Zukunft einfach um den Hals hängen», erklärte sie ein wenig schuldbewusst.

«Ja, vielleicht.» Ich unterdrückte ein Gähnen.

Ein paar Tage später sah ich sie mit wehendem Mantel und wehendem Haar durch den Hausflur eilen, um den Hals trug sie ein langes violettes Band, an dem ein Schlüssel hing. Es sah aus wie ein besonders originelles modisches Accessoire. Sie zwinkerte mir verschwörerisch zu und rief: «Mein neuer Trick!» Und abends stand ein selbst gebackener elsässischer Gugelhupf *à la grand-mère* vor meiner Tür, dem eine rosafarbene Karte beigelegt war.

Als kleines Dankeschön und weil ich dich so lange wach gehalten habe ... Ich lasse dir aber noch meinen Schlüssel nachmachen, sicher ist sicher. Sandrine

Offenbar hatte der Trick mit dem Band nicht funktioniert. Wieder klingelte es, diesmal energischer, und ich zog seufzend die Tür auf. Doch als ich sah, wer draußen stand, hätte ich mir gewünscht, es wäre meine reizende zerstreute Nachbarin gewesen.

«Bonjour, Jean-Pierre!», sagte Océane.

«Océane!», stammelte ich. «Himmel, was willst du denn hier so früh am Morgen?»

Sie verschränkte die Arme über ihrem auffallend hübschen geblümten Sommerkleid und sah mich angriffslustig an.

«Hast du nicht was vergessen?» Sie zog die Augenbrauen hoch.

«Was ... *vergessen?*» Ich starrte sie an und fuhr mir nervös durch die Haare. Was wollte sie jetzt schon wieder.

«Hör mal, Océane, ich hab gerade wirklich keine ...», begann ich.

«Was ist mit den Weinflaschen?», unterbrach sie mich. «Du hast sie mir immer noch nicht vorbeigebracht. Denk nicht, dass du sie einfach behalten kannst.»

«Aber da waren keine Châteauneuf-du-Pape-Flaschen im Keller. Ich habe alles abgesucht. Ehrlich.» Zugegebenermaßen hatte ich nicht *alles* abgesucht. Aber auf den ersten Blick hatte ich nichts entdecken können.

«Dann hast du eben nicht richtig nachgeschaut, Jean-Pierre. Es muss noch ein ganzer Karton dort sein, das weiß ich sicher. Wir können ja zusammen nachsehen.»

«Bitte, Océane.» Ich hob beschwörend die Hände. «Nicht jetzt.»

«Wieso nicht jetzt?» Sie sah mich misstrauisch an. «Ist jemand da?»

«Nein.»

Ehe ich es verhindern konnte, marschierte Océane an mir vorbei in die Wohnung. Sie sah sich um, und ihr

Blick fiel auf den angeschnittenen Gugelhupf und die kleine rosafarbene Karte.

Océane hatte Augen wie ein Luchs.

«Wer ist Sandrine?», fragte sie, während sie die kurze Nachricht stirnrunzelnd überflog.

«Meine Nachbarin.» Es klang schuldbewusst, und ich ärgerte mich über mich selbst. Océane hatte so eine Art, einen ins Unrecht zu setzen.

«Deine Nachbarin?» Sie lachte spöttisch auf. «Das scheint ja eine ganz reizende Nachbarin zu sein, die dir Kuchen backt, die Nacht mit dir verbringt und dir dann gleich ihren Schlüssel nachmachen lassen will.»

«Meine Güte, Océane, sie hatte sich ausgesperrt. Das ist alles.»

«Aaah, sie hatte sich *ausgesperrt.*» Océane kniff die Augen zusammen. «Ist sie oben? Bist du deshalb so nervös?» Sie ging zur Wendeltreppe und starrte hinauf.

«Sandrine? Hallo, Sandrine? Kommen Sie doch herunter und leisten Sie uns Gesellschaft.»

«Das ist lächerlich, Océane», sagte ich und merkte, wie ich allmählich sauer wurde. «Und selbst, wenn es so wäre – was geht's dich an? Wir sind nicht mehr zusammen, schon vergessen? Ich könnte hundert Freundinnen haben, und es könnte dir egal sein. Ich muss mich nicht rechtfertigen, wann kapierst du das endlich?»

«Aha. Du gibst es also zu?» Ihre Stimme wurde mit einem Mal laut.

«Wie?», entgegnete ich verblüfft. «Nein, ich gebe es nicht zu. Was redest du denn da?» Dann schüttelte ich den Kopf und schwieg. Es hatte keinen Zweck, mit ihr zu argumentieren. Mir rannte die Zeit davon, und ich musste sie irgendwie loswerden. «Bitte, Océane, lass uns nicht streiten. Es ist alles gesagt.»

Das sah Océane offenbar anders. Wütend schritt sie im Wohnzimmer auf und ab und sammelte Munition. Es war mal wieder Showtime.

«Schön, dass du dich so schnell getröstet hast, Jean-Pierre. Das ging ja fix. Ich meine, ich habe nicht mal alle meine Sachen aus deiner Wohnung rausgeholt, da zieht schon die Nächste ein. Das ist einfach unglaublich, *unfassbar* ist das! Wie kann man nur so kaltschnäuzig sein?» Sie blieb einen Moment vor meinem Schreibtisch stehen und stützte sich mit beiden Händen darauf ab, dann fing ihre Stimme an zu zittern.

«Ich frage mich nur eins: Hast du mich je geliebt? Hast du mich je geliebt, Jean-Pierre?», wiederholte sie theatralisch. «Oder war alles eine Lüge?»

Sie starrte mich tränenumflort an.

Sie hätte zum Theater gehen sollen. Eleonora Duse war nichts dagegen.

Ich seufzte und blickte verstohlen auf die Uhr. Inzwischen war es Viertel nach zehn. Ich musste los.

«Natürlich habe ich dich geliebt, Océane. Und ich wünsche dir wirklich alles Gute. Aber es gibt ja einen Grund, warum du mich verlassen hast, nicht wahr?» Ich trat zu ihr und legte beschwichtigend den Arm um ihre Schultern. «Es hat einfach nicht gepasst zwischen uns.»

Ich reichte ihr ein Taschentuch.

Sie nickte schniefend, und für einen Moment sah es so aus, als hätte sie sich wieder beruhigt.

Dann senkte sie den Blick. Und sah die Einladungskarte.

«Du gehst zu einer Hochzeit?», fragte sie.

Ich nickte. «Ja. Mein Freund heiratet heute. Und deswegen muss ich jetzt auch los. Die Feier findet nämlich in Aquitanien statt. Das ist nicht gerade um die Ecke.»

Jetzt erst bemerkte Océane die gepackte Reisetasche, die noch offen neben dem Sofa stand. Sie nickte ein paarmal. Dann starrte sie wieder auf die Karte und wurde von einer neuen Welle des Selbstmitleids überrollt.

«Mich hast du nie gefragt, ob ich dich heiraten will», schluchzte sie.

«Das hättest du auch gar nicht gewollt, so unzufrieden, wie du mit mir warst.»

«Trotzdem – du hättest mich fragen können.» Sie nahm die Einladung und starrte düster auf die Vignette mit dem Schloss. «Du hättest dich ändern können für mich.»

«So sehr kann sich niemand ändern, Océane.»

«Ich habe dir die besten Jahre meines Lebens geschenkt. Und jetzt bin ich alt und stehe da mit leeren Händen.»

Ich musste lachen.

«Jetzt mach mal einen Punkt, Océane. Du bist achtundzwanzig und keine alte Frau. Deine besten Jahre kommen erst noch. Bald wirst du selbst heiraten und sehr glücklich sein, da bin ich mir sicher.»

Sie sah mich mit einem merkwürdigen Blick an.

«Meinst du?»

«Ja, klar!» Ich nickte überschwänglich. Solange sie nicht mich heiraten würde, war alles gut.

«Kommt Sandrine auch mit zur Hochzeit?»

«Sandrine?», fragte ich verwirrt.

«Ja, Sandrine, deine neue Freundin.»

«Nein, die kommt nicht mit. Und sie ist auch nicht meine neue Freundin.» Ich musste an meine Nachbarin mit dem langen silbergrauen Haar denken und lächelte. «Und jetzt gib mir die Einladung, ich muss wirklich los.»

Océane hielt die Karte fest umklammert und sah mich mit glänzenden Augen an.

«Nimm mich mit!»

«Was?!» Was für eine beknackte Idee war das jetzt? «Das ist nicht dein Ernst, oder?»

«Doch. Die Einladung ist für zwei. Warum kann ich nicht mitkommen?»

«Wir sind nicht mehr zusammen, Océane.»

«Das stört mich nicht.»

«Mich aber!»

Ich streckte die Hand nach der Karte aus, und sie versteckte sie schnell hinter dem Rücken. «Du kriegst sie nicht.» Sie wich ein paar Schritte zurück, und ich ging ihr nach. «Nur wenn du mich mitnimmst.»

«Sei nicht albern, Océane. Für solche Späße habe ich keine Zeit. Her jetzt mit der Einladung.»

Ich jagte sie durch die halbe Wohnung, was sie unglaublich komisch zu finden schien. Sie umrundete kichernd das Sofa, blieb außer Atem vor dem Schreibtisch stehen, entwischte nach draußen in den Hof und lief dann wieder zum Sofa, wo die Reisetasche stand. Das blöde Spiel kostete mich eine weitere kostbare Viertelstunde. Dann endlich gab sie auf. Als sie merkte, dass sie ihren Willen nicht bekam, fing sie wieder an, mich zu beschimpfen: Ich würde keinen Spaß verstehen, ich wäre kleinlich und engstirnig und egoistisch, und die blöde Einladung wäre schon längst in meiner Tasche. Dann rauschte sie mit den schon so oft benutzten Worten, dass sie hoffe, mich nie wiederzusehen, aus der Wohnung.

«Bilde dir nur ja nicht ein, dass ich dich zu meiner Hochzeit einlade», rief sie noch. «Das kannst du knicken, Jean-Pierre.»

«Ich hoffe es», murmelte ich leise. Und das war dann wirklich das Letzte, was ich von Océane hörte.

Ich beschloss, auf das Frühstück zu verzichten, und trank nur rasch den schnellsten Espresso meines Lebens. Nur wenige Minuten später stand ich in der Tiefgarage und war gerade dabei, meine Reisetasche, den Kleidersack und die Tüte mit dem Bildband in meinen alten Citroën einzuladen, als mein Handy klingelte. Ich stellte die Reisetasche ab und fischte das Telefon aus der Hose.

«Jaaa?», sagte ich leicht genervt und dachte, es wäre Océane, der noch eine Bosheit eingefallen war, die sie mir an den Kopf werfen wollte. Doch es war meine Großmutter. Sie klang jämmerlich.

«Oh Gott, Jean-Pierre, oh Gott, oh Gott! Gut, dass ich dich erreiche!»

«Mamie? Was ist passiert?» Ich hörte, wie sie schwer atmete, und spürte Panik in mir aufsteigen.

«Ich hab mir den Fuß umgeknickt, als ich vom Stuhl gestiegen bin, und jetzt kann ich nicht mehr auftreten.» Sie stöhnte laut. «Aaah, das tut so weh. Ich hoffe, der Knöchel ist nicht gebrochen. Kannst du kommen, Jean-Pierre? Ich weiß nicht, was ich machen soll, und Cécile geht nicht ans Telefon.»

Sie war völlig aufgelöst.

«Ach, du meine Güte, Mamie», rief ich, halb bestürzt und halb erleichtert, dass es nichts Schlimmeres war. «Ja, ich komme, ich komme sofort! Bleib ganz ruhig.»

«Bist du nicht schon unterwegs zur Hochzeit?»

«Nein, keine Sorge, Mamie, ich bin noch gar nicht losgefahren.»

Fast musste ich Océane dankbar sein.

Ich knallte den Deckel des Kofferraums zu, sprang ins Auto und schoss aus der Tiefgarage. Der Weg zur Place des Vosges war nicht weit, aber es gab überall Durchfahrtsverbote. Fluchend schlängelte ich mich durch die Einbahnstraßen, um möglichst nah an den Platz heranzukommen. Vor dem *Pavillon de la Reine*, einem Grandhotel, das direkt an der Place des Vosges lag, hielt ich mit eingeschalteter Warnblinkanlage an und rief dem dunkelhäutigen Portier, der am Eingang stand und den weiß behandschuhten Finger mahnend hin- und herbewegte, zu, dass es sich um einen Notfall handele.

«Sie dürfen hier nicht parken.»

«Ich bin sofort wieder da! Bitte! Meine Großmutter ist gestürzt.»

Ich weiß nicht mehr, wie ich es schaffte, die jammernde Mamie aus ihrer Wohnung zu bekommen. Sie empfing mich – gestützt auf einen gepunkteten Regenschirm – schwankend und mit kreidebleichem Gesicht an der Tür. Glücklicherweise wohnte sie im zweiten Stock und nicht im fünften, und glücklicherweise ernährte sie sich nicht ausschließlich von Himbeertörtchen – doch leicht war es nicht, weil ich sie halbwegs die Treppe hinuntertrug. Dann humpelten wir eng umschlungen wie ein Liebespaar zu meinem Wagen, der Gott sei Dank noch vor dem Hotel stand. Die ganze Aktion hatte mindestens eine Viertelstunde gedauert, und als wir ankamen, umkreiste bereits eine Politesse mein Auto und tippte mit zufriedener Miene mein Kennzeichen in ihr kleines Denunzianten-Gerät.

«He ... hallo, das ist ein Notfall, warten Sie», keuchte ich, und Mamie jammerte laut auf, als ich sie eilig mit mir zog.

«Das habe ich ihr auch schon gesagt», meinte der Portier, der immer noch vor der Eingangstür des Hotels stand und alles beobachtete. «Ich habe gesagt, Sie wären sofort wieder da.»

«Na, sofort ist was anderes.» Die Politesse musterte mich unbeeindruckt. «Wissen Sie, wie oft ich das zu hören bekomme, junger Mann? Das mit dem Notfall?»

«Nein, das weiß ich nicht», entgegnete ich und riss die Tür meines Wagens auf, während ich gleichzeitig versuchte, Mamie weiter festzuhalten, die gefährlich auf dem rechten Bein schwankte, während ihr linker Fuß in der Luft schwebte. «Und es interessiert mich auch nicht. Das hier *ist* ein Notfall! Könnten Sie vielleicht netterweise mal helfen, anstatt weiter in Ihr blödes Gerät zu tippen? Mein Gott, Sie sehen doch, dass diese Frau verletzt ist.»

«Die Polizei, dein Freund und Helfer … ja, ja, wer's glaubt!», rief nun auch der Portier, der sich, aus welchem Grund auch immer, vollends auf meine Seite geschlagen hatte.

Ein Passant blieb stehen, es war ein älterer Herr. Er rückte seine kleine Goldrandbrille zurecht und musterte die Polizistin mit feindseligem Blick. «Ich hab mal gehört, die kriegen Prämien fürs Aufschreiben. Na, die können jedenfalls gut vom Schreiben leben, wir Schriftsteller nicht», bemerkte er.

«Werden Sie mal nicht frech, ja? Sonst gibt es eine Anzeige wegen Beamtenbeleidigung», sagte die Politesse. Dann half sie mir, meine Großmutter auf den Vordersitz des Autos zu bugsieren. Mamie ließ sich schwer in den Sitz fallen und stieß einen spitzen Schmerzensschrei aus, als sie mit dem verletzten Fuß versehentlich gegen die Autotür kam.

«Alles Gute», sagte die Polizistin und tippte mit dem Finger an ihre blaue Schirmmütze. Dann nickte sie mir zu. «Den Strafzettel kann ich übrigens nicht mehr löschen, ist alles schon im System. Aber wenn es wieder mal einen Notfall gibt, rufen Sie besser gleich ein Taxi oder den Krankenwagen. Dann müssen Sie auch nicht falsch parken.»

Etwa eine Stunde später kehrten wir wieder aus dem Krankenhaus zurück. Diesmal parkte ich in einer Seitenstraße im absoluten Halteverbot und betete, dass ich nicht abgeschleppt würde. Mamie hatte ihren Regenschirm inzwischen gegen zwei Krücken getauscht, an dem verstauchten Fuß trug sie einen orthopädischen Schuh. Es hätte schlimmer kommen können, sagte ich mir, als wir im Schneckentempo die Straße entlanggingen. Immerhin hatten wir nicht allzu lange in der orthopädischen Ambulanz warten müssen. Die meisten Pariser hatten an diesem strahlend schönen Samstag offenbar Besseres zu tun, als irgendwo herunterzufallen oder sich die Glieder zu verdrehen. Der junge Notarzt mit den schwarzen Haaren hatte eine Weile auf Mamies angeschwollenem Knöchel herumgedrückt und den Fuß versuchsweise in alle Richtungen gedreht, dann war alles geröntgt und verbunden worden.

«Sie haben Glück gehabt, Madame», sagte der Arzt, als er die Aufnahmen an eine Leuchtwand heftete. «Gebrochen ist nichts. Es sind nur die Bänder, aber das tut mindestens genauso weh.» Er tätschelte meiner Großmutter mitfühlend den Arm und drückte ihr zum Abschied ein paar Schmerztabletten in die Hand. «Das wird schon wieder. Den Fuß hochlegen und immer schön kühlen.» Er nickte ihr freundlich zu.

«Danke.» Meine Großmutter strich sich über ihre kinnlangen aschblonden Haare, um zu prüfen, ob ihre Frisur noch saß, dann ließ sie sich von dem Arzt von der Liege helfen. «Das haben Sie sehr gut gemacht. Sie sind ein sehr netter Arzt», befand sie.

«Sie sind ja auch eine sehr nette Patientin», gab der Arzt lächelnd zurück.

Inzwischen hatte auch Cécile zurückgerufen, die in heller Aufregung gewesen war, als sie die Hilferufe meiner Großmutter auf ihrem Anrufbeantworter vorgefunden hatte. Cécile hatte einen Schlüssel zu Mamies Wohnung und war schon da, als wir ankamen.

«Keine Sorge, ich kümmere mich um Isabelle», sagte sie, während ich Mamie in ihrem Ohrensessel installierte, den Fußschemel davorschob und vorsichtig ihre Beine hochlagerte.

«Ja, mach, dass du loskommst, Jean-Pierre», sagte Mamie, die sich schon wieder etwas gefangen hatte. «Du kommst noch zu spät.»

Dankbar nahm sie eine Tasse Tee entgegen, die ihre Lieblingscousine ihr reichte. «Der Junge muss doch noch auf eine Hochzeit ins Entre Deux Mers. Er wäre längst losgefahren, wenn mir nicht dieser dumme Unfall passiert wäre. Ich bin an allem schuld», erklärte sie freimütig.

«Alles gut, Mamie», sagte ich und schaute auf die Uhr. «Das schaffe ich noch.» Es war bereits halb zwölf, und mir lief die Zeit davon. Aber wenn ich mich jetzt auf den Weg machte, konnte ich vielleicht gerade noch rechtzeitig zur Feier da sein. Nur durfte jetzt wirklich nichts mehr passieren. Mit Unbehagen dachte ich kurz an mein Auto, dass immer noch blinkend im absoluten Halteverbot stand.

«Was für ein aufregender Morgen», sagte ich kopfschüttelnd und starrte auf Mamies dicken Schuh, aus dem nur die Zehen herausguckten. «Du kannst froh sein, dass du dir nicht den Hals gebrochen hast.»

«Oder den Oberschenkelhals», ergänzte Cécile. «Das ist fast noch schlimmer.»

«Ja, ja», sagte Mamie und nippte an ihrem Tee. «Nun malt mal nicht den Teufel an die Wand.»

«Warum steigst du überhaupt noch auf einen Stuhl in deinem Alter, Mamie. Das darfst du echt nicht mehr machen, versprich mir das.»

«Die meisten Unfälle passieren im Haushalt», warf Cécile ein. «Und einer der gefährlichsten Orte ist die Küche.»

«Ach, patati, patata», sagte Mamie. «Das lag doch alles nur an diesen grässlichen Birkenstock-Sandalen, die du mir geschenkt hast, Jean-Pierre. Ich hatte sie abgestreift, als ich auf den Stuhl stieg, und beim Heruntersteigen bin ich aus Versehen auf so eine Sandale draufgetreten und umgeknickt. Die Dinger sind ja hart wie ein Brett, wie kann überhaupt jemand damit laufen? Und so unelegant. Nur weil ich alt bin, muss ich doch nicht solche Treter anziehen. Überhaupt: *Bir-ken-stock*, was ist das für ein komischer Name? Das klingt schon so medizinisch.»

Ich musste lächeln. «Aber das tragen heute alle jungen Frauen, Mamie. Das ist total angesagt.»

Cécile nickte. «Ja, Isabelle. Selbst die Models auf den Prêt-à-porter-Schauen tragen diese Birkenstock-Sandalen.»

«Kaum zu glauben.» Mamie schüttelte den Kopf und sah mich empört an. «In was für einer Welt lebe ich eigentlich? Zu meiner Zeit haben wir uns noch schick gemacht, weißt du? Da waren elegante Schuhe in Mode, und man hätte nicht alles drangesetzt, dass die Füße aussehen wie die von einem Elefanten.»

«Ja, Mamie, ich weiß! Aber pass trotzdem ein bisschen auf, ja? Morgen Abend bin ich wieder zurück.» Ich beugte mich zu ihr hinunter und gab ihr einen eiligen Kuss. «Ich muss los.»

«Pass du auch auf dich auf, Jean-Pierre», rief sie mir nach. «Und rase nicht so.»

«Keine Sorge, Mamie, mit meinem Auto kann man gar nicht rasen.»

7

Kurze Zeit später raste ich die A10 Richtung Bordeaux entlang. Auch in einem alten Citroën kann man ziemlich rasch vorankommen, wenn man das Gaspedal durchdrückt. Ich starrte konzentriert auf die Autobahn und achtete auf Blitzer. Nachdem ich heute schon einen Strafzettel kassiert hatte, brauchte ich nicht noch ein Blitzerfoto von mir. Eine Hochzeit würde sicher nicht als Notfall anerkannt werden.

Ich grinste und musste wieder an die Politesse denken, die wie ein Sheriff auf der gegenüberliegenden Straßenseite gestanden hatte, als ich aus Mamies Haus gestürzt war und auf meinen Wagen zusprintete.

«Sie schon wieder! Jetzt aber schnell», hatte sie gerufen und drohend ihr kleines Gerät geschwenkt. «Sie stehen vor einer Ausfahrt. Ich wollte gerade den Abschleppdienst verständigen.»

«Bin schon weg.» Ich hob beschwichtigend die Hand, stieg in mein Auto und stellte die Warnblinkanlage aus. «Meine Großmutter …»

Sie nickte und verdrehte die Augen. «Ein Notfall, ich weiß. Wie geht es Ihrer Großmutter?», wollte sie dann in einem Anflug von Anteilnahme wissen.

«Alles gut so weit.»

Ich winkte ihr zu, als ich losfuhr, und sie winkte tatsächlich zurück.

Der Tag hatte nicht optimal begonnen, so viel stand fest. Erst Océanes Auftritt, dann Mamies Unfall, es konnte nur noch besser werden.

Ich lehnte mich in meinem Sitz zurück, während ich die Ereignisse des Vormittags Revue passieren ließ und mich Kilometer um Kilometer meinem Ziel näherte.

Orléans, Blois, Tours, Poitiers – ich kam gut voran, und die Landschaft flog an mir vorüber.

Wenn man in Paris lebte, vergisst man manchmal, wie groß Frankreich eigentlich ist und vor allem, wie viele unspektakuläre Gegenden es im Inneren des Landes gibt.

Am Atlantik mit den bizarren Felsformationen, den schäumenden Wellen und dem endlosen Himmel mochte das anders sein und auch in den malerischen Hügeln der Provence, wo sich ein bezaubernder Ort an den nächsten reihte, oder an der Côte d'Azur mit den pittoresken Hafenstädtchen, wo Segelboote sanft im Wasser schaukelten und der weiße Strand von Pampelonne und das türkisfarbene Meer zum Baden einluden. Doch in der Mitte des Landes, durch die ich jetzt brauste, war Frankreich vor allem eines: weit und grün. Wälder, Felder, Wiesen,

Kalksteinfelsen, Windräder. Ab und zu duckte sich mal ein Gehöft in die Landschaft.

Ich merkte, wie ich mich beim Anblick der etwas eintönigen Szenerie allmählich entspannte, und richtete meine Gedanken wieder auf die bevorstehende Hochzeitsfeier.

Wie Paul wohl mittlerweile aussah? Und seine Braut? War sie blond? Ich schmunzelte. Ich gebe zu, ein bisschen neugierig war ich schon. Sicherlich würden Pauls Eltern auch auf der Feier sein. Und sein Bruder François. Ob sonst noch jemand eingeladen war, den ich kannte?

Wenige Kilometer vor Libourne leuchtete die Tankanzeige rot auf. Ich beschloss, an der nächsten Raststätte rauszufahren, um zu tanken und mir einen Kaffee zu holen. Allmählich wurde ich müde, ich brauchte etwas Belebendes.

Als ich an die Zapfsäule rollte, schoss plötzlich ein dunkelgrüner Mini an mir vorbei, scherte knapp vor mir ein, setzte dann mit quietschenden Reifen ein Stück zurück und touchierte meine vordere Stoßstange. Das alles ging so schnell, dass ich gerade noch Zeit hatte, auf die Bremse zu treten. Ich fluchte erschrocken und starrte durch die Windschutzscheibe.

Aus dem Mini sprang eine junge Frau in Jeans und T-Shirt. Sie trug eine riesige schwarze Sonnenbrille, und ihre langen roten Haare waren nachlässig mit einer pinkfarbenen Haarklammer hochgesteckt. Ein paar Strähnen fielen ihr ins Gesicht, als sie jetzt ungeduldig den Zapfhahn aus der Verankerung riss.

Die hatte ja wohl einen Knall.

Ich schaltete den Motor aus und stieg aus dem Auto.

«He, Sie ... Können Sie nicht aufpassen», rief ich aufgebracht. «Sie haben mir die Vorfahrt genommen. Ich wollte gerade tanken.»

Sie blickte kurz auf. «Na, dann tanken Sie doch. Es gibt ja noch genügend andere Zapfsäulen hier.»

«Hallo, geht's noch? Sie haben mich gerade ganz halsbrecherisch geschnitten. Wenn ich nicht gebremst hätte, hätte es gekracht. Sie stehen an meiner Zapfsäule.»

«An *Ihrer* Zapfsäule? Was Sie nicht sagen!» Sie lächelte und schaute auf die rotierenden Zahlen, die anzeigten, wie viel Benzin in ihr Auto floss.

«So ist es. An meiner Zapfsäule.» Ich sah sie unfreundlich an und ignorierte ihren blöden Kommentar, der wohl witzig sein sollte. «Ich wollte gerade an dieser Zapfsäule tanken, als Sie fast in mich reingefahren sind. Nur falls Ihnen das entgangen ist. Außerdem haben Sie mich beim Zurücksetzen touchiert.» Ich ging nach vorne und begutachtete meine Stoßstange. «Hier, sehen Sie?»

Sie warf einen ungeduldigen Blick auf meinen Citroën, während sie den Zapfhahn in die Verankerung knallte und den Tankverschluss zuschraubte.

«*Mon Dieu*, das ist ja nicht mal ein Kratzer.» Sie wischte sich ihre Hände an der Jeans ab und trat näher. Dann fuhr sie mit dem Finger über die Stoßstange. «Nur ein bisschen Abrieb. Da ist gar nichts», stellte sie achselzuckend fest.

Ihre Art provozierte mich irgendwie.

«Nun, wir können gern jemand dazuholen, der den Schaden feststellt.» Natürlich hatte ich nicht vor, die Polizei zu holen, wirklich nicht. Erstens bin ich nicht kleinlich, zweitens hatte ich keine Zeit, und drittens war mein Bedarf an Polizisten für diesen Tag gedeckt. Ich wollte sie nur ein bisschen erschrecken.

«Sie wollen die Bullen holen wegen so einer Lappalie? Armes Frankreich.» Sie richtete sich auf, schob sich die Sonnenbrille ins Haar und musterte mich erstaunt. Ihre Augen waren grün, grüner als alle Augen, die ich jemals gesehen hatte.

«Was sind Sie, Monsieur? Ein Autofetischist? So ein Spießer, der jedes Wochenende seinen Wagen poliert?» Sie zog die Augenbrauen hoch. «Ich meine – *sind* Sie überhaupt Franzose?»

«Wie bitte?!» Dieses Mädchen hatte ja wohl nicht alle Tassen im Schrank. Raste hier in ihrem Mini durch die Gegend, ramponierte unverfroren andere Autos. Und wurde dann noch frech. Für wen hielt die sich eigentlich?

Ich verschränkte die Arme und versperrte ihr den Weg. Sie war klein und zierlich, und ich überragte sie um mindestens einen Kopf. «Ich bin Franzose. In der Tat. Und ich bin alles andere als ein Spießer.»

«Ach ja? Das ist kaum zu glauben. Ich hab schon gedacht, Sie sind in so einem beknackten Oldtimerclub mit Ihrer alten Karre.» Sie grinste mich unverschämt an, und mir verschlug es für einen Moment die Sprache.

«Sie könnten sich wenigstens mal entschuldigen. Das wäre wohl das Mindeste. Wo haben Sie denn Ihren Führerschein gemacht? Auf dem Autoscooter? Ich meine, *haben* Sie überhaupt einen Führerschein?»

Sie rollte genervt mit den Augen. «Ja, natürlich habe ich einen Führerschein. Hören Sie, Monsieur, es ist überhaupt nichts passiert, warum machen Sie hier so einen Aufstand? Brauchen Sie das für Ihr Ego? Also schön, ich entschuldige mich, wenn Ihnen das so wichtig ist. Entschuldigung, Entschuldigung. Entschuldigung. Und jetzt lassen Sie mich endlich durch, ich habe es nämlich eilig.»

Sie setzte ihre riesige Sonnenbrille wieder auf und ging in ihren schwarzen Chucks an mir vorbei, ohne mich eines weiteren Blickes zu würdigen.

«Andere haben es auch eilig», rief ich ihr erbost hinterher.

«Aber ich muss zu einer Hochzeit.»

«Stellen Sie sich vor, ich muss auch zu einer Hochzeit!»

Sie drehte sich kurz um und sah mich über den Rand ihrer Sonnenbrille an, die viel zu groß war für ihr feines Gesicht. Ihr tizianrotes Haar leuchtete in der Sonne, als sie jetzt spöttisch auflachte.

«Hahaha, ja. Schon klar. Sie müssen *auch* zu einer Hochzeit. *Sehr* witzig, Monsieur, meine Güte, fällt Ihnen nichts Besseres ein?»

Mit diesen Worten verschwand sie in der Tankstelle.

Ich starrte ihr entgeistert nach. Was bildete sich diese Verrückte eigentlich ein? Dass ich etwas von ihr wollte? Dass ich irgendeinen Unsinn erzählte? Ich schüttelte den Kopf und stapfte wütend an die Zapfsäule zurück.

Konzentriere dich, Jean-Pierre, befahl ich mir selbst. Du hast keine Zeit, dich zu ärgern. Tanken, Kaffee holen, weiterfahren.

Ich füllte den Tank voll und ging zum Bezahlen in die Tankstelle. Als ich eintrat, kam die Rothaarige gerade wieder schnellen Schrittes heraus. Ich versuchte noch auszuweichen, doch sie schoss mir entgegen, ohne nach rechts oder links zu blicken, und so prallten wir unsanft gegeneinander, und ihre Sonnenbrille fiel zu Boden.

«Hoppla!», sagte ich, hob die Brille auf und reichte sie ihr. «Sie müssen schon ein bisschen schauen, Mademoiselle. Oder haben Sie die Vorfahrt für sich gepachtet?»

Sie riss die Sonnenbrille an sich und funkelte mich aus ihren grünen Augen an. «Müssen Sie eigentlich immer im Weg stehen?», fragte sie entnervt und quetschte sich an mir vorbei, während sie sich den Arm rieb. «Ich sagte doch schon, dass ich es eilig habe.»

«Ist ja gut ... ist ja gut», entgegnete ich und hob die Hände.

Als ich bezahlt hatte und mit meinem Kaffeebecher wieder nach draußen trat, war der grüne Mini verschwunden.

Ich fuhr mit dem Wagen in eine Parkbucht und machte den Kofferraum auf, um die Einladungskarte aus der Reisetasche zu holen. Die Strecke bis Libourne kannte ich, doch für den weiteren Weg brauchte ich die genaue Adresse. Das Schloss befand sich irgendwo in der Pampa im Umkreis von Saint-Émilion, doch wo genau, hatte ich mir nicht gemerkt.

Dummerweise, blöderweise, *idiotischerweise* nicht gemerkt, dachte ich zehn Minuten später, nachdem ich die Reisetasche durchwühlt hatte, ohne die Einladungskarte zu finden.

«Das gibt's doch nicht», murmelte ich. «Das ist jetzt ein schlechter Scherz, oder was?»

Ich war kurz vor dem Ziel, ich konnte gerade noch rechtzeitig da sein, aber ich brauchte die Adresse von dem verdammten Schloss. Wo war die Einladungskarte?

Ich versuchte, mich zu erinnern. Heute Morgen hatte die Einladung noch auf dem Schreibtisch gelegen. Dann hatte Océane sie erspäht und an sich gerissen und hatte ihr albernes «Fang-mich-doch-du-kriegst-sie-nicht»-Spiel gespielt. Aber am Ende hatte sie gesagt, die Karte läge schon längst wieder in der Tasche.

Ich schlug mir mit der Hand vor die Stirn und stöhnte auf.

Océane war nicht zu trauen, schon gar nicht, wenn sie so aufgebracht war wie heute Morgen. Sie war wütend aus der Wohnung gestürmt. Womöglich hatte das Biest die Karte gar nicht in die Tasche getan, sondern sie lag noch irgendwo in der Wohnung. Ich hätte selbst nachschauen müssen, hätte mich davon überzeugen müssen, dass ich die Einladung dabeihatte. Doch dann hatte Mamie mich völlig aufgelöst angerufen, und in der ganzen Aufregung hatte ich nicht mehr an die Karte gedacht.

Ich warf einen Blick auf die Uhr. Es war kurz nach fünf. Ich hatte den Weg in sensationellen fünf Stunden geschafft. Und jetzt das. Ich fuhr mir durch die Haare und überlegte. Es half alles nichts, ich musste Océane anrufen. Ich zog mein Mobiltelefon hervor und gab ihre Nummer ein. Der Teilnehmer sei nicht zu erreichen, wurde mir mitgeteilt. Ich konnte auch keine Nachricht hinterlassen. Dann beschlich mich ein furchtbarer Verdacht. Ich tippte auf Océanes WhatsApp-Adresse. Das Foto war von ihrem Profilbild verschwunden. Statt in ihr lächelndes Gesicht starrte ich auf eine weiße Silhouette auf grauem Grund.

Océane hatte einmal die Wahrheit gesagt, als sie heute Morgen herumschrie, sie wolle mich nie mehr wiedersehen.

Meine Ex-Freundin hatte mich blockiert.

Ich trank einen Schluck von dem Kaffee, der so heiß war, dass ich mir die Zunge verbrannte, und überlegte fieberhaft, welche Optionen mir noch blieben. Eine Nummer von Paul hatte ich nicht, und wen hätte ich sonst noch fragen können?

Dann fiel mir Laurence ein. Ich musste Laurence anrufen. Sie war die Einzige, die mir vielleicht helfen konnte.

Meine gute Schwester war gleich am Apparat.

«Jean-Pierre», sagte sie überrascht, und ich hörte Klappern von Geschirr und das Zischen der Espressomaschine im Hintergrund. «Was gibt's, bist du etwa schon da?»

«Ja ... fast», entgegnete ich nervös. «Ich wollte fragen ...»

«Mit Mamie ist alles in Ordnung. Ich hab eben noch mit ihr telefoniert», unterbrach sie mich. «Du musst dir keine Sorgen machen.»

«Nein, nein, es geht nicht um Mamie», sagte ich.

«Laurence, ich kann die Einladungskarte nicht mehr finden. Sie muss noch in der Wohnung sein. Ich bin schon fast in Libourne, aber ich weiß nicht, wie es weitergeht.» Rasch erzählte ich ihr von der morgendlichen Auseinandersetzung mit Océane.

«Oh Mann», sagte Laurence. Sie hatte die Situation sofort erfasst.

«Kannst du in meine Wohnung gehen und schauen, ob die Einladung irgendwo liegt?», fragte ich hoffnungsvoll. «Schau auch unterm Sofa nach.»

«Kein Problem. Ich ruf dich gleich zurück.»

Laurence besaß einen Zweitschlüssel zu meiner Wohnung, und der Weg vom *Café des Poètes* war nicht weit, doch die Warterei kam mir endlos vor. Warum meldete sie sich nicht?

In kleinen Schlucken trank ich meinen Kaffee, während ich unruhig auf und ab ging und ein Auto nach dem anderen an mir vorbeifuhr, um sich wieder auf der Autobahn einzufädeln.

Schließlich knüllte ich den Becher zusammen, warf ihn in den Abfalleimer und beschloss, mich schon mal auf den Weg Richtung Saint-Émilion zu machen, um nicht unnötig kostbare Zeit zu verlieren. Ich legte mein Handy auf den Beifahrersitz und gab Gas.

Bei Libourne nahm ich die Ausfahrt, und bog gerade auf die Landstraße ab, als es klingelte. Ich riss das Handy an mein Ohr. Hier auf dem platten Land würden wohl keine Kontrollen stattfinden, und wenn, war es mir auch egal.

«Tut mir leid», sagte Laurence. «Ich habe wirklich überall nachgeschaut, auf deinem Schreibtisch, unter dem Sofa, im Papierkorb, auf der Kommode im Flur und sogar draußen im Hof. Bist du sicher, dass du die Einladung nicht doch dabeihast?»

«Nein, ich hab sie nicht. So ein Mist», fluchte ich und hieb mit der flachen Hand mehrfach auf das Lenkrad. «Und was soll ich jetzt tun? Ich kann doch nicht alle verdammten Schlösser in der Gegend abklappern. Weißt du, wie viele das sind?»

«Nein», sagte Laurence. «Viele, fürchte ich. Aber ich meine mich zu erinnern, dass der Name des Schlosses irgendwie mit ‹S› anfing.»

«Ja, jedes Schloss fängt irgendwie mit ‹S› an», seufzte ich.

«Das meine ich nicht – war es nicht Château Sancerre oder so?», überlegte sie weiter. «Kommt dir das bekannt vor?»

«Nein, nein, das verwechselst du jetzt mit dem Wein, Laurence. Ach, wenn ich doch zumindest den Ort wüsste.»

«Ich glaube, es war irgendwas mit ‹-ac› am Ende.» Laurence zögerte. «Genau!» rief sie dann. «Jetzt fällt es mir wieder ein. Der Ort hieß ...»

«Ja?» Ich quetschte den Hörer an mein Ohr.

Laurence schwieg.

«Meine Güte, jetzt mach es nicht so spannend», rief ich. «Wie heißt der Ort?! Laurence? Hallo... Laurence???»

Es knisterte in der Leitung, und ich hörte nur noch Bruchstücke, von dem, was Laurence mir so unbedingt sagen wollte. Ich hörte «Jean» und «ierre» und «ladung» und dann nur noch «ac … ac …ac».

Und dann brach die Verbindung ab.

«Nein!», schrie ich. «Nein! Laurence? Hörst du mich? Kannst du mich verstehen? Hallo? Ich höre dich kaum noch.» Verzweifelt hielt ich am Straßenrand an, sprang aus dem Auto und lief hin und her, während ich mein Telefon dem Himmel entgegenreckte, in der Hoffnung, irgendein Signal aufzufangen.

Doch ich hörte nur das Blöken der Schafe, die auf einer Wiese zu meiner Rechten standen und mich anglotzten wie einen Außerirdischen, der sich ein bisschen seltsam benahm.

Laurence hingegen war verstummt. Ich wählte noch ein paarmal ihre Nummer, aber das Netz war zu schwach. Ich kam nicht durch, und zu allem Überfluss war mein Akku fast leer. Mit schweren Schritten ging ich wieder zum Auto zurück, ließ mich in den Sitz fallen und schloss für einen Moment die Augen.

Wenige Minuten später war ich wieder *on the road*. Nichts hinter mir, alles vor mir, wie das unterwegs immer so ist, sagt Jack Kerouac, dessen Name auch auf -ac endete. Ein Zeichen? Nach einem kurzen Moment der Schwäche hatte ich beschlossen, einfach weiterzufahren und auf ein Wunder zu hoffen. Das war jedenfalls zielführender, als den Schafen bei Grasfressen zuzusehen.

Der Hinweis meiner Schwester erwies sich jedoch als wenig hilfreich. Alle Orte in der Region Entre Deux

Mers, die im Übrigen nicht zwischen zwei Meeren lag, wie man hätte vermuten können, sondern zwischen den beiden Flüssen Garonne und Dordogne, schienen auf -ac zu enden. Aber war es nun Tabanac, Bergerac, Génissac oder Grézillac?

Ich raste die Landstraße entlang, die sich durch grüne Weinfelder schlängelte, und studierte mit zunehmender Panik die Schilder. Alle Orte klangen gleich, es war wie in einem Albtraum, der kein Ende nahm. Stöhnend fasste ich mir an den Kopf und war kurz davor, verrückt zu werden. Dann riss ich mich zusammen, starrte auf die Namen und versuchte, mein fotografisches Gedächtnis zu beschwören.

Leider hatte ich noch nie ein fotografisches Gedächtnis gehabt – im Gegensatz zu Paul, der sich nur einmal eine Telefonnummer oder eine Adresse anschauen musste und sie dann kannte.

Allmählich wurde ich sauer. Warum musste Paul überhaupt auf einem Schloss heiraten, und dann noch in der aquitanischen Pampa? Was war das für ein bescheuerter Einfall? Seine Eltern hatten in Bordeaux einen prächtigen Garten, der groß genug war, um eine Festgesellschaft zu empfangen. Ein paar Lampions in den Bäumen, ein kaltes Buffet, Champagner, und alles wäre perfekt gewesen, dachte ich missmutig. Aber nein, heute musste ja jeder mindestens auf einem Schloss heiraten oder in einem Palazzo in Venedig, am Strand von Ko Phi Phi, barfuß und behängt mit einer Blumenkette, oder auf einer alten Finca im Landesinneren von Mallorca – und alle Gäste waren gezwungen, Hunderte von Kilometern zurückzulegen, nur damit das Brautpaar seinen Spaß hatte und später filmreife Fotos posten konnte.

Wieder tauchte ein Ortsschild auf, und ich beugte mich vor, um den Namen zu entziffern. Die tief stehende Sonne blendete mich, und ich kniff die Augen zusammen, als ich eine Bewegung wahrnahm.

Um ein Haar hätte ich die rote Katze nicht gesehen, die gemächlich über die Straße lief. Ich riss das Steuer herum und trat in die Bremsen. Der Wagen geriet gefährlich ins Schlingern. Ein paar Zentimeter vor dem Straßengraben kam ich zum Stehen.

Ich atmete tief durch. *Ouff!* Das war knapp. Mein Herz hämmerte.

Die rote Katze war auch stehen geblieben. Mitten auf der Fahrbahn stand sie da und starrte mich vorwurfsvoll aus ihren schillernden grünen Augen an.

«Ja, was?», rief ich und wedelte mit der Hand. «Denkst du, die Straße gehört dir? Nun mach schon den Weg frei, du dummes Ding. Du kannst froh sein, dass du noch lebst.»

Ich hupte ein paarmal, und die Katze setzte sich langsam in Bewegung. Sie zeigte wenig Dankbarkeit. Mit hoch erhobenem Schwanz stolzierte sie auf die andere Straßenseite. Dann schaute sie noch einmal zu mir herüber, miaute drei Mal und verschwand in einem Busch.

Ich sah ihr kopfschüttelnd nach. Und da entdeckte ich das Schild.

Es war ziemlich überwuchert und ragte etwas schief

aus dem Gestrüpp. Aber auf dem Schild war in großen Lettern ein Schloss angezeigt. *Château Sanssouci* stand dort, und ich konnte mein Glück kaum fassen.

Sanssouci! Na klar! *Sanssouci!* So hatte das Schloss auf der Einladungskarte geheißen, ich glaubte, mich plötzlich ganz genau zu erinnern. Sanssouci! Das war das Schloss, auf dem die Hochzeit stattfinden sollte. Ich studierte den kleinen Lageplan auf dem Schild, der anzeigte, dass das Schloss oberhalb eines Dörfchens namens Pénissac lag, das sich wiederum zwischen Génissac und Grézillac befand.

«Haha!» Ich lachte triumphierend. Es war kurz vor sechs, und ich hatte es geschafft. Trotz aller Hindernisse, die sich mir in den Weg gestellt hatten, war ich fast am Ziel. Bis zu dem Château waren es nicht einmal dreißig Kilometer. Ich beglückwünschte mich selbst, dass ich die Nerven bewahrt hatte und einfach weitergefahren war. Man durfte eben nur nicht aufgeben, das war der Trick. Irgendetwas ergab sich immer. Und wenn es eine rote Katze war, die einem den Weg wies.

Ich startete den Motor und fuhr los.

Meine Großmutter hat einmal gesagt, dass im Leben immer alles passieren kann. Das sei ja gerade das Schöne daran, hatte sie mir lächelnd versichert. «Du biegst ahnungslos um eine Ecke – und dann passiert etwas, mit dem du nie gerechnet hättest.»

Mamie ist eine unverbesserliche Optimistin. Sie meinte natürlich die schönen Dinge, die einem im Leben überraschend passieren können.

Bei mir war es so: Ich fuhr noch ganz beschwingt die Landstraße entlang, bog Richtung Saint-Émilion ab, sah in der Ferne schon den spitzen Turm der berühmten aus einem Felsen gehauenen Kirche aus den zusammengewürfelten Häusern mit den roten Dächern herausragen, und dann – Überraschung! – gab mein alter Citroën ein paar beunruhigende Geräusche von sich, ruckelte zweimal und blieb einfach stehen.

«Was ist das?», rief ich entsetzt.

Neben dem Tacho leuchtete irgendein Licht orange auf – die Tankanzeige war es jedenfalls nicht.

Das war nun nicht sonderlich überraschend, denn getankt hatte ich ja erst kurz zuvor. Der Streit um die Zapfsäule mit der Verrückten von der Tankstelle war mir noch lebhaft in Erinnerung. Ich versuchte, die Ruhe zu bewahren, atmete einmal tief durch und startete den Wagen neu. Ich versuchte es einmal, zweimal, dreimal – jeder kennt dieses klägliche Geräusch, wenn der Motor immer wieder absäuft und nach einem kurzen hilflosen Keuchen verreckt. Wieder und wieder drehte ich den Zündschlüssel, ließ eine angemessene kleine Pause, probierte es erneut, doch es war nichts zu machen. Schließlich gab ich auf.

Zum dritten Mal an diesem Tag schaltete ich die Warnblinkanlage ein. Dann stieg ich seufzend aus und öffnete versuchsweise die Kühlerhaube. Ich schaute hinein, konnte aber nichts Ungewöhnliches entdecken. Ich liebe mein altes Auto, aber es wäre vermessen zu behaupten, dass ich mich mit alten Autos auskenne. Mag sein, dass ich den Wagen zu sehr strapaziert hatte, als ich über die Autobahn jagte und, wann immer es ging, das Gaspedal durchgedrückt hielt.

Während ich noch vor der Kühlerhaube stand und mir etwas ratlos durch die Haare fuhr, raste hupend ein grüner Mini an mir vorbei. Hinter dem Steuer saß die rothaarige Hexe und lächelte wie Cruella de Vil. Auch das war sicher ein Zeichen, wenn auch kein gutes.

Ich trat vor und lehnte mich an meinen Wagen. Das Autoblech war ganz warm in meinem Rücken. Eine Weile stand ich einfach nur da und wartete. Worauf genau, weiß ich nicht. Die Straße war leer, kein Mensch weit und breit, nicht mal mehr Schafe. Nur Weinstöcke so weit das Auge reichte. Und mein Handy war auch ausgegangen.

Inzwischen war es kurz vor sieben. Ich war nicht nur spät dran, ich war definitiv zu spät. Wenn ich überhaupt noch mal auf dem blöden Schloss ankam. Pauls Hochzeitsfest hat schon vor einer Stunde begonnen.

Die Sonne schien mir ins Gesicht, mein Hemd war durchgeschwitzt und die Situation hoffnungslos.

Es war so ein Moment, wo ich gerne eine geraucht hätte. Aber ich rauchte schon seit drei Jahren nicht mehr. Wegen Océane, die den Geruch von Zigaretten immer gehasst hatte. Sicher hatte sich meine Lunge inzwischen schon ganz prima erholt. Dennoch, mit einer Zigarette wäre alles ein bisschen erträglicher gewesen.

Erschöpft ließ ich mich am Straßenrand nieder, setzte mich in den Schatten eines einsamen Baumes und starrte vor mich hin. Ich überlegte, ob ich die ganze Sache nicht einfach drangeben sollte. Offenbar hatte sich alles gegen mich verschworen. Diese Hochzeit stand unter keinem guten Stern, jedenfalls nicht für mich. Es sollte vielleicht nicht sein. Es war bedauerlich, so kurz vor dem Ziel aufzugeben, aber man musste wissen, wann es vorbei war.

Ich zog die Knie an, verschränkte die Arme und ließ den Kopf darauf sinken. Ich weiß nicht mehr genau, wie lange ich dort saß. Ich hatte keinen Blick für die liebliche Landschaft und die Bordelaiser Weinberge. Ich war hungrig und schlecht gelaunt. Ich hätte auch im mittleren Westen Amerikas sitzen können, an einer dieser gottverlassenen Tankstellen, wo der rote Lack schon abblättert. Der einsame Held aus einem Wes-Anderson-Film. Doch irgendwann hörte ich in der Ferne ein Geräusch und blickte auf.

Ein blauer Transporter näherte sich mit knatterndem Motor. Er verlangsamte seine Fahrt und hielt direkt hinter meinem Citroën, der immer noch mit geöffneter Klappe mitten auf der Landstraße stand.

Ein Mann sprang heraus. Er war klein und kompakt, vielleicht um die sechzig, hatte einen dunklen Bart und trug ein kariertes Hemd. Er warf einen Blick auf das gestrandete Auto, an dem zumindest die Warnblinkanlage noch funktionierte, und kratzte sich am Hinterkopf. Dann erspähte er meine traurige Gestalt unter dem Baum.

«He, Monsieur. Gibt's Probleme?», rief er.

Etwas benommen stand ich auf und beschattete meine Augen mit der flachen Hand.

«Ja, mein Wagen hat den Geist aufgegeben», erklärte ich lahm. «Ich sitze hier schon eine ganze Weile.»

«Ein altes Schätzchen, das Sie da haben.» Der Mann im karierten Hemd grinste und klopfte fachmännisch auf das Dach des Citroëns. Ich trat näher und spürte neue Hoffnung in mir aufkeimen. Dieser freundliche Fremde wirkte sehr vertrauenerweckend, als er jetzt um mein Auto herumging und es von allen Seiten begutachtete. Dann streifte sein Blick das Nummernschild.

«Sie sind aus Paris?»

«Ja.» Ich nickte. «Aber eigentlich komme ich aus Bordeaux», fügte ich sicherheitshalber hinzu.

«Aha», sagte er nur.

«Hören Sie, Monsieur, dürfte ich vielleicht mal kurz Ihr Handy benutzen? Meins ist leider ausgegangen. Und kennen Sie zufällig eine Werkstatt hier in der Nähe?»

«Zufällig ja.» Er lächelte breit.

Und dann hatte ich zum ersten Mal an diesem heißen Junitag Glück.

Robert Guyenne war aus Saint-Émilion. Er bot an, mich abzuschleppen. In seine Werkstatt.

Denn wie es der Zufall wollte, war Monsieur Guyenne nicht nur sehr hilfsbereit. Er war auch Automechaniker.

8

Das Schloss erhob sich in leuchtendem Gelb gegen den tiefblauen Himmel, als wir das weit geöffnete gusseiserne Tor passierten und die Auffahrt nahmen. Château Sanssouci lag inmitten von Weinfeldern auf einer sanften Anhöhe, umgeben von ein paar einzelnen hohen Bäumen und einem kleinen Park.

Zwei schlanke Zypressen standen wie Wächter vor der dreistöckigen Fassade mit dem eckigen Turm an der linken Seite. Auf den Stufen der Freitreppe, die in der Mitte des Gebäudes zum Eingang hochführte, leuchteten Blumen in Amphoren aus verwittertem Stein.

Der Kies spritzte auf, als Monsieur Guyenne seinen Wagen mit einem Ruck zum Stehen brachte.

«Da wären wir», sagte er und zog die Handbremse.

«Ja, endlich. Ich kann's kaum glauben.» Ich riss an dem Sicherheitsgurt, und er verklemmte sich bei meinem Versuch, ihn zu lösen.

«Immer mit der Ruhe, Monsieur Morel.» Robert Guyenne langte hinüber, und die Schließe sprang auf. «Hat doch alles noch gut geklappt. Auf ein paar Minuten mehr oder weniger kommt es jetzt auch nicht an. Ich wette, das merkt sowieso keiner, dass Sie erst jetzt kommen. Ist sicher 'ne Riesenhochzeit.»

Ich nickte und fuhr mir durch die Haare.

«Keine Sorge, Sie sehen großartig aus.»

Ich blickte an meinem dunkelblauen Anzug hinunter, den ich über einem makellos weißen Hemd trug. Immerhin war mir in nur eineinhalb Stunden die Transformation von einer jämmerlichen Gestalt, die zusammengesackt und verschwitzt am Straßenrand hockte, zu einem halbwegs passablen Hochzeitsgast gelungen, der Manschettenknöpfe trug und nach *Chanel Bleu* duftete.

«Kein Vergleich zu vorher.» Er zwinkerte mir zu.

«Danke.» Ich lächelte. «Und ja, danke überhaupt für alles!»

Er winkte ab. «Kein Ding.»

Ich hatte vergessen, wie hilfsbereit die Leute hier waren.

«Schätze, Ihr alter Kumpel wird sich riesig freuen, Sie zu sehen.»

Monsieur Guyenne war im Bilde. Der Automechaniker aus Saint-Émilion war mein neuer Freund. Als er mich an der Landstraße aufgelesen hatte und wir im Konvoi zu seiner Werkstatt fuhren, hatte ich neue Hoffnung geschöpft und war zunächst der Illusion erlegen, der Mann in dem blau karierten Hemd müsse nur einmal kurz einen Blick unter die Motorhaube werfen, und der Schaden wäre behoben. Schließlich war er doch der Automechaniker, den der Himmel mir geschickt hatte.

Seine Werkstatt befand sich gleich neben einem hübschen Haus aus Bruchstein, und Monsieur Guyenne, der – nachdem ich ihm aufgeregt meine missliche Lage erklärt hatte – offenbar der Ansicht war, ich stünde ihm in der Werkstatt nur im Weg und könnte überdies eine kleine Aufmunterung vertragen, hatte mich in seine Küche geführt und mir ein Glas Pastis in die Hand gedrückt.

«Warten Sie hier. Ich schaue, was ich tun kann. Keine Sorge, das kriegen wir schon hin.»

Ich hatte ihm mit einem dankbaren Lächeln nachgesehen und meinen Pastis geschlürft. Doch nur wenig später kam mein Retter in der Not mit gerunzelter Stirn zurück und schüttelte den Kopf.

«Schätze mal, das wird heute nichts mehr. Ich brauche ein Ersatzteil, und das kann ich frühestens morgen besorgen, vielleicht auch erst am Montag. Ich muss meinen Kumpel aus Bergerac anrufen.»

Ich schwankte leicht, als ich von der Küchenbank aufstand, vielleicht war es der Pastis auf leeren Magen, vielleicht die ganze Aufregung.

«Gut», sagte ich, obwohl nichts gut war. «Dann lasse ich den Wagen eben hier stehen. Könnten Sie mir vielleicht netterweise ein Taxi bestellen?»

«Ein Taxi? Jetzt?» Er hatte dröhnend gelacht. «Das hier ist nicht Paris, Monsieur. So einfach bekommt man hier kein Taxi. Das kann 'ne Weile dauern. Bis dahin ist die Feier wahrscheinlich wirklich schon vorbei.»

«Ach so.» Ich ließ die Schultern sinken. Der Gedanke, dass es irgendwo in Frankreich kein Taxi geben könnte, war mir gar nicht gekommen. «So ein Mist.»

«Keine Sorge, Sie kommen schon zu Ihrer Hochzeit.». Monsieur Guyenne nickte entschlossen. «Ich fahre Sie hin. Ist ja schließlich keine Weltreise bis Pénissac.»

«Das ist wirklich *unglaublich nett* von Ihnen!», rief ich aus und hätte den Mann aus Saint-Émilion fast umarmt. «Na, dann los. Worauf warten wir?»

«Immer mit der Ruhe.» Monsieur Guyenne strich sich über seinen Bart. «Schätze, Sie sollten sich vorher ein bisschen frisch machen, was? So können Sie jedenfalls nicht gehen.» Er deutete auf eine Tür im Flur. «Da ist das Bad.»

Rasch holte ich meine Sachen aus dem Auto und verschwand in dem kleinen Badezimmer. Ich warf einen Blick in den Spiegel. Ich sah verheerend aus. Die Haare hingen mir wirr ins Gesicht, über meine Wange zog sich ein breiter Schmutzstreifen, und mein Hemd war voller Flecken. So konnte man wirklich nirgendwo hingehen, schon gar nicht auf eine Hochzeit.

Eine Viertelstunde später war ich so gut wie neu, und als ich in die Küche trat, hatte Monsieur Guyenne mich ebenso wohlgefällig angeschaut wie gerade jetzt.

Ich kletterte aus dem alten Renault Estafette, nahm meine Taschen vom Rücksitz und hob die Hand zum Gruß.

«Nochmals danke! Sie haben mich gerettet.»

Ich warf die Tür zu, und Monsieur Guyenne lehnte sich aus dem heruntergekurbelten Fenster.

«War mir ein Vergnügen», sagte er und ließ den Wagen an. «Ich ruf Sie dann an wegen des Autos.»

Er wendete, und erst als er losgefahren war, fiel mir auf, dass ich mein Handy gar nicht mitgenommen hatte. Es schlummerte friedlich auf dem Beifahrersitz meines Citroëns. Und wenn schon, ich würde es heute Abend sowieso nicht brauchen.

Ich warf einen Blick auf die Uhr. Es war bereits kurz vor neun.

Ich war drei Stunden zu spät, ich war ziemlich abgekämpft, aber immerhin war ich am Ziel. Es kam mir fast wie ein Wunder vor, dass ich es – allen Hindernissen zum Trotz – am Ende doch noch geschafft hatte. In wenigen Minuten würde ich Paul gegenüberstehen. Paul, meinem ältesten Freund. Paul, dem glücklichen Bräutigam. Paul, der mich so unbedingt wiedersehen wollte.

Mein Herz klopfte – ob vor Nervosität oder Vorfreude, konnte ich nicht sagen. Und es hätte sicher noch stärker geklopft, wenn ich geahnt hätte, was an diesem Abend noch alles passieren sollte.

Ich atmete tief durch und hob den Blick.

Das Schloss lag friedlich und verheißungsvoll in der Abendsonne. In den Fenstern spiegelte sich das letzte Licht des Tages, eine laue Brise strich sanft durch die Kronen der Bäume, und von dem flachen runden Marmorbrunnen auf dem Vorplatz war ein zartes Plätschern zu hören.

Einen Moment hielt ich inne. Vor dem Schloss sah man keine Menschenseele. Doch von der Rückseite klangen leise Musik und gedämpftes Gelächter herüber.

Offenbar feierte die Festgesellschaft im hinteren Teil des Châteaus.

«Dann mal los», sagte ich.

Ich rückte meine Krawatte zurecht, nahm meine Tasche und die Geschenktüte von Assouline und schritt auf das erleuchtete Gebäude zu. Der Kies knirschte leise unter meinen Füßen, und Sekunden später stieg ich die Treppe zum Portal hinauf.

Ich betrat eine leere Eingangshalle, auf deren spiegelglatten schwarz-weißen Bodenfliesen meine Schritte einsam widerhallten. Zu beiden Seiten standen bodenhohe Vasen mit üppigen Blumenarrangements aus rosafarbenen Rosen und weißen Orchideen. Prächtige Kristallleuchter tauchten die Halle in ein goldenes Licht, und an den tiefgrün gestrichenen Wänden hingen alte Porträts mit irgendwelchen Prinzessinnen und Baronen, die mich mit hoheitsvollen Blicken anschauten.

Für einen kurzen Augenblick hatte ich das Gefühl, ich befände mich als einziger Gast in einem verwunschenen Schloss. Die Rezeption war verwaist, und ich stellte meine Reisetasche hinter den Empfangstresen und sah mich zögernd um. In diesem Moment kam eiligen Schrittes, aber durch den dicken Läufer nahezu lautlos ein junger Mann mit roten Haaren eine Treppe hinunter, die hinter der Rezeption nach oben führte. Er trug ein Tablett in der Hand, auf dem zwei leere Gläser standen, und sah mich freundlich an.

«Bonsoir, Monsieur, kann ich Ihnen irgendwie helfen?», fragte er zuvorkommend.

«Ja, das können Sie», gab ich erleichtert zurück. «Ich möchte zu der Hochzeitsfeier, die heute hier stattfindet.»

Er zog unmerklich die Augenbrauen hoch. «Oooh. Ich fürchte, die Feier hat schon vor Stunden angefangen, Monsieur. Die Herrschaften sind alle auf der Terrasse oder im großen Festsaal. Wir haben keine weiteren Gäste mehr erwartet, deswegen ist auch niemand mehr am Empfang.»

Ich nickte zerknirscht. «Ich weiß, ich bin leider zu spät.»

«Was soll's! Nun sind Sie ja da.» Er lächelte verbindlich und stellte das Tablett auf dem Empfangstisch ab. «Kommen Sie von weit her, Monsieur? Hatten Sie eine angenehme Anreise?»

«Nicht wirklich», entgegnete ich und dachte an meine abenteuerliche Fahrt, die mich den letzten Nerv gekostet hatte. «Ich komme eigentlich nur aus Paris, aber ich hatte eine Panne und musste mein Auto unterwegs in einer Werkstatt lassen.»

«*Mon Dieu*, das ist ja ganz entsetzlich.» Der junge Mann seufzte so bekümmert, als wäre er persönlich betroffen.

«Wenn es in Ordnung ist, würde ich meine Tasche gern erst einmal hier stehen lassen und mir später den Schlüssel für mein Zimmer holen. Damit es nicht noch später wird.»

«Ja, natürlich, selbstverständlich, Monsieur ... Wie war doch gleich Ihr Name?»

«Morel. Jean-Pierre Morel.» Ich griff nach der Assouline-Tüte mit meinem Geschenk. «Es ist ein Zimmer für mich gebucht.»

«Kein Problem, Monsieur Morel, warten Sie noch einen klitzekleinen Moment.» Er verschwand hinter der Rezeption, nahm meine Reisetasche und brachte sie in einem kleinen Gepäckraum unter, der sich seitlich des Empfangs befand. Dann drückte er mir einen blauen Zettel in die Hand. «Hier. Das geben Sie später dem *Chef de Réception*. Ich werde ihn informieren, dass Sie eingetroffen sind, Monsieur Morel.» Der junge Mann nickte. «Gut, dass Sie ein Zimmer reserviert haben, wir sind heute Abend nämlich ausgebucht. Die meisten Gäste bleiben über Nacht.» Er lächelte. «Wenn Sie mir dann bitte folgen wollen ...»

Am Ende des langen Flurs lag hinter hohen weißen Kassettentüren, die mein Begleiter schwungvoll öffnete, ein prächtiger Saal mit rötlichen Marmorsäulen, Stuck an der Decke und gelb gestrichenen Wänden. Mit Hussen überzogene Stehtische und einige Empire-Sofas und -Sesselchen luden zum Verweilen ein, ein paar ältere Herrschaften saßen dort, in angeregte Gespräche vertieft, während die meisten Gäste sich offenbar draußen aufhielten. Die bodentiefen Sprossenfenster waren weit geöffnet und gaben den Blick frei auf eine steinerne Veranda, die von brennenden Fackeln erhellt war, und auf den Schlosspark, über den sich der Abendhimmel wölbte. Stimmengewirr und Musik drangen von unten herauf.

«*Et voilà*, hier sind wir schon», meinte der junge rothaarige Mann lächelnd. «Die Party findet draußen statt. Ich wünsche Ihnen einen angenehmen Abend, Monsieur.

Wenn Sie mögen, können Sie Ihr Geschenk hier ablegen.»

Er deutete auf ein dunkles Sideboard an der Wand, das beladen war mit Blumen, hübsch eingewickelten Päckchen und edlen Papiertüten mit bunten Schleifen, und ich stellte meine Assouline-Tüte dazu.

Dann trat ich hinaus, lehnte mich über die Brüstung und sah zu der großen Terrasse hinunter, wo das Fest bereits in vollem Gange war. Die Dämmerung hatte sich unmerklich über das Schloss gesenkt, Kerzen in hohen Silberleuchtern flackerten sanft in der Dämmerung, lange, weiß eingedeckte Tische, die mit Rosmarintöpfen und Rosenblättern geschmückt waren, standen unter alten Bäumen, in denen unzählige Kugellampen wie runde Monde leuchteten und ihr milchiges Licht verströmten. Zwischen den halbhohen Büschen, die die Terrasse säumten, blühten Rosen in allen Farben, und in der Luft lag ein angenehmer Geruch von Blüten, Lavendel und Gebratenem, der mich hungrig werden ließ. Eine ausgelassene Gästeschar saß an den Tischen oder tummelte sich am Buffet, man stand in kleinen Grüppchen zusammen oder flanierte Champagner trinkend durch den angrenzenden Park, der recht weitläufig zu sein schien.

Es mochten wohl an die hundert Leute sein, die sich zur Hochzeitsfeier eingefunden hatten, vielleicht auch mehr. Was für ein großartiges Fest. Ich muss zugeben, ich war beeindruckt. Eine bunte, plappernde, lachende Menge wogte da unten hin und her, die Herren in eleganten Anzügen, die Frauen in duftigen Kleidern, und alle schienen sich bestens zu unterhalten. Am Fuß der Treppe spielte eine kleine Combo bestehend aus Saxofon, Kontrabass und Gitarre ein paar launige Swing-Melodien, doch am Rand der Terrasse war schon eine Anlage aufgebaut, wo später ein DJ zum Tanz auflegen würde.

Ich blieb einen Moment da oben stehen und hielt Ausschau nach Paul oder seiner Braut, die mir in ihrem weißen Kleid sicher aufgefallen wäre. Doch auf den ersten Blick konnte ich die beiden nicht entdecken. An einem der Tische, der besonders schön geschmückt war und den ich deshalb für den Brauttisch hielt, saßen ein paar Gäste, darunter ein exzentrischer älterer Herr in einem himmelblauen Dreiteiler mit kanariengelber Krawatte und passendem Einstecktuch, doch die beiden mit einer Blumengirlande umrankten Stühle am Kopfende waren leer.

Langsam schritt ich die Steintreppe hinunter, um mich unter die Gäste zu mischen. *Unauffällig.* Ich musste lächeln. Ich hätte mich überhaupt nicht so stressen müssen. In einem hatte Robert Guyenne nämlich recht gehabt. Kein Mensch hatte mein Zuspätkommen bemerkt. Und abgesehen von dem Kellner, der mit einem silbernen Tablett vor mir stehen blieb und mir ein Glas Champagner anbot, bemerkte mich auch sonst keiner.

Ich nahm einen Schluck und schlenderte durch die lachende und schwatzende Menge. Ich sah in fröhliche Gesichter, ich kannte kein einziges. Wo war Paul? Er musste doch irgendwo hier draußen sein.

An den Tischen war längst die Sitzordnung aufgehoben, so es sie denn überhaupt gegeben hatte. Einige Gäste saßen bereits beim Dessert, andere standen erneut am Buffet an, um sich von den Wildschweinpasteten, den Filet Mignons, dem Lachs und den Meeresfrüchten noch einen zweiten Teller auffüllen zu lassen.

Als ein Kellner mit einem riesigen Tablett voller Himbeertörtchen an mir vorbeikam, trat ich ihm in den Weg.

«Sagen Sie, können Sie mir verraten, wo der Bräutigam steckt?»

Er sah mich überrascht an. «Der Bräutigam? Keine Ahnung. Ist er denn nicht hier?»

«Vielleicht ist er das, aber ich sehe ihn nicht.»

«Vor ein paar Minuten war er jedenfalls noch da. Ich meine, ich hätte ihn im Festsaal gesehen. Am Tisch mit den Geschenken.» Der Kellner nickte mir zu und ließ mich stehen, während er seine kostbare Fracht zum Buffet trug.

«Aha», sagte ich verwundert. Am Geschenketisch war ich ja gerade erst gewesen. Ich trank den Champagner aus und sah zum Schloss hinüber. Aus den Fenstern des Festsaals floss ein warmes gelbliches Licht, und oben auf der Veranda standen jetzt ein paar junge Leute, die dort vorher nicht gestanden hatten. Paul war nicht dabei.

Dann spürte ich, wie jemand an meinem Jackett zupfte, und drehte mich überrascht um.

Eine kleine alte Dame in einem dunkelgrünen Seidenkaftan mit Pfauenmuster schaute mich neugierig an. Über dem kinnlangen grauen Haar trug sie einen passenden Turban, den eine runde Smaragdbrosche zierte, und an einer langen Goldkette, die sie sich um den Hals geschlungen hatte, baumelte eine ägyptische Kartusche. Sie stand vor mir und sah aus, wie Kleopatra ausgesehen hätte, wenn sie sehr alt geworden wäre und ihrem Leben nicht bereits in jungen Jahren durch den Biss einer giftigen Kobra ein Ende gesetzt hätte, weil Marc Anton sie verschmäht hatte. Und bevor ich mich noch fragen konnte, was sie von mir wollte, fing sie auch schon an zu reden.

«Sie suchen den Bräutigam, junger Mann? Der hat eben noch eine ganz fabelhafte Rede gehalten. So spritzig und humorvoll. Haben Sie seine Rede denn nicht gehört?» Sie klang etwas vorwurfsvoll.

«Äh ... nein. Nicht wirklich», meinte ich ausweichend. Dass Paul sehr überzeugend sein konnte, wusste ich noch von früher, doch dass er nun auch ein großer Redner sein sollte, war mir neu. Offenbar hatte die wahre Liebe ganz neue Qualitäten in ihm zum Vorschein gebracht. Ich schmunzelte.

«Ach ... wie schade.» Madame Kleopatra sah mich mitleidig an. Womöglich überlegte sie, ob ich vielleicht schwerhörig war.

«Ich kam leider zu spät.»

«Ach so. Sehr bedauerlich. Da haben Sie wirklich etwas verpasst.» Sie nestelte an ihrer Kartusche und ließ den Blick schweifen.

«Tja. Ich sehe ihn jetzt gerade auch nicht, aber er muss ja irgendwo sein.» Sie kicherte. «Ich meine, so ein stattlicher Mann kann sich ja nicht in Luft aufgelöst haben.

Nun ja. Vielleicht ist er im Park, um sich die Beine zu vertreten. So eine Hochzeit ist schön, aber auch anstrengend, wie man weiß.»

Ich nickte unschlüssig. Meine Erfahrungen mit Hochzeiten hielten sich bisher in überschaubaren Grenzen. Dass die alte Dame Paul als stattlich bezeichnete, wunderte mich ein wenig, aber wenn man so winzig war wie sie, kam einem sicher jeder halbwegs normale Mann wie ein Riese vor.

«Zuletzt hat er jedenfalls da drüben gesessen. Dort hinten.» Sie deutete vehement auf den Tisch mit den beiden blumenumkränzten Stühlen, wo immer noch der ältere Herr mit der kanariengelben Krawatte saß und gerade mit einer deutlich jüngeren Blondine schäkerte. «Zusammen mit der Braut. Fragen Sie doch da mal nach.»

Ich nickte. «Eine gute Idee, Madame. Danke für den Tipp.»

Die Stimmung am Hochzeitstisch war mehr als ausgelassen.

«Braut oder Bräutigam?», rief mir die kleine Truppe entgegen, die sich um den Herrn mit der kanariengelben Krawatte versammelt hatte und ganz offensichtlich dem Rotwein schon eine ganze Weile zusprach.

«Wie bitte?», entgegnete ich verblüfft. Im ersten Moment glaubte ich, man wollte von mir wissen, ob ich die Braut oder den Bräutigam suchte.

«Na, gehören Sie zum Team Braut oder zum Team Bräutigam?», krähte die Blondine, und alles lachte.

«Ach so.» Ich lächelte. «Ich gehöre zum Bräutigam. Ich bin Jean-Pierre Morel, ein alter Schulfreund.»

«Dann seien Sie uns willkommen, alter Schulfreund», rief der Herr mit der kanariengelben Krawatte. Er hatte einen unverkennbar englischen Akzent, und ich nahm an, dass er der Vater der Braut sein musste. Er sah mich vergnügt an, und seine hellen runden Augen waren mindestens so blau wie der maßgeschneiderte Anzug, den er trug.

«Trinken Sie ein Glas mit uns. Der Platz des Bräutigams ist eben frei geworden. Bitte!» Er stand höflich auf und wies auf einen der beiden leeren Stühle. «Mögen Sie einen Rotwein? Ganz sicher mögen Sie Rotwein. Ihr Franzosen mögt doch alle Rotwein. Vor allem wenn es ein Saint-Émilion Grand Cru ist.»

Bevor ich noch wusste, wie mir geschah, saß ich schon auf Pauls Platz, und der Engländer, der sich mir als Mr. Charles Buckman vorstellte, schob mir ein gut gefülltes Glas Rotwein herüber

«*Cheers!*», rief er, und alle erhoben ihre Gläser. «Auf den Bräutigam! Und auf den alten Schulfreund des Bräutigams! Auf die Freundschaft!»

«Auf die Freundschaft», riefen alle, und auch ich prostete lächelnd in die Runde, die mich so freundlich aufnahm. Dann probierte ich einen Schluck von dem Wein, der rubinrot in dem bauchigen Glas funkelte, und ließ ihn über meine Zunge rollen. Er war samtig und weich, und ich nahm das Aroma von Pflaume, Kirsche und Brombeere wahr. Ich war kein ausgewiesener Weinkenner wie der Vater der Braut, der, wie Paul mir geschrieben hatte, ein eigenes Weingut besaß, aber selbst ich konnte sagen, dass dieser Wein verdammt gut schmeckte.

«Wirklich ausgezeichnet», sagte ich anerkennend zu Mr. Buckman. «Ein großer Bordeaux.»

«Finden Sie?» Er machte eine wegwerfende Handbewegung und grinste verschwörerisch. «Wenn ich ganz ehrlich sein soll ...» Er rückte näher an mich heran und senkte die Stimme. «Für ein gutes Ale würde ich jeden Rotwein stehen lassen.» Er ließ sich krachend in den Stuhl zurückfallen und lachte schallend, und ich lachte auch. Dieser Buckman hatte Humor, keine Frage. Diesen viel gepriesenen englischen Humor, an den wir Franzosen niemals heranreichen würden.

«Haha, der war gut», sagte ich. «Das ist aber jetzt nicht Ihr Ernst, Mr. Buckman, oder?»

«Doch, doch», entgegnete er und rollte mit den Augen. «Mein voller Ernst. Ich finde, besonders dieser Saint-Émilion wird total überbewertet, meinen Sie nicht?» Er zwinkerte mir zu, und wir nahmen beide noch einen Schluck aus unseren großen Gläsern.

«Ich fürchte, da muss ich Ihnen widersprechen, Mr. Buckman», sagte ich und beneidete Paul schon jetzt um den großartigen Humor seines Schwiegervaters.

«Na ja, wenn Sie es sagen, junger Mann!» Mr. Buckman ließ seinen Wein andächtig im Glas kreisen. «Wissen Sie, im Grunde verstehe ich überhaupt nichts von Weinen», fuhr er dann in typisch britischem Understatement fort. «Ich tue nur so.» Er spitzte den Mund, als wäre er auf einer Weinverkostung und sah mich erwartungsvoll an. Offenbar schien ihm dieses Spiel zu gefallen.

«Was Sie nicht sagen!» Diese Engländer waren wirklich ein seltsames Völkchen. Jeder Franzose mit einem Weingut hätte aus seiner Traube eine Religion gemacht. «Sind Sie da nicht etwas zu bescheiden, Mr. Buckman? Ich glaube Ihnen kein Wort. Ich nehme doch mal an, dass Sie es waren, der den Wein für die Hochzeit beigesteuert hat.»

«Nun, sagen wir mal so, ich habe ihn bezahlt – ausgesucht hat ihn der Bräutigam.» Er lächelte versonnen. «Ein feiner Kerl. Und so begabt.»

Ich nickte. Und dann fiel mir wieder ein, dass ich Paul immer noch nicht zu Gesicht bekommen hatte. «Wo steckt er eigentlich? Ich bin leider zu spät gekommen und habe ihm noch gar nicht gratulieren können. Ich habe schon überall nach ihm Ausschau gehalten.»

«Der Bräutigam ist nicht mehr hier», erklärte Mr. Buckman lapidar, und seine Miene verfinsterte sich plötzlich.

«Was?! Wie meinen Sie das?» Im Geist spielte ich die Möglichkeiten durch, die mir als Erstes einfielen. Ging es Paul etwa nicht gut? Hatte er vielleicht eine verdorbene Muschel erwischt und lag mit Magenkrämpfen auf seinem Zimmer? Oder war das Brautpaar etwa schon abgereist, während das Fest noch in vollem Gange war?

«Er sucht die Braut.» Mr. Buckman nahm noch einen Schluck des überbewerteten Grand Cru und seufzte.

Offenbar war es schlimmer, als ich gedacht hatte. Das frisch vermählte Paar hatte bereits seinen ersten Streit gehabt, und Marie war abgehauen.

«Und ... wo *ist* die Braut?», formulierte ich so vorsichtig wie möglich.

«Ich nehme an, in irgendeiner Spelunke. Säuft sich mit ihren Kumpanen die Hucke voll.»

Mr. Buckman schüttelte missbilligend den Kopf.

«Ach, du meine Güte.» Ich schwieg betroffen. Hatte diese Marie etwa ein Alkoholproblem? Nach allem, was Paul mir über seine Zukünftige geschrieben hatte, hätte ich das nun nicht erwartet.

«Oh Mann. Das ... das tut mir sehr leid.»

In diesem Moment schaltete sich die Blondine ein, die den letzten Teil unseres Gesprächs mitbekommen hatte.

«Mensch, Charles, nun spann den armen Mann doch nicht so auf die Folter», rief sie. Dann sah sie mich über den Tisch hinweg an. «Das muss Ihnen nicht leidtun, Monsieur. Keine Sorge, es ist alles in bester Ordnung. Die Braut wurde einfach nur ent-führt» – sie malte mit den Fingern Anführungsstriche in die Luft – «von ein paar Freunden des Bräutigams – und der Bräutigam muss sie jetzt finden. Es ist ein harmloser alter Brauch, nur dass dieser feine englische Herr hier dem nichts abgewinnen kann.»

«In der Tat, Claire», entgegnete Mr. Buckman gereizt und setzte zu einer Tirade an. «Ich sehe überhaupt keinen Sinn darin, dass sich die Freunde des Bräutigams in irgendeiner Kneipe betrinken und die Braut verschleppen. Womöglich ist das Brautpaar für Stunden verschwunden. Ich meine, warum sind wir denn hier auf diesem herrlichen Schloss in Aquitanien? Warum haben so viele Gäste den weiten Weg zurückgelegt, um hier zu feiern? Doch wohl nicht nur aus reinem Patriotismus – obwohl das zugegebenermaßen auch eine kleine Rolle spielen mag.»

Mr. Buckman machte eine Pause, während die anderen am Tisch «Hört! Hört!» riefen, und ich musste unwillkürlich an Pauls Bemerkung denken, dass Aquitanien einst zu England gehört hatte und dieser Landstrich für die Briten noch heute von einer gewissen Bedeutung war und sie angeblich in Heerscharen einfielen, um hier Hochzeiten zu feiern.

«Doch am Ende des Tages sind wir wegen den Brautleuten hier», fuhr Mr. Buckman nun fort. «Und da ist es wohl das Mindeste, dass die beiden Hauptpersonen auch anwesend sind. Trinken kann man schließlich auch hier. Also – was soll der Unfug?»

«Meine Güte, das ist *lustig*, Charles!»

«Das finde ich nicht, *really not*!», erklärte Mr. Buckman streng. Bei den Schlössern Aquitaniens hörte der Spaß offenbar für ihn auf, und ich konnte ihm da nur zustimmen.

Nach all den Strapazen, die ich auf mich genommen hatte, um hierherzukommen, hätte ich Paul jetzt wirklich mal gerne gesehen. Schließlich war er der Grund meiner Reise. Ich erinnerte mich dunkel, schon mal von dem Brauch mit der «entführten Braut» gehört zu haben, bei dem es vor allem feuchtfröhlich zuging, und der riesige Spaß an der Sache war eigentlich der, dass der Bräutigam am Ende die gesamte Zeche übernehmen musste. Wann immer das sein würde.

Ich leerte mein Glas und stand auf. Inzwischen stritt

Claire mit Mr. Buckman herum und bestand darauf, dass er ein Spielverderber sei. Die anderen hörten interessiert zu, gaben ihre Kommentare ab, rissen ihre Witze und tranken ansonsten weiter Rotwein. Die Aussicht, dass ich wohl noch eine Weile auf das Erscheinen des Bräutigams warten musste, machte mir schlechte Laune. Außerdem brauchte ich dringend eine Stärkung. Ich hatte den ganzen Tag noch nichts gegessen, und mir war ein wenig flau.

«Hat mich sehr gefreut», sagte ich und nickte in die Runde. «Ich schnapp mir jetzt mal was vom Buffet. Man sieht sich.»

«The pleasure was mine.» Mr. Buckman blickte immerhin kurz auf und schenkte mir ein Lächeln, bevor er die hitzige Diskussion mit der blonden Claire weiter fortsetzte, die meine Verabschiedung nicht mehr zur Kenntnis nahm.

Ich hatte nicht vor, an den Tisch des Brautpaars zurückzukehren, und ich war mir ziemlich sicher, dass mich dort auch niemand vermissen würde. Ich zog also los, und mit einem Mal kam ich mir seltsam fehl am Platze vor auf diesem Fest – ich meine, ich war alles andere als ein Soziopath, immerhin führte ich seit Jahren erfolgreich ein Café in Paris, ich begegnete jeden Tag vielen Menschen und hatte so manche Veranstaltung organisiert, aber es war lange her, dass ich allein auf einer großen Feier gewesen war. Auf einer Hochzeit, um genau zu sein. Vielleicht war es einfach so, dass man sich besonders verloren fühlte, wenn man allein auf eine Hochzeit ging. Meine Schwester hätte das sicher anders gesehen.

Aber ich war auch noch Stunden zu spät gekommen. Ich hatte alles verpasst – den Empfang, die Vorstellung der Gäste, die Eröffnung des Buffets, die launigen Reden und dann auch noch das Brautpaar.

Hätte ich doch besser am Brauttisch sitzen bleiben und so tun sollen, als verfolgte ich die unseligen Diskussionen über Hochzeitsbräuche, während ich mich in Wirklichkeit zu Tode langweilte? Hätte ich Océane mitnehmen sollen? Nein, nicht Océane! So verzweifelt konnte man gar nicht sein. Aber vielleicht meine Schwester?

Unentschlossen schlenderte ich in Richtung des Buffets, das an der Längsseite der Terrasse aufgebaut war. Ich glaube, ich war der Einzige, der nicht mit jemandem im Gespräch war, nicht mit jemandem lachte, nicht mit jemandem anstieß, sich nicht bei jemandem einhakte, nicht mit jemandem zusammenstand.

Nein, das stimmt nicht ganz. Während ich mir meinen Weg bahnte und zu den Kellnern hinübersah, die unermüdlich die Platten und Rechauds mit neuem Essen auffüllten, entdeckte ich tatsächlich eine Gestalt, die auch allein vor dem Buffet stand. Es war eine große schlanke Frau mit blonden Locken. Sie trug ein blaues Kleid und hatte mir den Rücken zugewandt. Ich sog überrascht die Luft ein. War das nicht Camille, die sich da gerade mit einer anmutigen Bewegung ein Schälchen mit Crème brulée vom Buffet nahm? Mein Herz fing freudig an zu schlagen, und für einen aberwitzigen Moment glaubte ich wieder an Wunder. Es war Camille, ganz sicher! Ich hätte sie unter Tausenden erkannt. Was machte sie hier? Nun ja, dasselbe wie ich wohl. Und warum hätte Paul seine Verflossene auch nicht einladen sollen, wo er doch augenscheinlich die halbe Welt zu seiner Feier eingeladen hatte.

Camille war allein gekommen, genau wie ich, und diese Hochzeit war unsere zweite Chance. Mit einem Mal machte dieser ganze grässliche Tag einen Sinn. Alles in mir jubilierte, als ich jetzt mit entschlossenen Schritten zum Buffet ging und die Gäste zurückwichen, um mir den Weg frei zu machen. Atemlos blieb ich einen Moment hinter ihr stehen, hinter Camille, die noch nichts von ihrem Glück ahnte.

«*Coucou*, Camille», sagte ich und legte ihr die Hände über die Augen.

Sie griff danach und löste lachend meine Finger.

Dann drehte sie sich um, und ich starrte sie enttäuscht an.

Die Frau im blauen Kleid war nicht Camille. Sie sah kein bisschen aus wie Camille. Es war irgendeine Fremde, die mich überrascht ansah.

«Kennen wir uns?»

Betreten schüttelte ich den Kopf. Ich schnurrte zusammen wie ein Ballon, aus dem man die Luft lässt. Ich wusste gar nicht, was ich sagen sollte.

«Monsieur?» Sie zog die Augenbrauen hoch. «Was wollen Sie von mir?»

«Nichts», brachte ich mühsam hervor. «Ich sah Sie allein am Buffet stehen und dachte, Sie wären ... Sie wären ...»

«Auf der Suche nach einem Typ wie Ihnen?», beendete sie meinen Satz.

«Eine andere», sagte ich.

«Oh.» Ihre Stimme klang sofort weniger schnippisch. «Camille?»

«Ja.» Ich nickte.

«Nun, ich heiße Carole, aber ich nehme an, das macht es auch nicht besser.»

«Nein», sagte ich und hob entschuldigend die Hände. «Nicht wirklich. Bitte, verzeihen Sie. Sie sind die Falsche. Ich habe Sie einfach verwechselt.»

Carole nahm ihr Schälchen und wandte sich zum Gehen.

«Nun, vielleicht finden Sie die Richtige ja noch.» Sie lächelte.

«Schön wär's», sagte ich leise und sah ihr nach. «Aber das steht nicht zu befürchten.»

Nach diesem gleichermaßen unglückseligen wie beschämenden Intermezzo beschloss ich, mich ganz auf das Buffet zu konzentrieren, obwohl ich für die kunstvoll aufgetürmten Köstlichkeiten keinen Sinn mehr hatte.

Missmutig häufte ich mir den Teller voll und fragte mich kurz, wo eigentlich Pauls Eltern steckten. Oder sein Bruder François. Am Brauttisch waren sie jedenfalls nicht gewesen, und Paul hatte sie in seinem Brief auch nicht erwähnt. Das musste natürlich nichts bedeuten. Vielleicht hatten sich die beiden einfach nur für einen Moment auf ihr Zimmer zurückgezogen, jetzt, da das Brautpaar seine Kneipentour machte.

Ich nahm mir noch eine von den Sardellenpasteten.

Andererseits, überlegte ich weiter, konnte in zehn Jahren viel passieren. Leute konnten sterben, Familien konnten sich zerstreiten – und war Pauls jüngerer Bruder nicht immer schon ein naturbesessener Einzelgänger gewesen, der bereits als Junge nur davon geredet hatte, dass er nach Kanada wollte, um Bären in freier Wildbahn zu sehen?

Wie auch immer – irgendwann würden sie schon auftauchen – oder eben auch nicht. Camille war jedenfalls nicht auf diesem Fest, und was sollte es im Ernst auch bringen, einer alten Studentenliebe nachzuhängen, die schon beim ersten Mal zu nichts Gutem geführt hatte.

Verdrossen resümierte ich den Tag. Fakt war, es war eine Schnapsidee gewesen, zu dieser Hochzeit zu fahren. Fakt war, ich kannte keine Menschenseele hier. Fakt war, ich hatte eindeutig zu viel getrunken und den ganzen Tag nichts zu mir genommen. Ich fing schon an zu halluzinieren und quatschte fremde Frauen an, in denen ich Camille zu erkennen glaubte. Damit war jetzt Schluss. Ich würde mich irgendwo hinsetzen, etwas essen und einfach nur noch auf die Ankunft von Paul warten. Ich würde ihm gratulieren, ein paar freundliche Worte über seine Frau sagen und mich dann auf mein Zimmer verziehen. Der Abend war für mich gelaufen, und wenn ich mein Auto gehabt hätte, wäre ich sicher sofort nach Paris zurückgefahren. Aber mein Auto war in der Werkstatt und hing genauso fest wie ich auf dieser blödsinnigen Hochzeit.

Ich schickte ein Stoßgebet gen Himmel, dass Paul seine Braut möglichst bald finden würde.

Dann drehte ich mich um, den vollen Teller in der Hand und biss mit Todesverachtung in die Sardellenpastete. Während ich im Stehen kaute, hatte ich das Gefühl, dass mich die ganze Zeit über jemand anstarrte.

Zunächst beachtete ich es nicht, doch dann blickte ich schließlich auf.

Hatte ich gesagt, dass ich keine Menschenseele auf diesem Fest kannte? Nun, ich muss mich korrigieren, denn es stimmte nicht ganz.

Ich gebe zu, im ersten Moment hätte ich die junge Frau fast nicht erkannt, die wenige Schritte von mir entfernt an einem Tisch in der Nähe des Buffets saß und ein Törtchen vor sich stehen hatte.

Die Verwandlung war perfekt.

Sie trug ein aprikosenfarbenes Cocktailkleid, auf dessen Corsage dezent ein paar Pailletten schimmerten. Eine mehrreihige Perlenkette zierte ihren schlanken Hals. Das tizianrote Haar fiel ihr in sanften Wellen über die bloßen Schultern. Und ihre Augen waren grüner als grün.

Es war die Verrückte von der Tankstelle, die mit einem amüsierten Lächeln zu mir herüberschaute.

9

Ich starrte sie an und hätte mich fast an meiner Pastete verschluckt. Wäre Océane plötzlich auf dem Fest aufgetaucht, hätte ich nicht überraschter sein können. Von allen Menschen, die ich kannte, hatte ich die Fahrerin des grünen Minis hier am wenigsten erwartet.

Ich würgte den Rest meiner Pastete herunter und verdrehte die Augen. Diese Frau hatte mir zu meinem Glück gerade noch gefehlt. Nach dem unverschämten Auftritt an der Tankstelle hätte ich sie eigentlich ignorieren müssen. Nur gelang mir das nicht, weil sie mich weiterhin unverwandt ansah und meinen vollgehäuften Teller musterte. Ihr rot geschminkter Mund verzog sich zu einem Lächeln, und ich hatte das Gefühl, dass sie sich über mich lustig machte.

Schließlich hielt ich es nicht mehr aus und ging zu ihrem Tisch. Sie saß an der Ecke, die Plätze neben ihr waren frei, gegenüber unterhielt sich ein elegantes Ehepaar mittleren Alters mit einem anderen eleganten Ehepaar, das seine Teenagertochter mitgebracht hatte, die kein Wort von sich gab und sich offenbar zu Tode langweilte. Weiter hinten am Tisch ließ ein dürres Männlein mit Panamahut und hellem Leinenanzug – wohl der älteste Gast auf dieser Hochzeit – gerade ein Silbermesser in einer Serviette verschwinden, und ein kleines Mädchen mit Zöpfen, das neben ihm stand und den Zaubertrick aufmerksam verfolgte, klatschte begeistert in die Hände und rief:

«Noch mal!»

Mit meinem Teller in der Hand trat ich an den Tisch, und meine Tankstellenbekanntschaft zog die Augenbrauen hoch und ließ den Dessertlöffel sinken.

«Ja, wen haben wir denn da?» Ihre Augen funkelten.

«Es ist unhöflich, jemanden so anzustarren, hat Ihnen das noch keiner gesagt?», erklärte ich missmutig.

«Oh, erwarten Sie jetzt wieder eine Entschuldigung von mir?» Sie legte den Kopf schief und grinste spöttisch. «Welch eine Überraschung. Der Besserwisser von der Tankstelle. Er ist es wirklich. Und unfreundlich wie eh und je.»

«Die Überraschung ist ganz meinerseits», sagte ich und beschloss, die Sache mit dem Besserwisser zu überhören. «Wenngleich ich mir zugegebenermaßen schönere Überraschungen vorstellen könnte, als ausgerechnet Sie hier zu treffen.»

«Tja, die Welt ist klein.»

«In der Tat. Zu klein für uns beide, scheint mir.» Ich wandte mich zum Gehen.

«Und Sie scheinen mir etwas schlecht gelaunt, Monsieur. Haben Sie Ihr altes Auto denn wieder flottgekriegt? Das letzte Mal, als ich Sie gesehen habe, sahen Sie ziemlich verzweifelt aus.»

Ich musste daran denken, wie sie in ihrem grünen Mini schadenfroh hupend an mir vorbeigefahren war, als mein Wagen auf der Landstraße den Geist aufgegeben hatte.

«Sie hingegen wirkten recht vergnügt», gab ich zurück.

«Ja, warum auch nicht? *Mein* Auto fuhr ja.» Sie lehnte sich im Stuhl zurück, schlug die Beine übereinander und wippte mit ihrem Fuß, der in einer zierlichen goldenen Sandalette steckte. «Kommen Sie, jetzt lächeln Sie mal. Immerhin haben Sie es doch auch noch hierhergeschafft mit Ihrer alten Klapperkiste.»

«Sieht ganz so aus», entgegnete ich knapp. Dass die Klapperkiste in der Werkstatt stand, musste ich der Rothaarigen ja nicht auf die Nase binden.

«Und was machen Sie hier?», wollte sie jetzt wissen.

Ihre Frage irritierte mich, zumal ich mich dasselbe auch schon eine ganze Weile fragte. Was machte ich eigentlich hier, außer mit einem Teller voller Essen blöd in der Gegend rumzustehen. Ich riss mich zusammen.

«Dasselbe wie Sie, vermute ich mal. Ich bin hier Gast. Ich sagte Ihnen doch bereits an der Tankstelle, dass ich zu einer Hochzeit will. Und dass Sie nicht die Einzige sind, die es eilig hat. Sie haben sich an der Zapfsäule vorgedrängelt, das wissen Sie genau.»

Mit Genugtuung bemerkte ich, wie sich ihre Wangen zart verfärbten.

«Ich dachte, das mit der Hochzeit hätten Sie nur so gesagt. Es klang jedenfalls ziemlich an den Haaren herbeigezogen.»

«Und doch ist es so. Ich bin der Freund des Bräutigams.»

«Und ich bin die Freundin der Braut.»

«Na, dann hätten wir das ja zumindest geklärt», sagte ich verdrossen. Sie lächelte, und gegen meinen Willen lächelte ich auch.

Dann warf sie einen Blick auf meinen vollgeladenen Teller. «Es muss doch furchtbar unbequem sein, diesen ganzen Berg im Stehen zu essen. Wollen Sie sich nicht zu mir setzen?»

Ich überlegte einen Moment. «Warum nicht», sagte ich dann. Irgendwie musste ich den Abend ja rumbringen, bis Paul sich endlich blicken ließ. Und ob ich nun bei der halb betrunkenen Truppe von Mr. Buckman saß oder neben der Verrückten von der Tankstelle, machte letztlich keinen großen Unterschied.

Seufzend ließ ich mich also neben ihr nieder, stellte den Teller vor mich hin und nickte den anderen Gästen zu, die kurz aufblickten und sich dann wieder ihren Gesprächen zuwandten. Lediglich der mürrische Teenager wurde wach und starrte neugierig zu uns herüber.

«Wie es aussieht, kenne ich eh keinen Menschen hier. Da ist es auch egal, wo ich sitze.»

«Wie charmant. Sind Sie immer so unhöflich oder nur zu mir?»

Sie rückte ein Stück zur Seite, und ihr Kleid verfing

sich in meinem Stuhl. Hastig beugte sie sich vor und versuchte vergeblich, es vom Stuhlbein zu lösen.

«Warten Sie.» Ich half ihr, den Stoff freizubekommen, und für einen Moment berührten sich unsere Hände. Ich sah auf und schaute direkt in ihre grünen Augen. Rasch wandte ich den Blick ab, und auch sie setzte sich wieder auf.

Ich nahm einen Bissen von dem Filet Mignon, das sehr zart, aber nicht mehr sehr warm war. Trotzdem schmeckte es gut. Ich schob ein paar grüne Bohnen und etwas Kartoffelgratin hinterher und fühlte mich schon besser. Ein aufmerksamer Kellner hatte bemerkt, dass sich ein neuer Gast an dem Tisch seitlich des Buffets niedergelassen hatte, und kam mit einer Flasche Wein und einem frischen Glas herbeigeeilt.

«Darf es noch etwas von dem Saint-Émilion sein, Monsieur?»

Der Service auf diesem Fest war immerhin exzellent. Da konnte man nicht meckern.

Ich nickte, und der Kellner schenkte mir ein. Ich nahm einen beherzten Schluck, spürte, wie der Wein wohltuend durch meinen Körper strömte, und dankte dem ebenso exzentrischen wie bescheidenen Mr. Buckman noch einmal im Stillen für diesen köstlichen Tropfen. Dann wandte ich mich der Wildschweinpastete zu. Sie war ausgezeichnet, und ich schloss für einen Moment genussvoll die Augen.

«Reden Sie jetzt gar nicht mehr?», kam es vorwurfsvoll von der Seite.

«Was?» Ich machte die Augen wieder auf. Meine neue Tischnachbarin war von der anstrengenden Sorte, ich hätte es wissen müssen.

«Entschuldigung», sagte ich kauend, «aber ich habe den ganzen Tag noch nichts gegessen. Mir war schon ganz schlecht vor Hunger.»

«Wenn Sie weiter so schlingen, wird Ihnen gleich wieder schlecht sein.»

«Na schön.» Ich legte mein Besteck für einen Moment zur Seite und wischte mir mit der Serviette den Mund ab. Ich fühlte mich einigermaßen gestärkt. «Worüber möchten Sie denn gerne reden?»

«Sie schulden mir noch eine Antwort.»

«Eine Antwort?», wiederholte ich. «Und wie lautete noch mal die Frage?»

«Du meine Güte», meinte sie ungeduldig. «Hören Sie mir überhaupt zu? Die Frage war, ob Sie immer so ...»

«Stopp», sagte ich und hob die Hand. «Ich weiß es jetzt wieder. Verzeihen Sie, ich hatte das für eine rhetorische Frage gehalten.»

«Ich stelle keine rhetorischen Fragen.»

«Aha. Nun gut.» Ich lehnte mich zurück und nahm einen Schluck Wein. «Dann sagen wir einfach mal, wir hatten nicht gerade einen optimalen Start.»

Sie nickte und spitzte die Lippen.

«Wobei, nein, ich möchte mich korrigieren ...»

Ich sah ihren erwartungsvollen Blick.

«Der Start war *verheerend*. Und das mag ... unter Umständen ... dazu geführt haben, dass ich nicht so charmant und liebenswürdig sein konnte, wie es normalerweise meiner Natur entspricht.»

Ich lächelte großzügig.

«Reden Sie immer so?»

«Wie meinen Sie das?»

«Na, so ... *geschwollen.*» Sie malte mit den Händen einen Kreis in die Luft und grinste frech.

Ich schoss ihr einen vernichtenden Blick zu. «Und mal abgesehen von unserer überaus unerquicklichen Begegnung an der Tankstelle, ist heute wirklich so ziemlich alles schiefgegangen, was nur schiefgehen kann», setzte ich gereizt hinzu. «Wenn Sie es also ganz genau wissen wollen: Dieser Tag ist nicht gerade mein Glückstag.»

«Das habe ich schon bemerkt.» Sie ließ ihr Kinn in die Hand sinken und sah mich von unten an. «Und sonst?»

«Sonst was?»

«Sind Sie glücklich?»

Verblüfft starrte ich sie an und wusste einen Moment nicht, was ich sagen sollte. Wir kannten uns gerade mal ein paar Minuten, und sie fragte mich, ob ich *glücklich* war? Der Eindruck, den ich an der Tankstelle gewonnen hatte, vertiefte sich. Die Kleine hatte echt einen Knall. Sie konnte mir doch nicht einfach eine derart persönliche Frage stellen.

Doch, sie konnte.

«Sind Sie glücklich?», fragte sie mich noch einmal, diesmal etwas eindringlicher, während die kleine Combo eine jazzige Variante von *One Enchanted Evening* spielte und der Bassist sich über seine Bassgeige warf und sich die Seele aus dem Leib zupfte.

«Hören Sie, ich bin nicht taub. Aber könnten wir das vielleicht klären, *nachdem* wir uns einander vorgestellt haben?»

«Ja, sicher.» Sie streckte mir die Hand hin. «Ich bin Juliette Rivière. Und wer sind Sie?»

Irgendein zu übermütigen Streichen aufgelegter Gott hatte offenbar beschlossen, dass ich den Abend ausgerechnet mit der Verrückten von der Tankstelle verbringen sollte. Sie nannte mir ihren Namen, und ich nannte ihr meinen, und das war der Anfang von dem in jeder Hinsicht bemerkenswerten Ende, das die ganze Hochzeitsfeier später nahm.

Einer Frau wie Juliette war ich noch nie begegnet, so viel stand fest. Nur konnte ich erst nicht sagen, ob das gut oder schlecht war. Es war einfach anders.

Wenn sich zwei erwachsene Menschen jenseits der dreißig kennenlernen, halten sie sich normalerweise an gewisse Regeln. Man stellt sich vor, man fragt, was man so macht, und meint in der Regel damit einen Beruf. Ansonsten bleibt man im Unverfänglichen. Man redet über Weinsorten, die man bevorzugt, Restaurants, die man empfehlen kann, Filme, die man im Kino gesehen hat, oder Orte und Länder, die eine Reise wert sind. Und wenn man sich sehr sympathisch ist, teilt man unter Umständen noch die ein oder andere Anekdote oder Erinnerung aus seinem Leben. Ansonsten halten die meisten Menschen sich erst mal bedeckt, was seinen Grund wohl in der tief in uns verwurzelten Angst vor Zurückweisung hat.

Für Juliette Rivière spielten diese Regeln offenbar keinerlei Rolle. Sie sagte, was sie dachte, was ich zunächst für recht unverfroren hielt. Erst nach einer Weile begriff ich, dass ihre Direktheit nicht etwa einem mangelnden Feingefühl entsprang – sie war eine aufmerksame Beobachterin und eine durchaus empathische Person –, sondern einer nahezu kindlichen Herzensmutigkeit, die sie sich irgendwie bewahrt hatte. Jedenfalls war es nicht gelogen, als sie mir sagte, dass sie keine rhetorischen Fragen stellte. Juliette hielt sich nicht gern mit Small Talk auf. Sie wollte über die wesentlichen Dinge des Lebens reden, alles andere war für sie Zeitverschwendung. Ihre Ungeduld ließ sie gleich zur Sache kommen, sie trug ihr Herz auf der Zunge, wie man so sagt. Ihre unkonventionelle Art verwirrte und faszinierte mich gleichermaßen.

Zunächst jedoch erschien sie mir vor allem befremdlich.

Sind Sie glücklich?

Dass man die Unterhaltung mit einem Fremden mit solch einer Frage begann, kam doch eher selten vor. Mir zumindest war es noch nie passiert, und ich fand es ziemlich unpassend.

War ich denn glücklich? Ich wusste es nicht. Im Grunde schon, normalerweise, ja, wahrscheinlich, ein wenig, zumindest ab und zu, aber dann auch wieder nicht so wirklich und auf keinen Fall an diesem verdammten Tag, der von Anfang an nur Aufregungen und Ärgernisse bereitgehalten hatte – einschließlich des Zwischenfalls an der Tankstelle, wo eine junge Frau mit grünen Augen meinen Wagen geschrammt, mich als Spießer beschimpft und mein Ego angekratzt hatte.

Aber das sagte ich Juliette natürlich nicht, weil ich niemand bin, der direkt alles herausposaunt, was ihm gerade durch den Kopf geht.

«Sie stellen vielleicht Fragen. Was heißt schon glücklich?», versuchte ich mich herauszuwinden. «Ich meine … mein Gott, wer ist schon glücklich?!» Ich zuckte mit den Achseln. «Vielleicht bin ich eher zufrieden als glücklich.» Ich grinste. «Nicht so glücklich wie der glückliche Bräutigam jedenfalls», witzelte ich weiter. «Der scheint ja so im Glück zu sein, dass er gar nicht mehr wiederkommt.» Ich warf einen Blick auf meine Uhr. «Schon Viertel vor zehn.» Immerhin hatte ich bereits mehr als eine Stunde hinter mich gebracht. «Wie finden Sie denn diesen Brauch mit der entführten Braut. Ein bisschen albern, oder?»

«Sie weichen mir aus», stellte Juliette ruhig fest. «Aber das macht nichts. Die meisten Menschen werden nicht gerne danach gefragt, ob sie glücklich sind. Außer sie sind verliebt. Dann können sie gar nicht genug von ihrem Glück erzählen, das ihnen so einzigartig erscheint, als wäre ihre Liebe das Größte und Bedeutsamste, was jemals auf dieser Erde passiert ist.» Ein feines Lächeln huschte über ihr Gesicht, als sie jetzt an einem goldenen Rubinring drehte, der an ihrem Mittelfinger steckte. «Und … na ja … in gewisser Weise ist das ja auch so. Sich zu verlieben fühlt sich eben einfach verdammt großartig an. Es gibt nichts Besseres. Wer liebt, ist glücklich, so einfach ist das.»

«Ach», sagte ich. «*Wirklich?*» Ich zog die Augenbrauen hoch. «Das ist ja eine ganz große Weisheit, die Sie da verkünden. Davon hab ich ja noch nie was gehört.» Ich schob meinen Teller zur Seite. «Tja, dann müssen wir uns alle einfach nur verlieben – und schon ist die Welt ein besserer Ort», spottete ich.

«Sie sagen es.» Sie sah mich lächelnd an. «Was ist denn beispielsweise mit der blonden Frau, die eben am Buffet stand?»

«Welche Frau meinen Sie?»

«Die Frau im blauen Kleid, der Sie mit so glücklicher Miene die Augen zugehalten haben?»

«Ach ... das ...» Ich winkte ab und schwieg verlegen. Meine Wiedersehensfreude über die vermeintliche Camille war ihr offenbar nicht entgangen.

«Sagen Sie – sehen Sie eigentlich alles?»

«Ich hab hier einen guten Platz.» Sie nahm ihren Dessertlöffel und malte ein Muster auf die Tischdecke.

«Und finden Sie, dass Sie das irgendetwas angeht?», fragte ich.

«Nicht, wenn Sie nicht wollen.»

Sie lächelte mich so unbefangen an, dass ich mir mit einem Mal ziemlich blöd vorkam.

«Das war nur eine Verwechslung», brummte ich. «Ich dachte, es wäre eine Person, die ich mal gekannt habe.»

«Die Sie mal *geliebt* haben, meinen Sie.»

«Ja, auch das. Großer Fehler.»

«So etwas dürfen Sie nicht sagen.» Sie sah mich mit ernstem Blick an. «Was man aus Liebe macht, kann niemals ein Fehler sein.»

«In diesem Fall war es allerdings einer», erklärte ich mit Nachdruck.

«Aber damals erschien es Ihnen richtig – und nur darauf kommt es doch am Ende an.»

«Hmm. Also ich weiß nicht ...»

«Die Vergangenheit können wir nicht ändern. Also macht es keinen Sinn, sich darüber zu ärgern. Es wird einfacher, wenn Sie das akzeptieren.» Sie lächelte. «Glauben Sie mir, ich weiß, wovon ich rede.»

«Ja, ja», sagte ich. «Sie klingen wie eine verdammte Psychologin. Sind Sie etwa eine Psychologin?»

«Nein.» Sie schüttelte den Kopf, und ein Hauch ihres Parfums wehte zu mir herüber.

«Und was sind Sie dann?»

«Jemand, der auch schon ein paar Dinge erlebt hat.»

Ich schaute sie interessiert an. «Und Sie bereuen gar nichts?»

«Nichts, was ich aus Liebe getan habe, nein.»

Ich gab einen unwilligen Laut von mir, und sie tippte vorsichtig mit dem Löffelchen gegen meinen Arm.

«Wollen Sie mir nicht erzählen, was passiert ist, Jean-Claude?»

«Jean-Pierre», korrigierte ich sie, und sie schlug sich die Hand vor den Mund.

«Oh mein Gott! Jean-*Pierre*, natürlich, verzeihen Sie bitte. Ich habe ein katastrophales Namensgedächtnis!

Das liegt bei uns in der Familie. Dafür vergesse ich nie ein Gesicht», erklärte sie stolz. «Ihres habe ich jedenfalls gleich wiedererkannt, als ich Sie eben am Buffet stehen sah.» Sie musterte mich von oben bis unten. «Obwohl Sie jetzt ganz anders aussehen in Ihrem Hemd und Ihrem schicken Anzug. Geradezu attraktiv.»

«Das Kompliment kann ich zurückgeben. Ich habe jedenfalls einen Moment gebraucht, bis ich begriffen habe, dass Sie es sind.»

Ich musste an die burschikose Frau mit der riesigen Sonnenbrille und den nachlässig aufgesteckten Haaren denken, die an der Tankstelle in Jeans und Turnschuhen an mir vorbeigestampft war. Nun saß sie vor mir wie eine Prinzessin und strich sich mit einer anmutigen Bewegung ihr Kleid glatt. Lächelnd neigte sie den Kopf, ihr Haar glänzte wie Kupfer, und die Perlen um ihren Hals schimmerten im Licht der Kerzen.

«Das sehe ich Ihnen nach», erklärte sie großzügig. «Und nun erzählen Sie mir, was es mit der Frau in Blau auf sich hat.»

Ich schüttelte lachend den Kopf.

«Da können Sie lange warten.»

«Ach, kommen Sie!»

«Auf gar keinen Fall.»

10

Ich weiß nicht, wie sie es machte, vielleicht verfügten rothaarige Frauen tatsächlich über zauberische Kräfte, aber am Ende erzählte ich ihr dann doch die ganze Geschichte von Camille, Paul und mir. Ich nannte zwar keine Namen und beschränkte mich auf das Wichtigste, aber Juliette hatte rasch begriffen, dass der Freund, der mir damals im Studium mein Mädchen ausgespannt hatte, und der Bräutigam dieser Hochzeit ein und dieselbe Person waren.

«Aber Sie haben ihm verziehen, sonst wären Sie ja nicht hier», folgerte sie scharfsinnig, nachdem ich geendet hatte.

«Ja, das ist wohl so. Obwohl ich eine Weile gebraucht habe. Aber jetzt freue ich mich doch sehr, ihn wiederzusehen.» Ich sah zu der Steintreppe hinüber, auf der ein paar Leute standen und laut lachten. «Wenn er allerdings nicht bald auftaucht, wird er wieder in Ungnade fallen, fürchte ich.»

«So lange ist er nun auch noch nicht weg. Sie sind eben viel zu spät gekommen.»

«Ja, ich weiß. Wir haben uns knapp verpasst.» Ich seufzte. «Jedenfalls bin ich schon sehr auf die Braut gespannt.»

Juliette beugte sich zu mir vor und sah mich verschwörerisch an. «Achtung, Spoiler-Alarm», raunte sie mir zu. «Die Braut ist nicht blond, so viel kann ich schon mal verraten. Ihr Freund hat offenbar den Typ gewechselt.»

«Ach was?» Ich war ehrlich überrascht. «Das hätte ich nun nicht erwartet. Nicht nach dem ganzen Kult, den wir damals um Blondinen gemacht haben.» Ich schüttelte den Kopf. «Das war schon irgendwie verrückt. Aber wie es aussieht, hat er sein Beuteschema erweitert.»

«Und wie ist das bei Ihnen?» Ihre Augen glitzerten.

«Oh, für mich kommen nach wie vor nur Blondinen infrage», erklärte ich und zuckte mit den Schultern. «Alles andere interessiert mich nicht.»

Sie sah mich einen Augenblick irritiert an, und Ihre Miene verdüsterte sich.

«Ist das Ihr Ernst?»

«Ja, sicher.» Ich schaute ganz unschuldig und hielt noch ein paar Sekunden durch. Dann prustete ich los. «Nun gucken Sie nicht so entgeistert! Das war ein Witz. Eine kleine Rache für den Besserwisser.»

«Oh ... Sie! Sie!» Sie schlug mit ihrer Serviette nach mir, und ich duckte mich weg, riss lachend den Ellbogen vors Gesicht und warf dabei mein halb volles Weinglas um, das sich über die Decke ergoss und dann auf die Tischkante zurollte. Juliette schrie «Achtung, Ihr Glas!», aber da war es schon zu spät. Das Glas kullerte in aller

Seelenruhe vom Tisch, wir beugten uns beide gleichzeitig vor, um es aufzufangen, und stießen unsanft mit den Köpfen zusammen, während das Glas auf den Boden fiel und zerbrach.

«Oh nein ... oh nein!», jammerte Juliette und hielt sich lachend und stöhnend den Kopf, als sie jetzt wieder von unter dem Tisch auftauchte.

«Ach, was soll's! Scherben bringen Glück», rief ich und sammelte vorsichtig die Glasteile vom Boden. Dann richtete ich mich auf und rieb mir seufzend den Kopf.

«Mannomann, Sie haben einen ganz schön harten Schädel, Verehrteste.»

«Sie aber auch, mein Herr. Ich glaube, ich habe eine Gehirnerschütterung.»

Wir mussten wieder lachen, die Situation war einfach zu komisch. Die beiden Ehepaare, die offenbar nicht so viel Spaß hatten wie wir, sahen ein wenig indigniert zu uns herüber, um zu ergründen, was denn da so furchtbar lustig war. Die Teenagertochter, der unsere Verrenkungen wohl gefallen hatten, schlug sich kichernd die Hand vor den Mund. Und auch der alte Herr am Tischende, der inzwischen seine Zaubertricks eingestellt hatte, weil das kleine Mädchen verschwunden war, beäugte uns interessiert und rutschte ein paar Plätze weiter in unsere Richtung, um nichts zu verpassen.

Als wir uns wieder beruhigt hatten, war mir mit einem Mal ganz leicht ums Herz. Diese ganze alte Geschichte, mit der ich so lange gehadert hatte, kam mir plötzlich völlig unbedeutend vor. In jeder Phase seines Lebens machte man doch irgendwelche Dummheiten, und das war großartig und schwachsinnig und alles andere als perfekt, und dennoch hatte alles seine Berechtigung, weil man immer nur für den Moment entscheiden konnte.

Ein Kellner kam herbeigeeilt, um eine neue Decke aufzulegen, er kehrte die restlichen Scherben auf und stellte ein frisches Glas vor mich hin.

«Tut mir echt leid», sagte ich und biss mir auf die Lippen.

«Aber, Monsieur, ich bitte Sie! Das ist doch kein Weltuntergang.»

Seine Worte erschienen mir nahezu prophetisch.

Er beugte sich vor, um unsere Gläser neu zu füllen, und wir stießen an.

«Auf alles Wunderbare, was noch kommt!», sagte Juliette. «Glücklich zu sein ist eine Entscheidung. Und die Schatten der Vergangenheit stehen einem dabei manchmal im Weg.»

Ich nickte verblüfft. So hatte ich es noch nie gesehen.

«Na schön, lassen wir die Vergangenheit ruhen», sagte ich. «Aber meine Güte, ich war so ein Idiot, damals. Und so wahnsinnig pathetisch. Wenn ich daran denke, wie ich mitten in der Nacht durch halb Paris gelaufen bin, nur um dieses Gedicht einzuwerfen ...»

«Nein, aber was reden Sie denn da! Das war doch ein ganz zauberhafter Einfall.»

«Sehr zielführend war er allerdings nicht.»

«Es war einfach das falsche Mädchen», entschied Juliette. «Oder der falsche Zeitpunkt. Oder beides. Jedenfalls lag es nicht an Ihrem Gedicht. Manche Mädchen hätten das sehr romantisch gefunden.» Sie wickelte eine Haarsträhne um ihren Finger und sah mich schelmisch an. «Ich, zum Beispiel. Ich mag Gedichte.»

«Dann müssen Sie bei Gelegenheit mal ins *Café des Poètes* kommen. Das ist mein Café. Es liegt im Marais. Und an den Wänden hängen ganz viele Gedichte. Das würde Ihnen gefallen. Das heißt ... falls Sie mal nach Paris kommen», schloss ich zögernd. Ich wusste ja gar nicht, wo sie überhaupt wohnte.

«Oh, ich bin öfter in Paris», sagte Juliette da auch schon. «Und das Marais kenne ich gut, auch wenn ich Ihr Café ehrlich gesagt noch nicht entdeckt habe.»

«Dann wird es höchste Zeit», meinte ich. «Das *Café des Poètes* ist nicht besonders groß, aber es ist ein ganz besonderes Café, Sie werden sehen.»

«Jetzt haben Sie mich neugierig gemacht.»

«Ich würde Sie auch auf einen Kaffee einladen.»

«Das klingt verlockend.» Sie legte den Kopf schief und strich sich eine Haarsträhne hinter das Ohr. «Wenn Sie wollen, können Sie ja richtig nett sein, Jean-Pascale.»

«Wie schön, dass Sie das endlich einsehen.» Ich grinste vielsagend. «Also ... nur für den Fall, dass Sie wirklich *mich* gemeint haben.»

«Wie?!» Sie schaute mich irritiert an.

«Nun ... ich weiß nicht, wer Jean-Pascale ist», zog ich sie auf. «Ich bin jedenfalls Jean-Pierre.»

Sie lachte und stellte ihr Weinglas ab. «Ja, ja, schon gut. Natürlich sind Sie gemeint. Seien Sie nicht so streng.

Was kann ich dafür, dass ich mir keine Namen merken kann.»

«Oh, kein Problem», erwiderte ich. «Der Abend ist ja noch lang. Da können wir noch ein bisschen üben.»

«Haha», sagte sie. «Das könnte Ihnen so passen.»

«Das könnte Ihnen so passen, *Jean-Pierre*!», korrigierte ich grinsend. «Der Trick ist, dass Sie den Namen oft genug wiederholen.»

«Und wenn ich dazu keine Lust habe?»

«Dann baue ich Ihnen eine Eselsbrücke ... Warten Sie ...» Ich überlegte einen Moment. «Jean wie ... Juliette. Und Pierre wie ... wie *mon ami Pierrot ... Au clair de la lune, mon ami Pierrot* ... Kennen Sie das?» Ich summte die ersten Zeilen des bekannten Kinderlieds.

«Natürlich kenne ich das. Das kennt wohl jedes Kind.»

«Obwohl es eigentlich kein Kinderlied ist.»

«Nein?»

«Nein. So harmlos, wie es klingt, ist es nämlich nicht.» Das wusste ich noch aus einem Seminar, wo wir dieses alte Volkslied in extenso auseinandergenommen hatten. «Der Text ist voller erotischer Anspielungen, denn in Wirklichkeit geht es um einen lüsternen Mönch, der am Ende in der Kemenate einer willigen Dame verschwindet.»

«Oh, là, là, was Sie nicht sagen!» Sie lehnte sich in ihrem Stuhl zurück und fixierte mich lächelnd. «Ist das etwa ein unmoralisches Angebot?»

«Um Gottes willen, nein! Ist nur eine Eselsbrücke», entgegnete ich und hob abwehrend die Hände. Allmählich fand ich Gefallen an unserem kleinen Schlagabtausch. «Wenn ich es richtig sehe, bin ich weder ein Mönch, noch sind Sie eine Dame.»

«Werden Sie nicht unverschämt, Jean-Pierre!»

Ich hob meinen Zeigefinger. «Sehen Sie, es funktioniert schon. Sie haben Jean-Pierre gesagt. Sie sollten mir dankbar sein.»

«Ja, ja. Sie hätten Lehrer werden sollen», entgegnete sie schnippisch.

«Ach, wissen Sie, ich bin mit meinem kleinen Café eigentlich ganz zufrieden», sagte ich. «Werden Sie mich denn nun besuchen, wenn Sie das nächste Mal in Paris sind?»

«Ich muss schauen, ob ich genug Zeit für einen Besuch habe. In Paris sind meine Tage immer sehr ausgefüllt.»

Sie lächelte unbestimmt, und mir wurde bewusst, dass ich eigentlich nichts über Juliette Rivière wusste – bis auf die Tatsache, dass sie anderen Leuten waghalsig die Vorfahrt nahm und die Freundin der Braut war. Ich wusste nicht, woher sie kam oder was sie eigentlich machte oder was der Ring an ihrem Finger bedeutete. Sie hingegen kannte bereits meine halbe Lebensgeschichte.

Sie hatte gesagt, dass sie öfter in Paris war, und das hieß ja wohl, dass sie nicht in Paris wohnte, überlegte ich weiter. Aber warum war sie öfter in Paris? Hatte sie einen Freund dort? Familie? Andererseits – wenn sie die Freundin der Braut war und die Eltern der Freundin im Entre Deux Mers ein Weingut besaßen, kam sie vielleicht hier aus der Gegend. Vielleicht sogar aus Saint-Émilion. Aber dann wäre ich ihr wohl kaum an einer Tankstelle kurz vor Libourne begegnet. Vielleicht wohnte sie in Lyon oder Poitiers oder gar in Le Havre. Die Welt war klein, wie sich auf dieser Feier gezeigt hatte, aber Frankreich war groß.

«Ich wüsste zu gern, was Sie gerade denken.»

«Ich frage mich, wo Sie eigentlich herkommen», platzte ich heraus. «Sie haben noch gar nichts über sich erzählt.»

Juliette sah mich überrascht an. «Das liegt vielleicht daran, dass Sie mich noch gar nichts gefragt haben. Was genau wollen Sie denn wissen?»

Ich merkte, wie ich rot wurde. Es stimmte schon, ich hatte gar nichts gefragt. Sie hatte die ganze Zeit die Fragen gestellt.

«Sind Sie von hier?»

Sie schüttelte den Kopf. «Ich habe ein kleines Haus auf dem Land bei Les Andelys, das eine gute Stunde von Paris entfernt liegt und früher mal meiner Großmutter gehört hat. Ich bin sozusagen dort aufgewachsen.»

Ihre Wangen waren gerötet, und ihre Augen glänzten, als sie mir nun von dem blauen Holzhaus mit der überdachten Terrasse erzählte, an deren Säulen weiße Rosen rankten, und von dem lang gestreckten Garten, der sich bis zu einem Bach streckte und in dem es Apfelbäume, wilde Brombeeren und Hortensienbüsche gab.

«Als Kind habe ich dieses Haus geliebt, und ich liebe es noch. Morgens wird man vom Zwitschern der Vögel wach, und abends versinkt die Sonne ganz friedlich im

Fluss. Die Zeit vergeht dort viel langsamer als in Paris, und die Natur bestimmt den Rhythmus.»

«Klingt nach der puren Idylle», sagte ich und nahm noch einen Schluck von meinem Wein. Auch Juliette griff zu ihrem Glas und hielt es einen Augenblick gedankenverloren in der Hand.

«Ja, es ist herrlich dort», sagte sie, und das schillernde Grün ihrer Augen wurde mit einem Mal ganz sanft. «Ich bin so froh, dass meine Großmutter mir dieses Haus vererbt hat. Vorher habe ich eine Weile in Paris in der Nähe des Jardin du Luxembourg gewohnt. Aber ich habe Les Andelys immer vermisst. Auf dem Land erlebt man den Wechsel der Jahreszeiten viel intensiver, wissen Sie, und man findet immer ganz wunderbare Motive.»

«Aha», sagte ich und überlegte kurz, wie sie das wohl meinte. War Juliette Rivière vielleicht Fotografin?

Sie bemerkte meinen fragenden Blick.

«Ich male», sagte sie schlicht.

«Sie meinen, Sie sind eine richtige Malerin?», wiederholte ich verblüfft. «Oder malen Sie einfach nur so zum Vergnügen?»

«Wohl beides.» Sie lächelte. «Wenn ich es nicht gerne tun würde, könnte ich nicht malen. Aber es ist tatsächlich mein Beruf. Ich war in Paris und Sankt Petersburg auf der Kunstakademie, und ich mache nichts anderes. Und seit ein paar Jahren kann ich recht gut vom Verkauf meiner Bilder leben. Ich habe einen Galeristen in Paris gefunden, der einmal im Jahr eine Ausstellung für mich organisiert.»

«Wow!», sagte ich. «Ich bin beeindruckt.» Die Verrückte von der Tankstelle war eine Malerin! Das musste ich erst mal verdauen. «Ich glaube, Sie sind die erste echte Künstlerin, die ich kenne. Wo stellen Sie denn aus?»

«In der *Galerie 26*. Das ist eine kleine Galerie an der Place des Vosges.»

«Nein!», rief ich aus. «Wissen Sie, dass ich da jeden Tag vorbeikomme, wenn ich zur Arbeit gehe?»

«Das gibt's ja nicht», sagte sie erfreut.

«Doch, doch, mein Café liegt nur einen Steinwurf entfernt, an der Place du Marché Sainte-Cathérine. Ich bin erst neulich morgens an der Galerie vorbeigekommen und habe lange vor einem Ölgemälde gestanden, das eine junge Frau mit roten Haaren zeigt, die auf einer Sommerwiese liegt und liest.»

«Sie meinen das Bild mit der roten Teekanne?»

«Ja, genau, das meine ich!»

«Oh mein Gott! Das ist *mein* Bild!», rief Juliette lachend aus, und ihre Augen strahlten.

«Das ist ja ... also, das ist ja ganz *wunderbar*.»

Ich sah sie an und überlegte für einen Moment, ob die junge Frau auf dem Bild, die da so selbstvergessen zwischen hohen Gräsern lag und in ihrem Buch las, wohl sie selbst darstellte.

«Es ist ein Selbstporträt», sagte Juliette, als hätte sie meine Gedanken erraten. «Gefällt es Ihnen?» Sie zwinkerte mir zu. «Ich meine – wo Sie doch sonst nur Blondinen mögen.»

Ich glaube, als wir uns am Nachmittag an der Tankstelle begegnet waren und uns alle möglichen Beleidigungen an den Kopf warfen, hätten wir es beide nicht für möglich gehalten, dass wir nur wenige Stunden später auf einer Hochzeitsfeier so angeregt miteinander plaudern würden.

Wie sich herausstellte, hatte Juliette ihre Eltern früh verloren, der Ring an ihrer Hand war von ihrer Mutter, sie hatte ein paar turbulente Beziehungen gehabt, die alle auf ihre Art schön und manchmal schrecklich waren, jedenfalls nie langweilig. Dann war sie ein paar Jahre mit «jemandem» zusammen gewesen, Genaueres erzählte sie mir nicht, nur dass es am Ende nicht gepasst hatte. Sie hatte eine Katze und noch immer ein Zimmer in Paris, wo sie wohnte, wenn sie in die Stadt kam. Es war eher ein Zimmerchen als ein Zimmer, erklärte sie mir, aber für ihre Zwecke reichte es, zumal es ganz in der Nähe der Place des Vosges lag.

«Eigentlich seltsam, dass wir uns noch nie begegnet sind», meinte sie lächelnd. «Da müssen wir erst in dieses Schloss kommen, das Hunderte von Kilometern von Paris entfernt liegt.»

«Ja, wirklich erstaunlich», sagte ich und überlegte, ob Juliette mir wohl aufgefallen wäre, wenn ich sie auf der Straße gesehen hätte. Eigentlich war sie so gar nicht mein Typ mit ihrem roten Haar und ihrer direkten Art, aber ich musste zugeben, dass die Gesellschaft dieser eigenwilligen jungen Frau mir immer besser gefiel. Zumindest war sie das Beste, was mir auf dieser merkwürdigen Feier passieren konnte, auf der ich ansonsten wohl wie

Falschgeld herumgelaufen wäre. Und abgesehen davon, dass sie die miserabelste Autofahrerin war, die ich jemals kennengelernt hatte, und mich immer wieder mit falschem Namen ansprach, war sie auf ihre Art doch ganz bezaubernd. Sie hatte ein reizendes Lachen, alles an ihr war überraschend, sie verwirrte mich und schlug mich in ihren Bann.

Wir waren so in unser Gespräch vertieft, dass wir gar nicht bemerkt hatten, dass das unermüdliche Jazztrio an der Treppe aufgehört hatte zu spielen. Die Musiker packten gähnend ihre Instrumente ein, während ein DJ mit dunklen Locken und schwarzer Sonnenbrille, der ein bisschen wie Bob Marley aussah und ein Shirt mit der Aufschrift «I love love» trug, bereits hinter dem Mischpult stand, das sich am anderen Ende der Terrasse befand. Die ersten Klänge ertönten aus den Boxen der Anlage, und der DJ rief «Let's dance!» und zeigte lächelnd seine schneeweißen Zähne, während er sich zum Rhythmus der Musik von *Celebration* bewegte und seine Zeigefinger in der Luft kreisen ließ. Die ersten Gäste strömten auf die Tanzfläche.

Nun ging die Party endlich los, und der DJ gab wirklich alles, um die Leute zu animieren. Ein Stück war fetziger als das andere, und alle hüpften ausgelassen herum und warfen die Hände in die Luft. Nur das Brautpaar ließ sich immer noch nicht blicken.

Inzwischen war die Musik so laut, dass man sich nur noch schreiend unterhalten konnte, und bis auf den alten Herrn mit dem Panamahut und den Vater der mürrischen

Teenagertocher, der gerade seine Hornbrille putzte, waren auch an unserem Tisch alle verschwunden.

Ich spürte, wie mich Juliette von der Seite ansah, als der DJ jetzt eine Salsa-Runde einlegte. Sie wippte begeistert mit ihrer zierlichen Goldsandale im Takt, und ich tat so, als würde ich es nicht bemerken und hielt mich an meinem Weinglas fest. Obwohl ich Musik mochte und auch ein gutes Rhythmusgefühl besaß, war ich noch nie ein großer Tänzer gewesen. In den Pariser Clubs drückte ich mich lieber mit einem Drink an der Bar herum und sah den anderen dabei zu, wie sie sich auf der Tanzfläche verrenkten, und im Tanzkurs, den ich während der Schulzeit irgendwann besucht hatte, weil das alle machten, war ich eher vom Team Stehblues als vom Team Cha-Cha-Cha gewesen.

In Erwartung von Juliettes Vorstoß starrte ich angelegentlich auf meine Serviette. Sie würde mich gleich auffordern, es war nur noch eine Frage von Sekunden.

Doch dann lächelte sie nur, zog die Menükarte, die auf dem Tisch lag, zu sich hinüber und drehte sie um. Sie nahm einen Stift aus ihrer winzigen Abendhandtasche, in die gerade mal ein Handy und ein Lippenstift hineinpassten, und ließ den Kugelschreiber über die Rückseite der Karte gleiten, während sie ab und zu konzentriert zu mir aufschaute.

Dann schob sie mir die Karte hin.

Auf der unbedruckten Rückseite war die Skizze von einem tanzenden Paar zu sehen. Der Mann war groß und trug unverkennbar meine Züge. Er drehte gerade mit

Schwung eine zierliche Frau mit wehendem Haar zu sich herum, die ihn anlächelte.

Das war Juliettes Lächeln, ohne Zweifel, und unter der Zeichnung stand in großen Buchstaben nur ein Satz:

WOLLEN SIE MIT MIR TANZEN?

11

Als ich auf die hübsche Skizze starrte, die wirklich gut gelungen war, und bedauernd den Kopf schüttelte, wusste ich noch nicht, dass ich an diesem verrückten Abend zum ersten Mal in meinem Leben Salsa tanzen würde.

Ich hätte es mir aber denken können.

Hatte ich an diesem Abend nicht schon einmal vehement den Kopf geschüttelt und gesagt «Auf gar keinen Fall»? Und war dann nicht alles anders gekommen?

Die lebhaften Klänge von *Candela* klangen zu uns herüber, als Juliette jetzt begeistert aufsprang und mir die Hände entgegenstreckte.

«Kommen Sie, Jean-Pierre, lassen Sie uns tanzen!»

Sie sah mich erwartungsvoll an.

«Ich fürchte, das ist keine gute Idee, Juliette. Ich bin wirklich ein ganz miserabler Tänzer», sagte ich. «Ich würde Ihnen nur die ganze Zeit auf die Füße treten. Wär schade um Ihre hübschen Schuhe.»

«Ach was, nun kommen Sie schon», rief sie und tänzelte zum Rhythmus der Musik vor mir herum, während sie mit den Hüften wackelte und mir kokette Blicke zuwarf. «Ich *liebe* Salsa!»

«Das glaube ich Ihnen aufs Wort», entgegnete ich lächelnd. «Aber ich habe noch nie Salsa getanzt.»

«Das macht nichts, ich zeige Ihnen die Schritte. Das lernen Sie ganz schnell.»

Sie legte die Hände in die Hüften und führte mir den Grundschritt vor, dann machte sie eine kleine Drehung und sah mich strahlend an. «Sehen Sie?»

Sie tat wirklich alles, um mich zu überzeugen, aber meine Angst, mich zu blamieren, war größer.

«Tut mir wirklich leid, Juliette, aber da bin ich der Falsche.»

«Nein, sind Sie nicht.» Sie tanzte auf mich zu. «Da kann man gar nichts falsch machen. Es ist wirklich kinderleicht.»

«Hmm ...», meinte ich unentschlossen. Ihre Hartnäckigkeit war irgendwie rührend, aber ich zog es doch vor, auf meinem Stuhl sitzen zu bleiben.

«Na los, Jean-Pierrot, lassen Sie sich nicht so bitten.»

«Ich weiß nicht... Ich hab so gar kein Talent», erklärte ich widerstrebend.

«Das brauchen Sie auch nicht.» Sie funkelte mich vergnügt an. «Jeder kann Salsa tanzen!»

«Ich nicht.»

«Aber ich!», rief da plötzlich jemand hinter uns, und ich drehte mich überrascht um.

Meine Konkurrenz kam von völlig unerwarteter Seite.

Es war der alte Herr mit dem Panamahut, der unsere

kleine Diskussion offenbar belauscht hatte und nun mit überraschend flinken Schritten um den Tisch herum auf Juliette zusteuerte.

«Lassen Sie doch diesen Trottel, wenn er so partout nicht will!», rief er mit heiserer Stimme. «*Ich* tanze mit Ihnen, Mademoiselle.»

Ich starrte den Alten mit offenem Mund an. Bevor ich noch etwas sagen konnte, hatte er schwungvoll seinen Hut gezogen und sich vor Juliette verbeugt. Er war kaum größer als sie, und seine wässrigen Augen fielen ihm fast aus dem Kopf, als er begehrlich auf den Ansatz ihres Busens blickte, der unter der Corsage zu sehen war.

«Sie sind die schönste Frau auf dieser Hochzeit, wissen Sie das eigentlich?», sagte der alte Schmeichler und legte galant eine Hand auf sein Herz.

Juliette lächelte erfreut. «Sie meinen ... außer der Braut natürlich», wies sie ihn sanft zurecht.

«Ach was! Vergessen Sie die Braut.» Er winkte ab. «Sie sind die Schönste hier, Mademoiselle. Glauben Sie mir, wenn ich nur zehn Jahre jünger wäre, dann wäre ich mit Ihnen schon längst über alle Berge.»

Wenn ich nur zehn Jahre jünger wäre?

War dieser Tattergreis größenwahnsinnig geworden? Der musste doch mindestens neunzig sein, wenn nicht gar hundert!

Juliette schien das nicht zu stören. Sie kicherte amüsiert und sah ihren neuen Verehrer erwartungsvoll an.

«Guillaume Vernier», stellte der sich vor. «Ich war Botschafter in Panama, ein herrliches Land übrigens. Und ich liebe den Salsa genau wie Sie!» Er lächelte gewinnend, und seine hellen Augen flackerten. Ich war sprachlos. Der Alte hatte es wirklich drauf. Er war mit seinen hundert Jahren mehr auf Zack als ich mit meinen zweiunddreißig.

«Meine Güte, was habe ich schon Salsa getanzt in meinem Leben!», schwärmte er jetzt. «Ich würde mich glücklich schätzen, wenn Sie mir die Ehre erweisen, *mi hermosa princesa*. Darf ich bitten?»

Juliette nickte entzückt. Dass der frühere Botschafter von Panama ihr den Hof machte, schien sie zu beeindrucken. Und dass er sie *meine schöne Prinzessin* nannte, gefiel ihr offensichtlich auch.

«Sehr gerne», sagte sie, der Alte nahm sie bei der Hand, und ich war raus.

Verblüfft ließ ich mich in meinem Stuhl zurückfallen und sah dem ungleichen Paar nach, das sich lachend seinen Weg zum anderen Ende der Terrasse bahnte und auf der Tanzfläche verschwand.

Mit dieser Wendung hatte ich nun nicht gerechnet. Ich war von einem Hundertjährigen ausgebootet worden, der meine Tischdame entführt hatte.

Die beiden schienen jede Menge Spaß zu haben, soweit ich das von meinem Posten aus erkennen konnte. Ich verrenkte mir den Hals, um sie nicht aus den Augen zu verlieren, als sie sich unter die anderen Gäste mischten, die ausgelassen im Rhythmus der Musik herumhüpften.

Der Botschafter war eine auffallende Erscheinung – klein, wie er war – mit seinem weißen Anzug und dem Panamahut. Und er hatte nicht zu viel versprochen.

Guillaume Vernier tanzte Salsa wie der Teufel. Animiert durch seine hübsche Partnerin legte er eine kesse Sohle aufs Parkett, und ich fragte mich ein wenig eifersüchtig, wie lange der alte Knacker dieses Tempo wohl durchhalten würde. Wenn er so weitermachte, würde er bald einen Herzinfarkt bekommen. Dann würde dies sein letzter Salsa sein, dachte ich voller Genugtuung.

Doch im Moment sah es nicht danach aus.

Im Gegenteil – als der DJ jetzt *Un, dos, tres – Maria* auflegte, und die tanzende Menge begeistert aufschrie, legte Monsieur Panama noch eins drauf. Immer wieder sah ich Juliettes apricotfarbenes Kleid aufblitzen, wenn ihr Galan sie herumwirbelte. Der kleine Mann schien völlig entfesselt, er setzte seine Schritte mit rasender Geschwindigkeit, und ich konnte nicht umhin zu bemerken, dass auch Juliette ganz in ihrem Element war. Sie lachte ausgelassen, und nie hatten ihre Augen verführerischer gefunkelt. Übermütig warf sie ihr Haar zurück und verschlang ihre bloßen Arme wie eine Flamenco-Tänzerin über dem Kopf, als sie jetzt mit stolzer Brust und aufreizenden Bewegungen Guillaume Vernier umkreiste, was ihr bewundernde Blicke, besonders von den Herren, einbrachte.

Auch von mir, wie ich zugeben musste. Ich trank meinen Wein und sah ihr fasziniert zu. Mit einem Mal erschien sie mir äußerst begehrenswert, und auch wenn ich natürlich kein so ein begnadeter Tänzer war wie der alte Herr, hätten wir vielleicht doch zusammen viel Spaß bekommen können. Nun ärgerte ich mich, dass ich mich so schwierig gemacht hatte. Ich war wirklich ein Trottel.

Seufzend ließ ich mein Kinn in beide Hände sinken und sinnierte vor mich hin, während ich das Geschehen am anderen Ende der Terrasse weiterverfolgte.

Einige Hochzeitsgäste waren stehen geblieben und bildeten nun einen Halbkreis um das tanzende Paar, das einen Salsa hinlegte, der – das musste man neidlos anerkennen – wirklich zum Niederknien war. Die beiden waren die Attraktion der Tanzfläche, und ich saß hier allein am Katzentisch und starrte etwas missmutig auf die kleine Zeichnung, die Juliette mir zurückgelassen hatte.

«Na, haben Sie auch keine Lust auf das Gezappel?»

Unbemerkt war der Vater der Teenagertochter der Einzige, der noch übrig geblieben war, auf meine Seite gewechselt und riss mich aus meinen tiefschürfenden Gedanken. Plötzlich stand er neben mir, und sein Blick streifte interessiert die kleine Skizze, die vor mir lag.

«Erlauben Sie, dass ich mich zu Ihnen setze, Monsieur?»

«Wie?» Ich blickte kurz auf und sah den Mann mit der dunklen Hornbrille und dem braunen Haarschopf geistesabwesend an.

«Ich möchte nicht stören», sagte er höflich.

«Nein, nein, Sie stören nicht. Setzen Sie sich nur.»

Er ließ sich lächelnd neben mir nieder und zupfte den Stoff seiner kaffeebraunen Anzughose zurecht. Seine Füße steckten in braunen Wildlederschuhen, und sein Sakko hing lässig über einem etwas zu jugendlichem Hemd mit kleinem Blumenmuster. Auf den zweiten Blick war er älter, als ich zunächst gedacht hatte. In seinem Haar zeigten sich die ersten grauen Haare, und ich schätzte ihn auf Anfang fünfzig.

Er nickte zur Tanzfläche hinüber und grinste.

«Wie es aussieht, sind wir hier wohl die beiden letzten Mohikaner», meinte er in komplizenhaftem Ton. «Sie tanzen wohl auch nicht gerne, was?»

«Äh ... nein. Nicht so wirklich», entgegnete ich unbehaglich. Wollte er jetzt aus uns eine Art Schicksalsgemeinschaft machen?

«Ich auch nicht», erklärte der Mann mit der Hornbrille im Brustton der Überzeugung. «Wenn Sie mich fragen: Tanzen ist so überflüssig wie ein Kropf.»

«Nun ja», entgegnete ich lächelnd. «Das würde ich jetzt nicht unbedingt behaupten. Tanzen kann ja doch etwas sehr Schönes sein. Viele Menschen finden großen Gefallen daran.» Ich sah zur Tanzfläche, wo Juliette noch immer mit dem Alten herumwirbelte. «Ich kann es nur nicht.»

«Und ich mag es nicht.» Mein neuer Tischnachbar seufzte tief. «Das Problem ist nur, dass meine Frau ganz scharf aufs Tanzen ist. Alle Frauen sind scharf aufs Tanzen, keine Ahnung, warum das so ist. Es muss eine genetische Verirrung sein. Ich liebe meine Frau, ich liebe sie wirklich, aber auf Festen wie diesen kriegen wir immer Krach deswegen.»

«Aha», sagte ich. Was interessierten mich die Auseinandersetzungen dieses Herrn? Ich hatte soeben entdeckt, dass Juliette ihren Tanzpartner gewechselt hatte.

Sie ließ sich nun von einem dunkelhaarigen Gigolo durch die Gegend schwenken, der deutlich jünger war als der Mann aus Panama.

«Aber wie es aussieht, bin ich da nicht der Einzige», kam es wieder von der Seite.

«Was meinen Sie?», entgegnete ich unkonzentriert.

«Ich meine Ihre rothaarige Freundin. Die eben mit diesem kleinen alten Herrn abgerauscht ist. Weil Sie nicht mit ihr tanzen wollten. Ich habe mitbekommen, wie Sie sich gestritten haben. Sie haben mein vollstes Mitgefühl.»

«Wir haben nicht gestritten», erklärte ich. «Und außerdem ist sie nicht meine Freundin.»

«Ist sie nicht?» Er sah mich perplex an. «Ich hätte schwören können, dass Sie ein Paar sind. Ich habe ein untrügliches Gespür für so was.» Er lächelte, von sich selbst überzeugt, und ich schüttelte den Kopf.

«Da muss ich Sie leider enttäuschen. Ich habe diese Frau erst heute kennengelernt.»

«Und sich Hals über Kopf in sie verliebt ...»

«Da wissen Sie mehr als ich!» Ich sah ihn an und lachte. «Ihre Fantasie geht mit Ihnen durch, Monsieur. Wir haben uns einfach nur ein bisschen unterhalten, um uns die Zeit zu vertreiben, bis das Brautpaar wiederkommt.»

«Oho!» Er lachte auch. «So nennen Sie das. Nun – ich weiß, was ich gesehen habe. Das war keine Unterhaltung, das war ein Flirt.»

«Wenn Sie meinen», sagte ich und schaute wieder zur

Tanzfläche hinüber. «Aber das hat nichts zu bedeuten. Es war ein Flirt ohne Bedeutung, verstehen Sie?»

Juliette war verschwunden, und ich sah nur noch den Alten mit dem Panamahut, der jetzt mit einer Riesin im blauen Kleid tanzte. Es war Carole, die Frau vom Buffet, die ich mit Camille verwechselt hatte. Sie war völlig aus dem Takt, aber das tat ihrer Freude keinen Abbruch. Und auch mein englischer Freund Mr. Buckman hatte sich ins Vergnügen gestürzt. Arm in Arm mit der blonden Claire schlingerte er in einem bizarren Tango übers Parkett und hielt eine rote Rose zwischen den Zähnen. Einige Gäste hatten sich zu einer munteren Polonaise zusammengefunden, die von Madame Kleopatra angeführt wurde, und umkreisten mit wiegenden Schritten die Tische. Die Kerzen flackerten, und ihr Schein verzerrte ihre lachenden Münder, während die Dame im grünen Pfauenkaftan so wagemutig vor- und zurücksprang, dass ihr die grüne Seidenhaube halb ins Gesicht rutschte. Mir schwirrte allein vom Zusehen der Kopf, und für einen Moment hatte ich das Gefühl, in Polanskis *Tanz der Vampire* gelandet zu sein. Dann versuchte ich meinen Blick zu fokussieren und hielt angestrengt Ausschau nach einem apricotfarbenen Kleid.

Wo war Juliette? Es war nicht gerade höflich, dass sie mich hier mit dem nervtötenden Vater der Teenagertochter hängen ließ.

«Glauben Sie mir, Sie sind in dieses Mädchen verliebt, Monsieur», sagte er gerade. «Oder Sie werden sich in sie verlieben.» Er wackelte mit dem Zeigefinger wie der Allwissende. Allmählich ging der Gute mir echt auf die Nerven mit seinen Prophezeiungen.

«Ja, ja. Überlassen Sie das mal mir.»

Er rückte seine Brille zurecht und schaute beleidigt. Dann stutzte er und musterte mich, als ob er gerade eine Erleuchtung gehabt hätte.

«Sagen Sie, wir kennen uns doch?»

«Ich glaube kaum.» Warum konnte dieser Typ mich nicht einfach in Ruhe lassen?

«Und ich glaube doch», sagte er und nickte ein paarmal. «Haben Sie nicht ein Café im Marais? Dieses ... äh ... *Literaturcafé?*» Seine Stimme troff plötzlich vor Ironie.

«Wenn Sie das *Café des Poètes* meinen ... ja», entgegnete ich schroff. «Ich bin Jean-Pierre Morel, der Besitzer.»

«Richtig», sagte er und schnippte mit dem Finger. «Monsieur Morel. Verzeihen Sie, Ihr Name war mir tatsächlich entfallen. Nun ja, ich kenne einfach zu viele Leute.»

«Wie schön für Sie. Und was stört Sie so an der Literatur?»

«Oh, nichts ... gar nichts.» Er grinste. «Erkennen Sie mich wirklich nicht, Monsieur Morel? Sie haben mich schon mal zu einer Lesung eingeladen.»

«Was?»

«Ja, ja. Sie waren sehr hartnäckig damals. Sie haben mir viele E-Mails geschickt. Aber nachdem ich auf Ihrer Website gewesen bin, habe ich es doch vorgezogen, auf dem *Salon du Livre* aus meinen Werken zu lesen. Das fand ich dann doch irgendwie ... *angemessener.*»

Lächelnd nahm er seine Hornbrille ab und putzte sie umständlich. Und da erkannte ich ihn doch.

Vor mir saß Hippolyte Virsini – oder besser gesagt, Hippolyte V., wie stets auf seinen Büchern stand. Ein Pariser Autor, von dem man sich erzählte, dass er das Schreiben seiner Romane stets mit einem Glas Pastis begann. Mit seiner Trilogie *Die Hecke*, *Die Taube* und *Das Geräusch* hatte er sich einen Namen gemacht und war vor zwei Jahren überraschend für den Prix Goncourt nominiert worden. Virsini verlegte alle seine Bücher bei Gallimard, und natürlich hatte er kein Interesse daran gehabt, in einem kleinen Literaturcafé wie dem meinen zu lesen, sosehr ich ihn damals auch umworben hatte.

«Monsieur Virsini!», rief ich aus. «Warum haben Sie das denn nicht gleich gesagt?» Ich starrte ihn etwas verlegen an und fragte mich, warum ich ihn nicht erkannt hatte. Es war die Brille.

«Sagen Sie – haben Sie schon immer diese Brille getragen?»

«Nein.» Er setzte die eckige Hornbrille wieder auf und sah mich freimütig an. «Eigentlich brauche ich die gar nicht, ich sehe sehr gut. Er zuckte mit den Schultern. «Das ist meine Image-Brille. Ist nur Fensterglas.»

«Aha», sagte ich einigermaßen verwundert. «Aber brauchen Sie so etwas denn überhaupt, Monsieur Virsini? So berühmt, wie Sie sind?»

«Mein Agent meint, es wäre gut, eine Marke zu schaffen. Und diese Brille verleiht meinem Gesicht den intellektuellen Touch. Alle Schriftsteller von Rang tragen jetzt solche Dinger.» Plötzlich wirkte er verunsichert. «Gefällt Ihnen meine Brille etwa nicht?»

«Oh doch, sie gefällt mir», beeilte ich mich zu versichern. «Sieht irgendwie sehr ... markant aus.» Hippolyte Virsini hatte eher weiche Züge mit seiner kleinen Nase und dem runden Kinn. «Nur habe ich Sie deswegen nicht gleich erkannt, verzeihen Sie bitte.»

«Na, macht nichts», sagte er und winkte großzügig ab. «Françoise findet meine neue Brille ganz grässlich.» Er seufzte. «Sie sagt, ich sehe jetzt aus wie Didier Eribon. Dabei sehe ich doch entschieden besser aus, oder etwa nicht?»

Ich nickte und nahm an, dass Françoise seine tanzwütige Frau war, die sich gerade anderweitig vergnügte.

«Na, das ist doch nicht die schlechteste Referenz, Monsieur Virsini. Jedenfalls freue ich mich, dass wir uns nun doch mal näher kennenlernen.» Ich beschloss, die Gelegenheit beim Schopf zu ergreifen. «Und ... schreiben Sie schon an einem neuen Roman?»

Er zog die Augenbrauen hoch. «Was denken *Sie*? Ich schreibe immer, mein junger Freund. *Im-mer!*»

Er tippte sich mit dem Finger an die Stirn. «Hier oben drin, kapiert? Ich schreibe, wenn ich durch Paris gehe, ich schreibe, wenn ich mit der Metro fahre, ich schreibe, wenn ich in einem Café sitze und wenn ich auf einer Hochzeit bin. Ich gehe durch die Welt und schaue, was sie mir zeigt, verstehen Sie?»

«Gewiss.» Ich nickte beeindruckt.

«Ich sammle, was ich sehe, und irgendwann ... schreibe

ich alles auf. Natürlich auf meine Art.» Virsini ruckelte wieder an seiner Brille herum. «Ich bin ein Impressionist der Literatur, so eine Art schreibender Monet», erklärte er feierlich. Für einen Moment ließ er seinen Blick über die Festgesellschaft gleiten, über das Schloss, die brennenden Fackeln, die Bäume, in denen die Lampions sanft schaukelten und den dunklen Park, über dem ein riesiger Vollmond aufgegangen war.

«Ich glaube, mir ist gerade der Titel für meinen neuen Roman gekommen. Ich nenne ihn *Die Hochzeit*. Na?! Wie finden Sie das?»

Es war offensichtlich eine rhetorische Frage, die er gleich selbst beantwortete. «Das ist genial, oder?» Er sah mich Beifall heischend an. «Nach *Die Hecke*, *Die Taube* und *Das Geräusch* nun *Die Hochzeit*.»

«Brillant», pflichtete ich ihm bei. «Das ist ganz groß, Monsieur Virsini. Und worum wird es in Ihrem neuen Roman gehen?»

«Na, um eine Hochzeit natürlich! Genaueres wird sich noch erweisen.»

Hippolyte Virsini lehnte sich zurück und ließ einen Arm über der Rücklehne seines Stuhls baumeln.

«Aber reden wir nicht immer von mir. Reden wir lieber über Sie und Ihre hübsche rothaarige Freundin, die nicht Ihre Freundin ist.» Er schmunzelte. «Wo steckt sie überhaupt?»

Das fragte ich mich allmählich auch. Wollte Juliette denn gar nicht mehr an unseren Tisch zurückkommen? Ich schaute noch einmal zur Tanzfläche hinüber. Monsieur Panama tanzte inzwischen eine wilde Milonga mit einer eleganten brünetten Dame mittleren Alters, in der ich die Gattin von Monsieur Virsini zu erkennen glaubte. Juliette hingegen sah ich nicht, was mich zunehmend beunruhigte. Hatte sie sich etwa mit diesem gut aussehenden Gigolo abgesetzt?

Mit einer gewissen Erleichterung bemerkte ich, dass wenigstens ihre kleine Abendhandtasche noch an der Stuhllehne hing.

«Keine Ahnung.» Ich zuckte mit den Schultern. «Ihre Handtasche ist ja immerhin noch hier. Da wird sie wohl bald kommen.»

Virsini nickte. Dann zog er ein silbernes Etui aus seinem Jackett. Er nahm sich einen Zigarillo heraus und hielt mir die Dose hin. «Mögen Sie auch einen Fantje? Die sind die besten, finde ich.»

Ich nahm einen der kleinen Zigarillos, und Virsini zündete für sich ein Streichholz an und gab mir anschließend Feuer. Er zog an seinem Zigarillo und sah mich lauernd an.

«Und nun erzählen Sie mir mal, woher Sie sich wirklich kennen. Sie haben dieses Mädchen doch nicht erst auf dieser Hochzeit getroffen. Ich habe gesehen, wie Sie sich begrüßten. Sie kannten sich bereits. Also ... was ist Ihr Geheimnis?»

«Da gibt es kein Geheimnis.» Lachend zuckte ich mit den Schultern. «Aber ja, es stimmt, ich habe Juliette schon vorher kennengelernt. Ganz prosaisch, an einer Tankstelle.»

«An einer *Tankstelle*? Wunderbar!», meinte Monsieur Virsini. «Und sie ist Ihnen also gleich aufgefallen?»

«Das kann man wohl sagen.» Ich grinste. «Zu übersehen war sie jedenfalls nicht. Sie hat mich fast über den Haufen gefahren und ist dann auch noch unverschämt geworden und hat mich als Spießer beschimpft, wie finden Sie das?»

Ich konnte geradezu sehen, wie es in Virsinis Hirn anfing zu arbeiten.

«Unerhört!», rief er entzückt. «Und weiter?»

«Nichts weiter.» Ich schüttelte den Kopf. «Sie hatte es eilig, ich hatte es eilig, wir sind im Streit auseinandergegangen, und ich hoffte, sie nie wiederzusehen. Wie hätte ich wissen sollen, dass sie auf der gleichen Hochzeit eingeladen ist wie ich?»

Virsini schloss die Augen. «Schicksal», murmelte er theatralisch.

«Nun, ich würde es eher Zufall nennen», entgegnete ich.

«Seien Sie nicht so prosaisch.» Er öffnete die Augen und sah mich nachdenklich an. «Aber eins verstehe ich trotzdem nicht. Sie sind doch erst viel später gekommen als die junge Dame.»

«Ja. Weil mein Wagen kaputt war. Aber das hat dieses herzlose kleine Biest nicht gekümmert. Im Gegenteil. Sie ist lachend an mir vorbeigefahren.»

«Donnerwetter!» Er schien beeindruckt. «Die Kleine hat erst Ihr Auto zu Schrott gefahren und Sie dann an der Tankstelle stehen lassen? Das muss man erst mal bringen. Was für eine Chuzpe!»

«Na ja, *ganz* so war es nicht.»

«Und wie war es dann?», fragte er begierig.

«Ja, wie war es dann?» Ich zog an meinem Zigarillo und grinste. «Also schön, Monsieur Virsini. Ich mache Ihnen einen Vorschlag. Sie lesen in meinem Café aus Ihrem neuen Roman, und ich erzähle es Ihnen.»

Virsini überlegte einen Moment. «Abgemacht!», sagte er dann.

Und so fasste ich die Ereignisse dieses denkwürdigen Tages kurz zusammen, während mir Hippolyte V. aufmerksam zuhörte und ich mich des Eindrucks nicht erwehren konnte, dass er sich immer wieder eine geistige Notiz machte. Besonders das Detail mit der roten Katze, die ich fast überfahren hatte, fand er «genial» und den Umstand, dass Juliette in einer Galerie ausstellte, an der ich schon oft vorbeigekommen war, «äußerst bemerkenswert».

«Eine tolle Geschichte», meinte er, als ich geendet hatte. «Besser kann man es doch eigentlich nicht erfinden. Man darf gespannt sein, wie die Sache ausgeht. Ich habe da schon so eine Idee ...»

Er blickte versonnen, und mir wurde etwas unbehaglich zumute. Man musste aufpassen mit diesen Autoren. Erst hörten sie einem ganz freundlich zu, und dann kam man plötzlich in einem ihrer Romane vor.

«Monsieur Virsini, Sie werden mein Vertrauen doch wohl nicht missbrauchen?», sagte ich beunruhigt. Ich nahm Juliettes Skizze und steckte sie vorsichtshalber in meine Tasche.

«Aber nein, aber nein!», entgegnete Virsini, und seine braunen Augen funkelten hinter seiner Brille. «Und wenn, würden Sie es niemals merken. Ich bin der Meister der literarischen Camouflage. Oh, hallo *chérie*, da bist du ja wieder!»

Er erhob sich, als seine Frau jetzt mit geröteten Wangen und aufgelöster Frisur an unseren Tisch trat. «Hast du dich gut amüsiert? Wo ist Pauline?»

Françoise Virsini gab ihrem Gatten einen Kuss auf die Wange. «Die amüsiert sich noch – mit einem netten jungen Mann. Dieser DJ ist wirklich sensationell, den sollten wir für unser Sommerfest buchen. Ray Love-Love bringt noch die lahmste Ente zum Tanzen. Ich habe mir mal seine Karte geben lassen.» Sie zwinkerte ihrem Gatten zu. «Ich hoffe, du hast dich nicht gelangweilt, Hippolyte, und wenn doch, geschieht es dir ganz recht. Warum musst du immer so ein Spielverderber sein? Du könntest wirklich auch mal mit mir tanzen.»

Hippolyte Virsini warf mir einen gequälten Blick zu.

«Aber ich *habe* mich nicht gelangweilt, *chérie*», meinte er dann. «Ich hatte hier ein äußerst inspirierendes Gespräch. Ich fühle mich ganz beschwingt. Wollen wir uns ein Glas Champagner holen?» Er hakte sich bei seiner Frau unter und lächelte mir zu.

«Es war wirklich nett, mit Ihnen zu plaudern, Monsieur Morel. Und nun sehen Sie lieber mal nach, was die Heldin unserer Geschichte macht.»

12

Die Heldin der Geschichte war unauffindbar. Ich ging einmal um die ganze Tanzfläche herum, Juliettes Abendtäschchen in der Hand, aber am Ende fand ich nur den Hundertjährigen, der offenbar gerade eine kleine Pause eingelegt hatte und mit einem Mojito an der Bar lehnte.

Neben ihm stand eine Frau in einem roten Spaghettiträgerkleid, die sich mit einem Fächer Luft zufächelte. In ihrem schwarzen Haar hing eine Hibiskusblüte, die beim Tanzen verrutscht war, und ihre dunklen Augen glänzten amüsiert, als Guillaume Vernier sich jetzt vorbeugte und etwas zu ihr sagte. Wahrscheinlich erzählte er wieder von seiner goldenen Zeit als Botschafter in Panama, wo sie alle den ganzen Tag Salsa getanzt hatten. Er lachte heiser, und ich fragte mich, wie dieser alte Greis es eigentlich schaffte, immer neue attraktive Damen an Land zu ziehen?

Ich trat an die Bar und stellte mich mit grimmiger Miene dazu.

«Ich störe nur ungern», begann ich.

«Sieh an, sieh an», sagte Guillaume Vernier gedehnt, und irgendwie schaffte er es, mich von oben herab zu mustern, obwohl ich mindestens zwei Köpfe größer war als er. «Der junge Mann, der nicht tanzen will.» Seine Lippen verzogen sich zu einem Lächeln. «Haben Sie es sich doch noch anders überlegt?»

Die dunkelhaarige Schönheit neben ihm pflückte die Maraschino-Kirsche von ihrem Cocktailspießchen und sah mich erwartungsvoll an.

«Nein, habe ich nicht.» Ich hatte wenig Lust, mich von dem Alten vorführen zu lassen, und kam direkt zur Sache. «Wo ist Juliette?»

«Ah, Juliette! *Mi hermosa*! So ein reizendes Geschöpf!» Er verdrehte begeistert die Augen, ohne meine Frage zu beantworten.

«Das weiß ich selbst, dass sie ein reizendes Geschöpf ist», gab ich unwirsch zurück.

«Wie schön, dass Sie zumindest *das* bemerkt haben.» Monsieur Vernier zog seine buschigen weißen Augenbrauen hoch und schüttelte den Kopf. «Einem so schönen Mädchen einen Korb zu geben, würde in Panama mit Gefängnis bestraft», witzelte er weiter, und die Frau mit der Hibiskusblüte im Haar kicherte begeistert. «Juliette war ziemlich ungehalten darüber, dass Sie sich so haben bitten lassen. Und zu Recht. Wo sind Sie aufgewachsen, junger Mann, dass Sie so unhöflich sind?»

«Jedenfalls nicht in Panama», entgegnete ich gereizt. «Sonst würde ich sicher besser Salsa tanzen, nicht wahr?»

«Sicher», sagte er nur.

«Wieso wird überhaupt die ganze Zeit Salsa gespielt?», fragte ich aufsässig. «Ich meine, wir sind hier in Frankreich. Gibt's nichts anderes?»

«Wunsch der Braut», sagte die Schwarzhaarige und steckte sich die Kirsche in den Mund.

«Ja, aber die Braut ist doch gar nicht da», gab ich entnervt zurück.

Ich hasste diese Frau schon jetzt. Sie hatte sich vom Acker gemacht und quälte die Leute mit dieser penetrant fröhlichen Musik, die einen ganz wahnsinnig machte.

Ich sah den Alten streng an.

«Und wo ist sie nun?»

«Wer? Die Braut?»

«Die Braut interessiert mich nicht.» Ich runzelte die Stirn. «Wo ist Juliette, verdammt noch mal?»

Guillaume Vernier schwenkte seinen Mojito und wiegte bedächtig das Haupt.

«Keine Ahnung. Ich habe sie schon eine Weile nicht mehr gesehen. Vielleicht verbringt sie ihre Zeit lieber mit jemandem, der nicht so ein Holzkopf ist wie Sie.»

Er sah mich freundlich an, und ich spürte, wie mir das Blut ins Gesicht stieg.

«Was?!», stieß ich hervor. «Was sagen Sie da?»

Ich weiß nicht, wieso, aber mit einem Mal fand ich die Vorstellung, dass Juliette sich womöglich irgendwo mit diesem Gigolo von der Tanzfläche vergnügte, unerträglich.

«Was wollen Sie damit sagen?», wiederholte ich und baute mich drohend über dem kleinen Mann mit dem Panamahut auf.

«Nichts, gar nichts.» Guillaume Vernier hob die Hände. «Ist ja nur eine Vermutung. Sie müssen sich nicht gleich so aufregen, junger Mann. Sie wird schon wieder auftauchen. Aber wenn ich Sie wäre, würde ich künftig besser auf meine Tischdame aufpassen.»

Ich starrte ihn wütend an. Wenn er Juliette nicht auf die Tanzfläche verschleppt hätte, *säße* sie jetzt noch an meinem Tisch. Wenn er nicht dazwischengegrätscht wäre, hätte ich mich vielleicht doch noch überreden lassen, mit ihr zu tanzen. Und dann wäre sie jetzt bei mir. Ich drückte Juliettes kleine Abendhandtasche so fest zusammen, dass sich die Schließe in meine Hand bohrte.

«Sie sind doch an allem schuld», stieß ich hervor. «Juliette und ich hatten einen schönen Abend, bis Sie aufgetaucht sind. Im Übrigen bin kein Holzkopf. Und ich lasse mich nicht beleidigen, schon gar nicht von einem … von einem Hundertjährigen, der schon mit einem Bein im Grab steht.»

So, das hatte gesessen. Ich beglückwünschte mich im Stillen zu meiner Replik, mit der ich gewisse Dinge mal zurechtrückte. Er war alt, und ich war jung. Er hatte sein Leben bereits hinter sich, ich hatte meins noch vor mir. Sollte er doch ein letztes Mal seinen Charme versprühen, bevor er in die Grube fuhr. Doch Monsieur Panama schien nicht sonderlich beeindruckt von meiner Tirade.

«Oh, ich bin keinen Tag älter als einundneunzig», erklärte er heiter. «Und wie Sie sehen, immer noch bestens in Schuss.»

Die Schwarzhaarige nickte. «Ist er.» Sie warf dem Mann im hellen Anzug einen bewundernden Blick zu.

«Danke, *corazón.*» Der Held der Frauen lächelte stolz, als er sich jetzt wieder mir zuwandte. «In meinem Alter muss man den Moment genießen. Und solange das Herz schlägt, ist man niemals zu alt. Ich habe mir vorgenommen, mit jeder schönen Frau auf diesem Fest zu tanzen. Also nichts für ungut.» Er nahm einen Schluck von seinem Mojito und hob das Glas. «*Carpe diem!* Darf ich Sie auf einen Drink einladen, junger Mann?» Er lächelte. «Wie heißen Sie überhaupt?»

«Jean-Pierre Morel», sagte ich überrumpelt.

Der Botschafter von Panama nahm mir den Wind aus den Segeln mit seiner unerschütterlichen Gelassenheit. Vielleicht war er einfach zu alt, um sich noch groß aufzuregen. Er drückte mir ein Glas Mojito in die Hand, und ich nahm einen Schluck und merkte, wie ich mich allmählich entspannte, während Guillaume Vernier mir sein Geheimnis für ein langes und glückliches Leben verriet. Mit leuchtenden Augen erläuterte er mir die Vorzüge von kubanischem Rum («Jeden Tag ein Gläschen vertreibt alle Krankheiten»), von einer ausgiebigen Siesta («Stärkt das Herz»), einem Schaukelstuhl («Beruhigt die Nerven»), von einer guten Zigarre («Schenkt einem die Zeit, die man braucht») und natürlich vom Tanzen («Hält jung und ist das beste Mittel gegen Alzheimer»).

«Aber wissen Sie, was das Wichtigste ist?» Er winkte dem Barkeeper und bestellte noch zwei Mojitos für uns.

«Das Wichtigste sind die Frauen», erklärte er feierlich. «Diese wunderbaren Geschöpfe sind der Motor für alles, mein Freund. Sie halten uns Männer lebendig.»

Ich muss zugeben, dass mich der Mann aus Panama dann doch irgendwie beeindruckte. Ich trank von meinem Mojito, hörte ihm zu, wie er seine Weisheiten von sich gab, seine Witzchen machte und mit der Frau im roten Kleid herumschäkerte, und fragte mich verblüfft, wie man in seinem hohen Alter noch so lebenslustig und vergnügt sein konnte. Denn wenn Guillaume Vernier auch «erst» einundneunzig war, wie er selbst lächelnd erklärt hatte, und sich offenbar vorgenommen hatte, die Hundert vollzumachen, waren seine Tage doch gezählt. Man musste kein großer Rechenkünstler sein, um das zu begreifen. Und was waren schon neun Jahre? Das war eine sehr überschaubare Zeit. Selbst ich dachte hin und wieder mit einer gewissen Beunruhigung daran, wie alt Mamie inzwischen war, wie viele Jahre ihr realistischerweise noch blieben, wie viele Jahre meinen Eltern und am Ende mir selbst. Irgendwann war für jeden von uns Schluss, unser Leben war eine begrenzte Zeit, und wie ging man am besten mit dieser Erkenntnis um? Schreckte dieser Gedanke den alten Herrn denn gar nicht?

Ich trank meinen Mojito aus.

«Darf ich Sie was fragen, Monsieur Vernier?»

«Aber natürlich.»

«Wie können Sie nur so heiter und gelassen sein in dem Bewusstsein, dass das Ende nicht mehr in allzu weiter Ferne liegt?»

Er schaute mich verschmitzt an und lächelte mit der Jugendlichkeit seiner einundneunzig Jahre.

«Nun, ich sehe das so, junger Mann.» Er machte eine kleine Pause, und ich wartete gespannt. Gab es noch ein weiteres Geheimrezept, von dem ich nichts wusste? Hatte er irgendwo im Regenwald Panamas das Elixier des ewigen Lebens gefunden?

«Stellen Sie sich vor, es gäbe weder Uhren noch Kalender, und man hätte keine Zeitrechnung.» Er sah mich mit seinen klugen Augen an. «Dann wäre man entweder da, oder man wäre nicht da. Alles andere ist unwichtig, verstehen Sie? Sie müssen nicht herumrechnen, das bringt sowieso nichts. Man ist da, oder man ist nicht da. Und solange man da ist, muss man sich amüsieren, so gut man kann.»

Seine Theorie klang bestechend. «So, wie Sie es sagen, hört es sich ganz einfach an, Monsieur Vernier.»

«Es *ist* ganz einfach.» Er stellte sein Glas ab und nickte mir zu. «*Man ist da, oder man nicht da. Alles andere ist ohne Bedeutung*. Merken Sie sich das, Jean-Pierre!»

«Das werde ich mir ganz bestimmt merken.»

Er nickte zufrieden, und dann sah ich, wie ein feines Lächeln über sein Gesicht glitt.

«Ihre Tischdame ist übrigens auch wieder da.»

Ich drehte mich um und schaute zur Tanzfläche hinüber.

Wenige Meter von mir entfernt tanzte Juliette mit dem Gigolo. Der Rock ihres Kleides bauschte sich um ihre Beine, als sie sich jetzt lächelnd in meine Richtung drehte. Für einen Augenblick bildete ich mir ein, dass ihr Lächeln mir galt, doch sie bemerkte mich gar nicht, natürlich nicht, und dann hatte sie sich auch schon wieder umgedreht.

Guillaume Vernier sah mich an. «Na los, mein Freund, worauf warten Sie noch?», rief er. «*Attaque!* Eine dritte Chance kriegen Sie nicht.»

Ermutigt durch die Mojitos fasste ich mir ein Herz und marschierte mit entschlossenen Schritten zur Tanzfläche. Ich hängte mir Juliettes kleine Tasche um und bahnte mir meinen Weg durch die tanzenden Gäste, die bereitwillig zur Seite wichen. Ich würde mich bis auf die Knochen blamieren, und wennschon! Wen interessierte das? Jeder konnte Salsa tanzen.

Atemlos blieb ich hinter Juliette stehen und wartete, bis der nächste Schwung des Gigolos sie fast in meine Arme warf.

«Hoppla!», sagte ich, fasste sie bei den Händen und riss sie in einem kühnen Rückwärtsschritt mit mir mit. «Darf ich bitten, *mi hermosa princesa*?»

«Jean-Pierre!» Sie stieß einen überraschten Schrei aus, während sie ins Stolpern geriet und gegen meine Brust prallte. Ich hielt sie fest, bis sie ihr Gleichgewicht wieder hatte, und ihre Wange streifte kurz mein Gesicht.

«Jean-Pierrot! Was machst du da?», rief sie lachend. Sie trat einen Schritt zurück und starrte mich an. Diesmal galt ihr Lächeln mir.

«Nach was sieht's denn aus?», sagte ich. «Ich bringe

dir deine Handtasche.» Juliette starrte auf die kleine Tasche, die quer über meinem Anzug baumelte.

«Ach?!» Sie grinste.

Ich machte keine Anstalten, ihr die Handtasche zu geben, und sie zog die Augenbrauen hoch.

«Und sonst?»

«Und sonst hab ich's mir anders überlegt. Ich möchte doch mit dir tanzen.» Ich zog sie an mich und führte sie mit irgendwelchen Fantasieschritten, die halbwegs zur Musik passten, rasch mit mir fort.

Der Gigolo war stehen geblieben. Er schaute ziemlich dumm aus der Wäsche, als ich ihm seine Tanzpartnerin so mir nichts, dir nichts ausspannte.

«Hallo? He, was soll das?», rief er uns nach. «Juliette? Juliette!»

«Abgeklatscht!», schrie ich zurück. «Tut mir leid, aber dieser Tanz gehört mir!»

Juliette lachte und verdrehte den Kopf entschuldigend in seine Richtung, während ich sie mit mir schleifte.

Die nächste Viertelstunde hüpfte ich mit Juliette in einem wilden Tanz umher, der sicher nur sehr entfernt an einen Salsa erinnerte. Immer wieder zeigte sie mir die Schritte, die ich mehr schlecht als recht nachmachte, und so stolperten und rutschten wir lachend über die Tanzfläche, während ich sie ausgelassen um die eigene Achse drehte, um sie dann wieder in den Griff zu nehmen und mit beherzten Schritten vor mir herzuschieben, wenn wir beide in dieselbe Richtung tanzten.

Jeder kann Salsa tanzen, hatte Juliette gesagt, und da hatte sie sich vielleicht ein bisschen weit aus dem Fenster gelehnt. Oft genug schrie sie «Du bist nicht im Takt, Jean-Jacques» oder «Aah, das war mein Fuß, Idiot», aber irgendwann hatte ich meinen Rhythmus gefunden, und auch wenn ich großzügig improvisierte, war dies doch der beste Salsa meines Lebens. Es war der erste und vielleicht auch einzige Salsa meines Lebens, also gab ich alles. Ich muss gestehen, dass ich mich – entfesselt vom Alkohol – ziemlich grandios fand, wie ich da mit ihr herumwirbelte. Ich sah Monsieur Panama mit seiner Carmen vorbeitanzen und auch die Frau im blauen Kleid. Alle lächelten mir zu, und ich fühlte mich getragen von einer Welle des Wohlwollens. Vor allem aber lächelte Juliette mir zu. Ich war wie aufgedreht von der hämmernden Musik und ihrem Lachen und hätte immer so weitermachen können. Um ehrlich zu sein, hatte ich mich schon lange nicht mehr so gut amüsiert wie auf der Hochzeit von Paul und Marie.

Als die heißen Klänge von *Soy el Rey* aus den Boxen schallten, fühlte ich mich persönlich angesprochen. «Soy el Rey», sang ich lauthals mit, während ich in grenzenloser Selbstüberschätzung versuchte, mit dem atemberaubenden Tempo der Musik mitzuhalten. Meine Schritte wurden schneller und schneller, ich wiegte mich in den Hüften, doch nach einer überaus gewagten Pirouette, die mich an den Rand der Tanzfläche katapultierte, verlor ich mein Gleichgewicht. Ich legte einen spektakulären Sturz hin und riss Juliette gleich mit zu Boden.

Lachend und schreiend kugelten wir übereinander und hatten Glück, dass wir auf dem weichen Rasen landeten.

«Aufhören», japste Juliette lachend. «Ich kann nicht mehr.»

Sie lag halbwegs auf mir, ihr Kleid war verrutscht, und ihre Haare hingen mir ins Gesicht.

«Gnade! Ich brauche eine Auszeit, Jean-Pierre!»

Ich lag auf dem Rücken und rang selbst nach Luft. Mein Brustkorb hob und senkte sich, während ich versuchte, zu Atem zu kommen. «Wie? Du willst schlappmachen?», stieß ich keuchend hervor. «Du warst es doch, die unbedingt mit mir tanzen wollte.»

Sie hob den Kopf und warf ihr Haar zur Seite, und dann sah ich geradewegs in ihre grünen Augen, die verwirrend nah über mir schwebten. Ihre Wangen waren hochrot, und ich spürte das Hämmern ihres Herzens durch den Stoff.

«Ja, aber da wusste ich noch nicht, was für ein gefährlicher Tänzer du bist.» Sie ließ sich kichernd von mir herunterrollen, setzte sich ins Gras und fing an, ihr Kleid zurechtzuzupfen.

«So gefährlich nun auch wieder nicht!», entgegnete ich grinsend, während ich mich aufrichtete und ihr zuschaute.

Wir saßen etwas abseits von der tanzenden Menge, die hinter uns weiter tobte. Unser Sturz war kaum zur Kenntnis genommen worden. Die Gäste waren außer Rand und Band. Die Stimmung war auf dem Höhepunkt. Doch dann bemerkte ich aus den Augenwinkeln einen Herrn in einem himmelblauen Anzug, der mit eiligen Schritten aus dem Park auf uns zukam und sich mit einem kanariengelben Einstecktuch den Schweiß von der Stirn wischte. Hinter ihm tippelte eine kleine Gestalt mit mausgrauem Haar, die in einem grünen Kaftan steckte. Wie es aussah, war Madame Kleopatras schmückende Haube irgendwo auf der Strecke geblieben.

«Oh mein Gott, oh mein Gott, sind Sie verletzt?», rief sie schon von Weitem.

«Alles in Ordnung. Wir haben nur ein bisschen zu wild getanzt», entgegnete ich, rappelte mich schnell auf und klopfte mir ein paar Grashalme von der Hose.

«Was ist passiert?», fragte Mr. Buckman und schaute besorgt auf Juliette, die wie eine kleine aprikosenfarbige Wolke auf dem Rasen saß und an ihrer Corsage zerrte, während sie abwechselnd kicherte und seufzte.

«Geht es Ihnen gut, Miss Juliette?» Offenbar kannten sich die beiden. «Was tun Sie da?»

Er trat einen Schritt näher und beobachtete die Freundin seiner Tochter mit zweifelnder Miene. Dann wandte er sich vertraulich zu mir.

«Hat sie zu viel getrunken?», raunte er mir ins Ohr.

In diesem Moment hatte Juliette ihr Kleid wieder so, wie sie es haben wollte, und schaute zu uns herüber. «*Cheerio*, Mr. Buckman», rief sie ausgelassen und winkte. «Mir geht es bestens. Und wie geht es Ihnen?»

Der Engländer zog die Augenbrauen hoch und schüttelte unbehaglich den Kopf.

«Ich mag keine betrunkenen Frauen», murmelte er,

während er selbst schon bedenklich schwankte. «Die sind unberechenbar.»

An dieser Stelle hielt es Madame Kleopatra für richtig, sich einzuschalten.

«Aber Juliette ist doch nicht *betrunken*, Charles», sagte sie und hakte sich ohne viel Federlesens bei Mr. Buckman ein, um ihm wieder Halt zu geben. «Die beiden sind *gestürzt*.» Sie drohte mir scherzhaft mit dem Finger. «Sie sind ja rumgesprungen wie ein Derwisch, junger Mann. Sind Sie immer so ungestüm?»

Juliette bekam einen neuen Heiterkeitsanfall. «Oh ja! Der junge Mann war in der Tat etwas ungestüm. Aber zum Glück ist ja nichts passiert.»

«So ist es», wiederholte ich. «Es ist nichts passiert.»

Ich reichte Juliette die Hand und zog sie hoch. Sie sah mich an und zwinkerte mir zu. Und plötzlich war ich mir nicht mehr sicher, ob nicht vielleicht doch etwas passiert war.

«Wollen wir ein bisschen durch den Park gehen?», fragte sie und strich sich das Haar zurück. Ihre Wangen waren immer noch gerötet, und um ihre Mundwinkel spielte ein Lächeln. «Ich glaube, ich könnte eine kleine Salsa-Pause vertragen.»

«Ich glaube, ich auch», sagte ich.

Wir wandten uns gerade zum Gehen, als Madame Kleopatra noch etwas einfiel.

«Haben Sie ihn eigentlich gefunden?»

«Wen?», fragte ich.

«Na, den Bräutigam.»

«Ach den», entgegnete ich und schüttelte lächelnd den Kopf. «Nein, der ist noch nicht wieder zurückgekommen.»

Juliette hakte sich bei mir unter und zog mich mit sich, und zum ersten Mal seit meiner Ankunft auf Schloss Sanssouci war mir mein Freund Paul herzlich egal.

13

Der Park, der sich hinter der Schlossterrasse und der daran angrenzenden Wiese erstreckte, war weitläufiger, als ich zunächst vermutet hatte. Schweigend schlenderten wir die verschlungenen Wege entlang, die an Buchsbaumhecken, Rosensträuchern und dichten Büschen vorbeiführten. Die Luft war lau und zugleich angenehm frisch. Je weiter wir voranschritten, desto dunkler wurde es. Hier hingen keine Lampions mehr, die Stimmen und die Musik wurden leiser, und bald schon hörten wir nur noch das Geräusch unserer Schritte auf dem feinen Kies. Unter den alten Bäumen, fernab vom Fest, herrschte ein ganz eigener Zauber. Statuen griechischer Göttinnen lächelten uns mit ihren blinden Augen aus der Dunkelheit entgegen, auf einer Anhöhe stand ein Pavillon, zu beiden Seiten einer kleinen Brücke hockten zwei steinerne Löwen auf ihren Sockeln, und der Mond tauchte alles in ein unwirkliches Licht.

«Wie still es hier ist», sagte Juliette, nachdem wir eine Weile schweigend nebeneinander hergegangen waren.

«Fast könnte man meinen, wir wären allein auf der Welt.»

Ich nickte. «Auf jeden Fall scheinen wir die Einzigen zu sein, die hier im Park herumspazieren. Aber ich vermisse auch niemanden.»

«Ich auch nicht», sagte Juliette. Sie neigte den Kopf zur Seite und sah mich mit einem rätselhaften Lächeln an. Dann schwieg sie wieder und spazierte traumverloren weiter, während sie ihre Hand über einen duftenden Lavendelstrauch streichen ließ. Ich folgte ihr und fragte mich, was sie wohl dachte. Ob sie dasselbe dachte wie ich? Es war seltsam. Den ganzen Tag über hatten wir gestritten, geredet, gelacht, uns gegenseitig aufgezogen, und am Ende sogar zusammen getanzt, aber nun war Juliette mit einem Mal verstummt.

Dieses plötzliche Schweigen zwischen uns war ungewohnt. Zunächst hatte ich es als das genommen, was es war – ein einvernehmliches Schweigen, das dem Frieden, der hier herrschte, geschuldet war. Ein bisschen wohltuende Ruhe nach dem ganzen Trubel. Doch nun machte es mich befangen, dass Juliette nicht redete, es verunsicherte mich und versetzte mein Herz in Unruhe. War es ein verheißungsvolles Schweigen? War es das Gegenteil davon?

Ich sah Juliette mit klopfendem Herzen hinterher und folgte ihr stumm, um den Zauber nicht zu zerstören, der über dem alten Park zu liegen schien.

Es war, als hätte sie meine Gedanken gehört.

«Was meinst du, Jean-Pierre», meinte sie plötzlich

nachdenklich und drehte sich zu mir um. «Ob das ein verzauberter Park ist? Vielleicht werden die Statuen gleich lebendig und fangen an zu sprechen.»

«Ich hoffe nicht.» Ich lachte.

In diesem Moment hörten wir ein Rascheln im Gebüsch.

«Was war das?» Juliette blieb stehen und fasste unwillkürlich nach meiner Hand.

Ich nickte ihr beruhigend zu und legte den Finger an die Lippen. War uns jemand gefolgt? Würde gleich Mr. Buckman auftauchen oder gar Madame Kleopatra? Gab es hier wilde Tiere? Oder war tatsächlich einer von den steinernen Löwen zum Leben erwacht und von seinem Sockel heruntergesprungen? In diesem märchenhaften Park war alles möglich.

Gebannt schauten wir zu dem riesigen Rhododendronbusch hinüber, aus dem das Geräusch gekommen war. Die Zweige bewegten sich, und etwas Großes auf vier Beinen brach durch die Blätter.

Es war ein Fuchs, der uns mit schillernden Augen anstarrte.

Wir hielten den Atem an, während der Fuchs uns wachsam musterte. Es war ein noch junges Tier mit dichtem rotem Fell und buschigem Schwanz.

Der Fuchs blieb ein paar Sekunden ganz ruhig stehen. Dann lief er rasch an uns vorbei, drehte sich an der nächsten Weggabelung noch einmal um, als ob er uns bedeuten wollte, ihm zu folgen, und verschwand.

Wir sahen uns an und lachten erleichtert.

«Ein Fuchs!»

«Ich glaube, er hat sich mindestens so erschreckt wie wir», sagte ich.

«Ich wusste nicht, dass es hier Füchse gibt», meinte Juliette erstaunt. «Ich glaube, es ist das erste Mal, dass ich einem echten Fuchs begegne.» Sie schaute mich schelmisch an. «Ob das etwas zu bedeuten hat? Ich habe mal gehört, dass der Fuchs ein magisches Tier ist. Er kommt als weiser Bote, um die Menschen zum Handeln zu bringen.»

«Ach ja?» Ich grinste. «Nun, vielleicht treibt er sich auch einfach hier herum, um ein gebratenes Huhn zu stehlen. Ich dachte immer, nur Einhörner seien magische Tiere.»

«Nein, nein, auch Füchse», beharrte Juliette. «Wegen der roten Farbe.»

Ich war mir nicht sicher, ob sie sich das ausdachte, aber die Dichte meiner Begegnung mit rothaarigen Wesen an diesem Tag war jedenfalls überproportional. Erst Juliette, dann die rote Katze und nun der Fuchs. Und ich fragte mich allmählich, ob *das* etwas zu bedeuten hatte.

Wir gingen weiter bis zur Weggabelung und folgten dem Pfad, den der Fuchs genommen hatte. Nach ein paar Metern kamen wir zu einem kleinen See, in dem sich das Mondlicht silbern spiegelte. Auf der anderen Seite stand eine alte Trauerweide, deren Zweige bis ins Wasser reichten. Daneben eine einsame Bank, die von einer Venus aus Marmor bewacht wurde. Dieser Park hatte wirklich etwas Magisches.

«Wollen wir uns einen Moment setzen?», schlug ich vor und deutete zu der Bank hinüber.

Juliette nickte. Während wir den Weiher umrundeten, fing sie mit einem Mal an, leise zu singen.

Au clair de la lune,
Mon ami Pierrot,
Prête-moi ta plume
Pour écrire un mot.
Ma chandelle est morte,
Je n'ai plus de feu;
Ouvre-moi ta porte,
Pour l'amour de Dieu.

Sie sang das alte Kinderlied vom Mondschein, und ich lauschte wie verzaubert. Ihre Stimme war hell und klar, sie schwebte über das Wasser des stillen Sees, in den der Mond kopfüber gefallen war, sie verfing sich in den raschelnden Blättern der Bäume und stieg hinauf in den schwarzblauen Himmel, an dem ein paar Sterne funkelten.

Juliette sang alle vier Strophen, und als sie bei der letzten angekommen war, hatten wir die Bank erreicht.

Sie stand vor mir und sah mich lächelnd an, während sie die letzten Worte der alten Weise sang. Von dem Mann und der Frau, die im Mondlicht in einem Zimmerchen nach einer Feder und einem Feuer suchten und dabei etwas ganz anderes fanden. Von der Tür, die sich hinter ihnen schloss.

Und dann hörte sie auf zu singen und stand einfach nur ganz ruhig da in ihrem schimmernden Kleid und schaute mich immer weiter an. Ihr Gesicht leuchtete im Mondschein wie ein kleiner weißer Fleck, ihre Augen verschwammen zu einem See, ihr Haar war zu rotem Gold geworden, und die Perlen um ihren Hals sahen aus, als wären sie direkt vom Mond gefallen. Sie sah unglaublich schön aus, wie sie da vor mir stand, es verschlug mir die Sprache. Und in diesem Augenblick gab es nur sie und mich in diesem Park, auf dieser Welt und vielleicht im ganzen Universum. Sie war da, und ich war da, und alles andere war ohne Bedeutung.

«Du sagst ja gar nichts», sagte sie leise.

«Nein.» Ich schluckte. «Du aber auch nicht.»

«Du hast sehr schöne Augen.»

«Wäre das nicht eigentlich mein Text?» Mein Herz hämmerte.

«Eigentlich ja.» Sie biss sich auf die Lippen und lächelte. Und dann sagte sie:

«Ich würde dich jetzt gern küssen.»

Sie sah mich an, und ich stürzte kopfüber in den See ihrer grünen Augen. Ich fiel und fiel, und fühlte mich gleichzeitig schwerelos wie ein Astronaut, der durchs Weltall taumelt, und dann spürte ich ihren warmen Mund auf meinem. Ich spürte ihre Zunge in meinem Mund und meine Zunge in ihrem Mund, und am Ende hätte ich nicht sagen können, wer wen zuerst küsste oder ob dieser Kuss eine Minute dauerte oder eine Ewigkeit oder wie wir überhaupt auf diese Bank gekommen waren, auf der wir jetzt saßen. Ich hielt Juliette in meinen Armen, ich vergrub mein Gesicht in ihrem duftenden Haar, ich zog mit dem Finger die Linie ihrer Lippen nach, streichelte ihre weiche Haut, die die Farbe von Milch hatte, ihr Kleid raschelte, und es gab keine Uhren und keinen Kalender und keine Zeitrechnung mehr, nur noch unseren Herzschlag, der alles bestimmte.

Irgendwann lösten wir uns zögernd voneinander, und ich konnte nicht glauben, dass das hier alles gerade tatsächlich passierte.

Am Morgen hatte ich Juliette noch gar nicht gekannt, heute Nachmittag an der Tankstelle hatte ich diese rothaarige Hexe zum Teufel gewünscht, am Abend hatte ich sie unerwarteterweise auf der Hochzeit meines besten Freundes wiedergetroffen. Sie hatte dagesessen in ihrem Prinzessinnenkleid und hatte mich als Erstes mal gefragt, ob ich glücklich war. Und nun hatten wir uns geküsst, und ich war trunken vor Glück, oder ich war betrunken, oder vielleicht auch beides, und es fühlte sich gut an. Und gleichzeitig kam mir das alles plötzlich ganz unwirklich vor.

Juliette nahm meine Hand und sah mich zärtlich an.

«Willst du mich heiraten, Jean-Pierre?», fragte sie sanft, und da war ich mir sicher, dass das alles ein Traum sein musste, ein bizarrer, seltsam berückender, total verrückter Traum.

Wahrscheinlich war ich in ein Kaninchenloch gefallen wie die Heldin aus *Alice im Wunderland* und auf der anderen Seite der Erde wieder herausgekommen, wo eigene Gesetze herrschten.

Ich hatte meine Einladung für die Hochzeit verloren, hatte den Weg nicht gefunden, war wie ein Idiot durch die Landschaft gefahren, und dann war ich einer roten Katze begegnet, einem freundlichen Automechaniker und einem Fuchs.

Ich hatte die Bekanntschaft eines exzentrischen Engländers gemacht, der ein Weingut besaß und keinen Wein mochte, ich hatte eine Frau im blauen Kleid für meine alte Liebe gehalten, ich hatte Salsa getanzt, obwohl ich überhaupt nicht tanzen konnte, ich hatte einen berühmten Schriftsteller kennengelernt, der eine Image-Brille aus Fensterglas trug und demnächst in meinem Café lesen wollte. Eine Dame in Grün, die sich ganz offenbar für Kleopatra hielt, hatte eine wilde Polonaise angeführt, und ein kleiner alter Mann mit Panamahut hatte mir seine Lebensphilosophie erklärt.

Und nun saß ich in dem verwunschenen Park eines kleinen Schlosses namens Sanssouci, irgendwo in den lieblichen Hügeln des Entre Deux Mers, irgendwo zwischen Génissac und Grézillac, vor mir eine Venusstatue mit einem Füllhorn, auf die hell der Mond schien, neben mir die Verrückte von der Tankstelle, die mich gerade geküsst hatte und jetzt allen Ernstes fragte, ob ich sie nicht heiraten wollte.

Die Musik wehte leise herüber, die Hochzeitsgäste lachten und tanzten wohl immer noch ausgelassen um die langen, mit Kerzen und Rosmarintöpfen geschmückten Tische, hinter denen das alte Gemäuer des Châteaus aufragte. Die Braut war immer noch verschwunden und auch mein Freund, der Bräutigam. Ich hatte Paul den ganzen Abend über noch nicht gesehen, und ich fragte mich allmählich, ob ich ihn überhaupt noch zu Gesicht bekommen würde.

Ich kannte keinen Menschen auf diesem sonderbaren Fest, bei dem nichts wirklich zusammenpasste – nur Juliette, die ich eigentlich auch erst kannte, seit sie mir am Nachmittag auf dem Weg von Paris nach Saint-Émilion an einer Zapfsäule dreisterweise die Vorfahrt genommen hatte, weil sie es, wie sie mir vorwurfsvoll erklärte, eilig hatte.

Jetzt legte sie den Kopf schief und sah mich lächelnd an, ihre Augen schimmerten dunkel, offenbar erwartete sie eine Antwort von mir.

Die Nacht hüllte uns ein, es duftete nach Rosen und Lavendel, Juliette strich mir sanft über die Wange und sagte leise meinen Namen. Vielleicht träumte ich das alles aber auch nur, und es hatte diese Einladung zur Hochzeit von Paul und Marie nie gegeben, und ich würde gleich in meinem Bett aufwachen, einen Kaffee trinken wie jeden Morgen, durch das noch stille Marais schlendern wie jeden Morgen und mein Café aufschließen wie jeden Morgen.

Aber wollte ich das wirklich?

Mit einem kleinen Lachen ließ ich mich auf der Parkbank zurücksinken und schüttelte den Kopf. Meine Verwirrung war komplett.

Ich sah in den Nachthimmel, sah die Sterne, die ebenso wenig zu begreifen waren wie dieses bezaubernde, verrückte Mädchen, das jetzt den Kopf an meine Schulter legte, und alles kam mir mit einem Mal völlig absurd vor.

Und doch wusste ich eines ganz genau: Das hier waren die verrücktesten Stunden, die ich jemals erlebt hatte – und vielleicht auch die wunderbarsten.

«Jean-Pierre? Jean-Pierre, was ist mit dir? Geht es dir gut?» Juliette war auf meinen Schoß geklettert und sah mich besorgt an.

«Ja», sagte ich. «Ja, es geht mir gut.» Ich glaube, es war mir nie in meinem Leben besser gegangen.

«Ein Glück.» Sie wirkte erleichtert. «Du hast gerade so komisch geguckt.»

«Mir war nur ein bisschen schwindlig.»

«Oh, das ist ganz normal», stellte sie fest.

Das Verrückte war also normal.

«Soso», sagte ich und zog sie zu mir hinunter.

«Du hast ein bisschen viel getrunken und ziemlich wild getanzt, *mon ami Pierrot.*»

«Hm, hm», murmelte ich. «Was du nicht sagst.»

«Und außerdem habe ich dich geküsst.» Meine kleine Circe fuhr mir lächelnd durch die Haare. «Kein Wunder, dass dir schwindlig ist.»

«Wer hat hier wen geküsst?», sagte ich und streifte ihre Lippen sanft mit meinem Mund. Dann nahm ich ihren Kopf in meine Hände und küsste sie so heftig, dass sie die Augen schloss und leise stöhnte. Wieder und wieder stieß ich meine Zunge in ihren weichen Mund und erkundete noch den kleinsten Winkel, während sie auf mir saß in ihrem duftigen Kleid und ich das Gewicht ihres Körpers auf meinem Schoss spürte und deutlich merkte, dass ich sehr viel mehr wollte als diesen Kuss.

«Du meine Güte», seufzte sie, als ich wieder von ihr abließ. «Du kannst wirklich sehr überzeugend sein, Jean-Pierre.» Sie richtete sich auf und lachte leise. Dann legte sie gedankenverloren die Fingerspitzen an ihren Mund.

«Glaub mir, ich kann noch viel überzeugender sein», sagte ich.

Lachend fuhr sie mir durch die Haare und sah mich erwartungsvoll an.

Die Venus mit dem Füllhorn lächelte zu uns hinüber, der See glänzte wie ein Silberteller, und wer weiß, was noch alles auf dieser einsamen Parkbank passiert wäre, wenn Juliette einfach den Mund gehalten hätte. Aber natürlich kam sie auf ihre Frage zurück, sie kam immer auf ihre Fragen zurück, so gut kannte ich sie bereits.

«Also, wann heiraten wir?», sagte sie wieder. Sie zog an meiner Krawatte und schlang sie sich spielerisch um die Hand. «Du hast noch gar nichts gesagt.»

«Ich war zu beschäftigt», entgegnete ich augenzwinkernd.

«Dann sag's mir jetzt, Pierrot.» Sie lächelte.

«So hat mein Freund mich auch immer genannt – *Pierrot.*» Für einen Moment kehrten meine Gedanken wieder zu Paul zurück, und ich fragte mich, ob das Brautpaar inzwischen eingetroffen war.

«Versuch nicht abzulenken, Jean-Pierre», sagte sie. «Beantworte meine Frage.»

«Tja, weißt du, Rothaarige sind eigentlich so gar nicht mein Fall.» Ich grinste, und sie schlug nach mir. Geschickt fing ich den Schlag in der Luft ab und hielt sie am Handgelenk fest. «Nicht so stürmisch, meine schöne Circe.»

Die schöne Circe wurde zunehmend ungehalten. Sie hielt den Blick auf mich gerichtet und sah mich aufmerksam an.

«Nein, jetzt im Ernst, Jean-Pierre. Wann heiraten wir?»

Sie sagte es so, wie andere Leute sagen «Wann gehen wir ins Kino?» oder «Wann gibt's Abendessen?»

Sie war wirklich ein bisschen verrückt.

Ich ließ mich zurückfallen. «Du kannst vielleicht Fragen stellen! Hat das nicht noch ein bisschen Zeit? Wir kennen uns doch gerade mal ein paar Stunden», wandte ich lachend ein. «Man kann doch nicht einfach so heiraten.»

«Und warum nicht?» Sie spitzte die Lippen und schaute mich herausfordernd an.

«Na ja ... weil ... also, ich weiß nicht. Ich meine, man muss sich doch ... irgendwie ... *sicher* sein.»

«Was meinst du mit ‹sicher›? Hat dir unser Kuss nicht gefallen? Ist das hier nicht ein absolut magischer Abend?»

«Doch ... schon», antwortete ich lahm.

«Worauf willst du dann warten?»

«Wir müssen uns doch erst mal ... keine Ahnung ... besser kennenlernen», sagte ich und zuckte mit den Schultern. «Wäre das nicht irgendwie vernünftiger?»

«*Vernünftiger?*» Sie sah mich so nachsichtig an, als wäre

ich ein Vollidiot. «Was hat denn Liebe mit Vernunft zu tun?»

Gar nichts, dachte ich, und kam mir mit einem Mal wirklich ein bisschen spießig vor, wie ich da so vehement die Vernunft verteidigte. Hatte ich nicht selbst vor einigen Jahren in meinem Café Blaise Pascals wunderbaren Ausspruch aufgehängt – von dem Herzen, das seine Gründe hat, die die Vernunft nicht kennt?

«Ich weiß alles, was ich von dir wissen muss, Jean-Pierre», sagte sie da. «Und du weißt auch alles, was du von mir wissen musst. Du weißt es.» Sie lächelte weise. «Und, mein Lieber, es ist doch so: Es gibt keine Garantien in der Liebe. Das ist eine Illusion. Es gibt Paare, die sind Jahre zusammen, bevor sie heiraten, um sich erst mal ‹besser kennenzulernen›» – an dieser Stelle malte sie mit spöttischer Miene Anführungszeichen in die Luft –, «und dann trennen sie sich am Ende doch. Was soll also daran besser sein, erklär mir das!»

Sie stieß mir den Zeigefinger in die Brust, und ich merkte, wie mir die Argumente ausgingen.

«Vielleicht mag ich einfach keine Überraschungen», sagte ich schließlich.

«Aber Überraschungen wird es immer geben. Denn ganz egal, wie lange du mit einem Menschen zusammen bist, du wirst ihn niemals bis in die tiefsten Tiefen seiner Seele kennen», entgegnete sie. «Du wirst niemals alle seine Gedanken kennen oder seine Gefühle. Das ist unmöglich. Und das ist auch gut so.» Sie sah mich übermütig an. «Sonst wäre das Leben doch furchtbar langweilig.»

Ich schwieg nachdenklich, während Juliette mir ihre flammende Rede hielt. Sie hockte auf meinem Schoß, mit hochroten Wangen, und erläuterte mir die Vorzüge einer Blitzhochzeit. Ihre Logik war bestechend, das gebe ich gern zu. Zumindest in diesem Augenblick erschien es mir so.

«Man sollte heiraten, wenn es am schönsten ist», schloss sie. «Wenn man spürt, dass alles stimmt, ist der richtige Zeitpunkt gekommen.» Sie legte beide Hände an ihr Herz und sah mich voller Unschuld an. «Man muss einfach auf sein Herz hören, verstehst du? Man muss *immer* auf sein Herz hören.»

Ihre Worte rührten mich. Sie war wie ein Kind, das noch an den Weihnachtsmann glaubte. Doch ich hatte schon oft genug auf mein Herz gehört, und das hatte am Ende nie zu etwas Gutem geführt. Also schwieg ich, und schließlich kletterte sie von meinem Schoß herunter, setzte sich neben mich und verschränkte die Arme.

Ich glaube, sie war ziemlich eingeschnappt.

«Meine Freundin hat es jedenfalls genauso gemacht», erklärte sie trotzig. «Sie hat ihren zukünftigen Mann erst vor wenigen Monaten kennengelernt. Und heute haben sie schon geheiratet. Und sie ist sehr, sehr glücklich, weißt du?»

«Das glaube ich gern.» Ich lachte. «Am Anfang ist man immer glücklich. Die Frage ist, ob man es auch bleibt.»

«Ach, komm schon!», rief sie aus. «Warum willst du unbedingt an das Schlechte glauben, wenn du genauso gut an das Wunderbare glauben kannst?» Sie streckte die

Beine von sich und starrte unmutig auf ihre Goldsandalen. Dann holte sie den nächsten Pfeil aus dem Köcher.

«Dein Freund scheint jedenfalls etwas entschlossener in Liebesangelegenheiten zu sein als du.»

«Mag sein.» Ihre Spitze traf. Ich erinnerte mich nur ungern daran, dass Paul schon früher immer der Schnellere von uns beiden gewesen war, wenn es um ein Mädchen ging.

Wir saßen eine Weile schweigend nebeneinander, die schöne Stimmung war dahin, als plötzlich laute Rufe zu hören waren, die vom Schloss her kamen.

Juliette setzte sich auf und warf einen Blick auf ihre Armbanduhr.

«Ach, du liebe Zeit, so spät schon!», rief sie. «Wir müssen zurück, sie sind bestimmt wieder da.» Sie sprang auf. «Ich will unbedingt dabei sein, wenn Marion den Brautstrauß wirft.»

«Du meinst Marie», korrigierte ich sie nachsichtig.

«Ja, ja. Marie, Marion, keine Haarspaltereien jetzt. Komm lieber!»

Sie wartete nicht auf mich. Sie rannte einfach los, und ihre Haare leuchteten im Mondlicht wie flüssiges Kupfer. Sie war wie ein Komet, der durch den nächtlichen Park flog, und ich folgte ihr.

14

Als wir wenige Minuten später völlig außer Atem am Schloss ankamen, hatten sich alle Gäste bereits auf der Terrasse versammelt und schwenkten jubelnd und johlend die Servietten über ihren Köpfen, um das Brautpaar zu begrüßen, das endlich wieder eingetroffen war.

Wir rannten über die große Wiese, unter den Bäumen her, in denen immer noch die Lampions schaukelten, und suchten uns einen Platz in der Nähe der Tanzfläche. Der DJ hatte seine wilde Salsa-Show beendet, es tanzte gerade sowieso keiner mehr, und Stevie Wonders *You Are the Sunshine of My Life* übertönte den Tumult, der überall herrschte.

Die meisten Gäste standen lachend und schwatzend zwischen den Tischen, wo die Kerzen immer noch flackerten, oder drängten sich an der Steintreppe, die zur Veranda hochführte.

«Da ... da ist sie!» Juliette stellte sich auf die Zehenspitzen, um besser sehen zu können.

Für einen flüchtigen Moment erhaschte ich einen

Blick auf die Braut, die in einem figurbetonten weißen Kleid aus durchbrochener Spitze oben auf der Veranda hin und her lief und irgendwelche Vorkehrungen zu treffen schien. Juliette hatte mich zwar vorgewarnt, dennoch war ich ziemlich verblüfft, als ich Pauls Auserwählte nun zum ersten Mal sah. Sie war wirklich das Gegenteil von einer Blondine. Sie war das Gegenteil von allem, was Paul sonst immer als Frauentyp favorisiert hatte. Marie war eine südländische Schönheit mit großen dunklen Augen und einem bemerkenswerten Dekolleté. Sie trug ihre pechschwarzen Haare zu einem dicken Knoten im Nacken geschlungen, und auf dem Kopf hatte sie einen Kranz aus weißen Blüten.

Ich konnte mir ein erstauntes Lächeln nicht verkneifen. Paul hatte wirklich den Typ gewechselt. Doch das sollte nicht die einzige Überraschung des Abends bleiben.

Als die Braut jetzt an die Brüstung der Veranda trat, hielt ich unwillkürlich Ausschau nach meinem Freund, der doch auch irgendwo sein musste. Wo steckte Paul ... wo war der Bräutigam?

«Ich sehe den Bräutigam gar nicht», sagte ich zu Juliette, die aufgeregt neben mir herumwippte.

«Was?», fragte sie geistesabwesend, während die Gäste anfingen zu klatschen und ein Fotograf seine Kamera auf die Veranda richtete.

«Der Bräutigam. Wo ist er?»

«Der wird schon gleich kommen. Wahrscheinlich ist er noch drinnen im Festsaal.»

Die Braut winkte lächelnd in die Menge und verkündete, dass sie nun den Brautstrauß werfen werde und dass sich alle unverheirateten Frauen unterhalb der Veranda einzufinden hätten.

Die Gäste lachten und schrien vor Begeisterung. Das Werfen des Brautstraußes war einer der Höhepunkte jeder Hochzeit. Zumindest für die weiblichen Gäste. Denn diejenige, die den Brautstrauß fangen würde, würde die Nächste sein, die heiratete, so wollte es der Brauch.

Juliette zupfte aufgeregt an meinem Ärmel. «Lass uns weiter nach vorn gehen», rief sie. Sie nahm meine Hand und zog mich hinter sich her, während sie sich ihren Weg zur Treppe erkämpfte, wo sich schon die Freundinnen der Braut versammelt hatten. Zu meiner Überraschung befand sich auch Madame Kleopatra unter den Aspirantinnen, die demnächst unter die Haube wollten. Ihre eigene hatte sich inzwischen offenbar eingefunden, der grüne Seidenstoff hatte allerdings schwer gelitten, und die Haube war ziemlich ramponiert, nachdem die Polonaise darüber hinweggetanzt war. Auch die Teenagertochter des Schriftstellers eilte mit geröteten Wangen zu der Gruppe der Wartenden und hatte offenbar ganz vergessen, gelangweilt zu sein. Und dann kam – ich traute meinen Augen kaum – Monsieur Panama mit kleinen energischen Schritten herbei und stellte sich zu den Damen, um dem Spektakel aus nächster Nähe beizuwohnen.

Juliette ließ meine Hand los. «Warte hier», sagte sie. «Ich bin gleich wieder zurück.» Sie drehte sich noch einmal um. «Und wenn ich den Brautstrauß fange, heiratest du mich!»

Ohne meine Antwort abzuwarten, rannte sie los, und ich sah ihr lächelnd nach. So war Juliette – wenn sie sich etwas in den Kopf gesetzt hatte, ließ sie nicht locker. Sie quetschte sich in die Mitte des Pulks und winkte wie verrückt. «Hierher!», rief sie. «Ich bin hier!»

Oben auf der Veranda drehte sich die Braut um. Unten auf der Terrasse legte der DJ ein neues Stück auf, das ihm dramaturgisch angemessen erschien.

Die Gäste skandierten: *«Un ... deux ... trois!»*

Und dann warf Marie ihr kleines Bouquet aus Rosen und Jasmin schwungvoll über die Schulter. Zu den Klängen von *All You Need Is Love* und unter dem erwartungsvollen Jubelgeschrei der Gäste flog der Brautstrauß im hohen Bogen durch die Luft.

Ich sah, wie Juliette einen Schritt zurücktrat und die Hände nach oben reckte, auch die Hände der anderen Frauen flogen in die Höhe, doch gefangen wurde das Bouquet von jemand anderem.

Monsieur Panama hielt den Brautstrauß in der Hand und lächelte selig, während die Menge tobte und lachte. Die Aussicht, bald noch einmal zu heiraten, ließ den alten Herrn zu neuer Form auflaufen. Sicher malte er sich schon das nächste große Fest aus, auf dem er mit jeder schönen Frau tanzen würde. Und die Allerschönste wäre natürlich seine Braut.

Guillaume Vernier verbeugte sich, schwenkte seinen Hut nach allen Seiten und umklammerte seine Trophäe, die er nicht mehr herausrücken wollte, auch wenn einige Damen lachend protestierten.

«Das ist nicht fair», hörte ich Juliette rufen. «Männer dürfen gar nicht mitmachen.»

«Wer sagt das?», entgegnete Monsieur Panama vergnügt. «Soll *das* etwa die viel gepriesene Gleichberechtigung sein, von der heute immer alle reden? Gleiches Recht für alle! Und außerdem bin ich doch auch noch im heiratsfähigen Alter.»

Er zog eine drollige Grimasse und hatte die Lacher auf seiner Seite.

«Na schön. Sie dürfen den Strauß behalten. Aber wehe, Sie laden uns nicht zu Ihrer Hochzeit ein, Monsieur Vernier», rief Juliette und drohte ihm mit dem Finger.

«Der erste Salsa ist schon für Sie reserviert, *mi hermosa princesa*», rief der Alte zurück, charmant wie immer, und Juliette schien ihm zu verzeihen, dass er ihr den Brautstrauß vor der Nase weggeschnappt hatte. Dann sah sie wieder zur Veranda hinüber und winkte ihre Freundin herbei, die jetzt Hand in Hand mit dem Bräutigam durch das Gedränge auf der Treppe herunterschritt. Juliette hakte sich bei der Braut ein, und unter dem Applaus der Gäste bahnten sich die drei ihren Weg über die Terrasse und steuerten in meine Richtung.

«Ach, Mann, Juliette, warum hast du nicht besser gefangen?» sagte Marie-Marion.

«Warum hast du nicht besser gezielt?», sagte Juliette.

Ich sagte nichts. Fassungslos starrte ich dem Bräutigam entgegen, der mit federnden Schritten auf mich zukam.

Dieser Hüne mit dem Vollbart und den braunen Locken war definitiv nicht Paul. So sehr konnte sich niemand verändern, nicht mal in zehn Jahren. Diesen Mann hatte ich noch nie gesehen. Er war ein stattlicher Mann – genau, wie es Madame Kleopatra gesagt hatte. Er sah aus wie ein Anwalt, und sicher konnte er großartige Reden schwingen. Sein Schwiegervater mochte zufälligerweise auch aus England kommen, aber er hatte gewiss kein Weingut, so abfällig wie er sich über den Saint-Émilion Grand Cru geäußert hatte. Und die dunkelhaarige Frau an seiner Seite hieß natürlich auch nicht Marie. Sie hieß Marion, wie Juliette es gesagt hatte. Den Namen ihrer Freundin hatte sich meine namensvergessliche Tischdame dann doch gemerkt.

Langsam dämmerte es mir, dass ich auf der falschen Hochzeit war, auf dem falschen Schloss, am falschen Ort. Die Erkenntnis traf mich wie ein Paukenschlag, und ich merkte, wie mir wieder schwindelig wurde. Fieberhaft überlegte ich, ob es noch irgendeinen Ausweg für mich gab. Blieb noch Zeit, um mich unbemerkt von der Terrasse zu stehlen, einen Spurt über die Wiese einzulegen und einfach im Park zu verschwinden, bis die Feier vorüber war?

Nein, es blieb keine Zeit mehr, Juliette hatte mich erspäht und winkte mir zu. Wie betäubt hob ich die Hand und wünschte mir, dass die Erde sich einfach auftun und mich verschlingen sollte.

Doch die Erde Aquitaniens blieb an diesem Abend friedlich. Nichts passierte, und das Trio infernale näherte sich unaufhaltsam und blieb schließlich vor mir stehen.

«Das ist meine liebe Freundin Marion», erklärte Juliette lächelnd.

Ich war nur noch zu einem stummen Nicken in der Lage.

«Und das ist der glückliche Bräutigam, aber ihr kennt euch ja bereits.»

Der glückliche Bräutigam zog irritiert die Augenbrauen hoch, und ich starrte ihn an wie eine Erscheinung. Er trug einen eleganten hellgrauen Anzug mit Weste und eine Jasminblüte am Revers, aber wenn er in einem Astronautenanzug der NASA hier aufgekreuzt wäre, hätte ich sicher nicht verstörter schauen können.

«Augustin Delamare», stellte er sich vor und sah mich konzentriert an. Er wusste nicht, woher er mich kennen sollte, und das war auch ganz verständlich, denn er kannte mich nicht. «Und Sie sind ...?», fragte er mit einem höflichen Lächeln.

«Ich bin ... äh ... ich bin ...», stotterte ich und verstummte.

Wie sollte ich ihm erklären, dass ich gar nicht auf diese Gesellschaft gehörte? Dass ich schon seit Stunden auf einer ganz anderen Hochzeit hätte sein sollen, die auf einem ganz anderen Schloss stattfand, das jedoch mit Sicherheit in der Nähe eines hübschen kleinen Ortes lag, der auf «-ac» endete? Ich fuhr mir nervös durch die Haare. Gott, ich fühlte mich echt wie der letzte Idiot, als ich da vor dem Bräutigam stand. Wie begriffsstutzig musste man eigentlich sein, um solch einen Irrtum erst Stunden später zu erkennen.

Ich hätte doch sofort merken müssen, dass ich mich auf dem falschen Fest befand, schalt ich mich selbst.

Es gab ja genug Indizien dafür. Aber der Tag war eben äußerst anstrengend gewesen, ich war abgehetzt als letzter Gast hier eingetroffen, und dann hatte ich Juliette gesehen, und sie hatte mich so in Beschlag genommen, dass ich mich nicht weiter gefragt hatte, warum mir einiges auf dem Fest ein bisschen sonderbar erschienen war. Im Nachhinein ergaben all die vielen kleinen Unstimmigkeiten, die ich so großzügig beiseitegeschoben hatte, natürlich einen Sinn.

Ich meine, nicht einmal Pauls Eltern war ich auf der Hochzeit ihres eigenen Sohnes begegnet oder seinem Bruder François – und das hatte mich überhaupt nicht gewundert?

Ich schaute Augustin Delamare verlegen an, und merkte, wie ich feuerrot wurde. Das würde mir kein Mensch glauben. Man konnte ja glatt den Eindruck bekommen, ich hätte mich hier eingeschlichen, um auf Kosten des Brautpaars zu feiern und zu trinken oder irgendwelche Frauen abzuschleppen wie diese peinlichen Helden aus dem Film *Die Hochzeits-Crasher*.

«Also, die Sache ist die ... Ich bin ... also eigentlich bin ich ...», versuchte ich es noch einmal. Ich räusperte mich und rang mir ein Lächeln ab. «Es ist ... *kompliziert.*»

Juliette runzelte die Stirn. Sie fragte sich sicher, warum der Mann, der sie im Park so leidenschaftlich geküsst hatte, dass sie ihn gleich hatte heiraten wollen, sich nun aufführte, als hätte er einen Dachschaden. Sie warf mir einen fragenden Blick zu und spürte wohl instinktiv, dass hier etwas ganz und gar nicht stimmte. Nun ja. Man musste nicht besonders helle sein, um zu verstehen, dass der Mann ihrer Freundin und ich uns noch nie begegnet waren – geschweige denn, dass wir mal irgendwann beste Freunde gewesen wären.

Augustin Delamare musterte mich mit zweifelnder Miene.

«Was ist kompliziert, Monsieur?»

«Gar nichts ist kompliziert», sagte Juliette und lächelte entwaffnend. Sie wusste auch nicht, warum alles plötzlich so kompliziert war, aber sie hatte offenbar beschlossen, mich zu retten. «Das ist Jean-Pierre», stellte sie mich vor. «Jean-Pierre Morel. Mein Verlobter. Er gehört zu mir.» Sie hakte sich bei mir ein und gab mir ein Küsschen auf die Wange. «Keine Sorge, *chéri*, die anderen dürfen es ruhig wissen.»

Ich nickte zögernd.

«Nein, das *glaube* ich nicht!», rief Marion aus. «Was für tolle Neuigkeiten! Ich wusste gar nicht, dass es einen neuen Mann in deinem Leben gibt, Juliette.»

«Ja, wir kennen uns auch noch nicht so *wirklich* lange.» Juliette strahlte. Sie machte das wirklich gut.

«Und wann habt ihr euch verlobt?», wollte Marion nun wissen. Die Tatsache, dass ihre Freundin ihr noch gar nichts von ihrer Verlobung erzählt hatte, schien sie ein wenig zu irritieren.

Mich übrigens auch.

«Heute», erklärte Juliette. Sie nahm meine Hand und lächelte mich ganz verliebt an. «Hier auf diesem Schloss. Jean-Pierre hat mir eben im Park einen Heiratsantrag gemacht. Ich habe Ja gesagt, und ... na ja ... ich glaube, er ist einfach noch ein bisschen überwältigt.»

Das war ich in der Tat. Ich sah sie sprachlos an.

Ihre grünen Augen funkelten mutwillig.

«Neiiin!», rief Marion und klatschte vor Begeisterung in die Hände.

«Ja, stellt euch vor. Wir werden auch bald heiraten», erklärte Juliette glücklich. «Ist das nicht einfach wunderbar?»

Sie lachte ihr reizendes Lachen, und das Brautpaar stimmte überrascht und erfreut mit ein. Selbst ich ließ mich für einen Augenblick von der allgemeinen Welle der Begeisterung mitreißen und lächelte wie ein Einfaltspinsel.

Marion umarmte ihre Freundin, anschließend fiel sie mir spontan um den Hals. Ihr schwerer Patschuliduft betäubte meine Sinne. «Das ist fabelhaft, einfach nur fabelhaft», sagte sie und drängte ihren großen Busen gegen mich, dass mir ganz anders wurde. «Ich bin so froh, dass Juliette wieder jemanden gefunden hat. Sie ist ein ganz besonderes Mädchen, wissen Sie?»

Ich nickte. Ja, das wusste ich bereits.

«Sie kann sehr spontan sein.»

Auch das war mir nicht entgangen.

«Aber egal, was sie manchmal sagt oder tut – sie hat ein großes Herz.»

Ich dachte kurz daran, wie Juliette mir im Park gesagt hatte, dass man immer auf sein Herz hören sollte, und schämte mich jetzt fast ein bisschen.

«Meinen Glückwunsch.» Augustin Delamare schien erleichtert, dass sich alles aufgeklärt hatte. Er nickte mir freundlich zu und schüttelte meine Hand. «Schnelle Entscheidungen sind gute Entscheidungen», meinte er, während er mir fast die Finger zerquetschte.

«Danke!», schrie ich halb betäubt vor Schmerz. «Ihnen natürlich auch nur das Beste.» Ich brachte meine Hand in Sicherheit, und als der Schmerz nachließ, hatte ich mich trotz der widrigen Umstände wieder so weit gefangen, dass ich mich zu einer normalen Konversation in der Lage sah.

«Sagen Sie, haben wir uns heute schon gesehen?», fragte der Bräutigam nach einer Weile.

«Nein, nein. Ich bin leider zu spät gekommen.»

«Ja, der Ärmste!», schaltete sich Juliette ein und zwinkerte mir zu. «Er musste noch mal zurück nach Paris, er hatte tatsächlich den Ring vergessen. Und dann hat er ihn auch noch verloren.» Sie lachte glockenhell, und auch die Brautleute amüsierten sich königlich.

Ich kniff die Augen zusammen. Ich verstand schon, dass das ihre kleine Rache war, weil ich ihr im Park – zum zweiten Mal an diesem Abend – einen Korb gegeben hatte. Erst wollte ich nicht tanzen, dann wollte nicht heiraten. Aber sie musste mich nicht gleich als Volltrottel hinstellen.

«Darüber reden wir noch», murmelte ich leise, als das Brautpaar sich jetzt ein paar anderen Gästen zuwandte.

«Ich freu mich drauf», entgegnete sie frech. «Aber ich denke, vorher schuldest du mir noch eine Erklärung, *mon ami Pierrot.* Was machst du eigentlich auf dieser Hochzeit?»

Bevor ich etwas erwidern konnte, war Marion wieder zu uns getreten. Sie legte einen Arm um ihre Freundin und sah mich lächelnd an. «Verzeihen Sie, Jean-Pierre, aber darf ich Ihnen Juliette für einen Moment entführen?»

Es war eine rhetorische Frage, denn wer konnte einer Braut schon etwas abschlagen.

«Bis später, *chéri*», rief Juliette, und dann ließen mich die beiden Freundinnen stehen, und ich hörte noch, wie Marion sagte:

«Dein Verlobter sieht ja wirklich super aus, aber stottert der immer so rum?»

Nachdem Juliette mit der Braut verschwunden war, hatte ich mir noch einen Drink an der Bar geholt und mich dann auf die Steintreppe gesetzt. Ich war erschöpft. Die Begegnung mit dem falschen Bräutigam hatte mir den Rest gegeben nach diesem mehr als ereignisreichen Tag. Und auch die Erkenntnis, dass alle meine Anstrengungen vergeblich gewesen waren, war nicht gerade erhebend. Eigentlich war alles umsonst gewesen. Am Ende hatte ich die Hochzeit von Paul und Marie verpasst. Kurz dachte ich an die Assouline-Tüte, die noch auf dem Geschenketisch stand. Die würde ich auch wieder mitnehmen können. Wenn man es genau nahm, war dieser Tag ein einziges Desaster gewesen.

Und doch! Und doch!

Ich hatte ein Mädchen kennengelernt, das laut der Aussage seiner Freundin *ganz besonders* war. Der ganze Abend mit Juliette war irgendwie besonders gewesen. Nach nur wenigen Stunden hatte sie mich gefragt, ob ich sie heiraten wolle, und das war eigentlich noch unglaublicher als die Tatsache, dass ich auf der falschen Hochzeit gelandet war, ohne es zu merken. Ich muss sagen, unser nächtlicher Spaziergang hatte mich gewaltig durcheinandergebracht – ihre schimmernden Augen, unsere Küsse im Mondschein, ihre eindrücklichen Reden über das Herz, auf das man immer hören sollte –, aber nicht so sehr, als dass ich nicht mehr gewusst hätte, wer hier wem einen Heiratsantrag gemacht hatte.

Ich nahm einen Schluck von meinem Mojito und schüttelte lächelnd den Kopf. Dieses Mädchen war wirklich couragiert, das musste man ihm lassen. Einen wildfremden Mann einfach so zu fragen, ob er sie heiraten wollte, dazu gehörte schon was. Auch wenn sie anschließend natürlich übers Ziel hinausgeschossen war. Bei dem Gedanken an unser Gespräch mit dem Brautpaar runzelte ich die Stirn. Mich derart lächerlich zu machen vor ihren Freunden! Na, der würde ich was erzählen, wenn sie wieder zurückkam.

Andererseits konnten Marion und Augustin mir herzlich egal sein – wie alle Leute hier. Die würde ich sowieso nie mehr wiedersehen. Auch wenn ich nicht bestreiten konnte, dass dieser Abend mir doch einige Erkenntnisse über das Leben gebracht hatte. Vor allem aber hatte er mir Juliette gebracht.

Ich ließ den Blick über die Hochzeitsgesellschaft schweifen, die sich auf der Wiese und auf der Terrasse verteilt hatte. Es war kurz vor Mitternacht. Einige Gäste tanzten noch immer, allerdings nicht mehr ganz so wild wie vorher. Der unermüdliche DJ spielte jetzt einen Hochzeitsklassiker nach dem anderen, und obwohl ich nicht sehr oft auf Hochzeiten war, kannte ich sie alle.

Eternal Flame von den Bangles war ebenso dabei wie *I'm a Believer* von den Monkees, Jack Johnsons *Better Together* oder Grover Washingtons All-Time-Classic *Just the Two of Us*.

Und eigentlich ging es in allen Songs darum, dass Liebe die Antwort war, dass es besser war, zusammen zu sein, dass man durch ein Mädchen wieder zu glauben begann oder mit einem Mal das Gefühl hatte, den ersten Tag von etwas Neuem, Großartigem, Besserem zu erleben. Ein Klischee reihte sich an das nächste, aber mit den Klischees war es wohl wie mit dem Tanzen: Wenn man außen vor war und als Beobachter am Rand der Tanzfläche stand, kam einem alles ziemlich lächerlich vor, aber wehe, man machte mit. Wenn man mittendrin war, fühlte es sich einfach nur großartig an. Und wie man es auch drehte und wendete – die Liebe war das Schönste und das Schlimmste, was einem passieren konnte. Aber eben auch das Schönste, hätte Juliette sicher hinzugefügt.

Ich hielt mein Glas in der Hand und fragte mich, warum ich immer auf sie warten musste. Überhaupt war das offenbar der Tag des Wartens. Den ganzen Abend hatte ich auf meinen Freund gewartet, und nun wartete ich auf meine … was?

Meine Zufallsbekanntschaft? Tischdame? Freundin? Verlobte? Braut?

Auf die Frau meines Lebens vielleicht? Ich schüttelte den Kopf und starrte in mein Glas und fragte mich, ob ich selbst schon ein bisschen verrückt war. Oder dieser Mojito hatte es wirklich in sich.

Ich lehnte mich mit dem Rücken an die Baluster der Steintreppe, zog die Knie an und schloss für einen Moment die Augen. Mit einem Mal überkam mich eine bleierne Müdigkeit, und ich überlegte schon, einfach ins Bett zu gehen, als mir klar wurde, dass ich gar kein Bett mehr hatte. In diesem Schloss war jedenfalls kein Zimmer für mich reserviert. Ich war sozusagen obdachlos.

Seufzend zog ich den kleinen blauen Zettel aus meiner Anzugjacke und dachte an die Reisetasche, die noch an der Rezeption stand. Dann begann ich, meine Optionen durchzugehen. Viele waren es nicht. Das Schlosshotel war ausgebucht. Mein Auto stand in der Werkstatt. Mein Handy lag im Auto. Ein Taxi zu bekommen, konnte Stunden dauern. Aber immerhin war es eine laue Sommernacht. Ich konnte zu dem kleinen See zurückgehen, wo Juliette und ich uns geküsst hatten, und mich einfach zum Schlafen auf die Parkbank legen.

Ich glaube, ich war tatsächlich kurz eingenickt, als jemand mich an der Schulter rüttelte.

«Hallo, Fremder», sagte Juliette. Sie setzte sich zu mir und hielt für jeden von uns ein Glas Champagner in der Hand.

«Oh, hallo», sagte ich und rieb mir die Augen. «Ich

dachte, wir wären verlobt.» Leise stöhnend griff ich nach dem Glas. Schon wieder Alkohol. Ich würde diese Nacht nicht überleben, das stand fest.

«Verlobt. Genau.» Sie lächelte. «Deswegen habe ich ja auch den Champagner mitgebracht. *Santé!*» Sie stieß an mein Glas.

«*À la tienne!*»

«Macht's dir was aus, dass ich den Brautstrauß nicht gefangen habe?», fragte sie.

Ich schüttelte den Kopf. «Nein, nein, das macht keinen Unterschied für mich.»

«Dann ist's ja gut.» Sie winkte Marion zu, die gerade von Monsieur Panama zur Tanzfläche geführt wurde.

«Na? War's schön mit deiner Freundin?»

«Ja, sehr.» Ihre Augen funkelten.

«Habt ihr euch alles erzählt?

«Hmhm.»

«Über den gut aussehenden Volltrottel, der Ringe vergisst und verliert und herumstottert?»

Sie biss sich lächelnd auf die Unterlippe.

«Jetzt sei nicht so empfindlich, Jean-Pierre. Immerhin habe ich dich aus einer höchst prekären Situation errettet.»

Ich nickte. Immerhin konnte sie meinen Namen jetzt fehlerfrei aussprechen.

Sie nahm einen großen Schluck aus ihrem Glas und sah mich eindringlich an. «*Du* ... gehörst nämlich nicht auf diese Hochzeit, mein Lieber. Also – warum bist du hier?»

Ich nahm auch einen großen Schluck aus meinem Glas.

«Na, wegen des Buffets», erklärte ich grinsend. «Ich hatte Hunger und dachte mir, hier gibt's was zu holen.»

«Du hast schon bessere Witze gemacht.»

«Na schön», seufzte ich. «Wenn du es unbedingt wissen willst – ich weiß selbst nicht, warum ich hier bin.» Ich zuckte mit den Schultern. «Eine Laune des Schicksals hat mich auf dieses Schloss verschlagen.»

Und dann erzählte ich ihr, welche unglückseligen Umstände dazu geführt hatten, dass ich schließlich auf Château Sanssouci gelandet war.

Juliette saß neben mir auf der Treppe und hörte aufmerksam zu. Ab und zu rückten wir enger zusammen, wenn jemand hinauf- oder hinunterwollte, und irgendwann blieben wir einfach ganz nah beieinander sitzen. Sie schmunzelte über meine Episoden, manchmal war sie auch ehrlich betroffen, und immer wieder gab sie ihre Kommentare ab. Mamies Unfall fand sie bedauerlich, die Auseinandersetzungen mit der Politesse höchst amüsant, als ich vom Streit mit Océane erzählte, sah sie mich von der Seite an und fragte eifersüchtig: «Läuft da noch was zwischen euch?», den Zwischenfall an der Tankstelle verzieh sie mir großzügig und unter völliger Verkennung aller Realitäten. Dass ich erst an der Raststätte überprüft hatte, ob ich die Einladungskarte dabeihatte, fand sie «total bescheuert», die rote Katze war natürlich ein Zeichen, die Panne selbst verschuldet, weil ich so ein altes Auto fuhr.

«Und den Rest der Geschichte kennst du ja», schloss ich und ließ die Bilder dieses Tages noch einmal an mir vorüberziehen. «Wenn man so will, bin ich durch eine Verkettung von unglückseligen Zufällen auf dieser Hochzeit gelandet. Und ein Zimmer zum Übernachten habe ich jetzt natürlich auch nicht mehr.»

Juliette sah mich mit einem Blick an, der schwer zu deuten war.

«Es gibt keine Zufälle», sagte sie dann.

15

Um Mitternacht wurde unter vielen «Aahs» und «Oohs» auf einem silbernen Tablett der glitzernde *Croquembouche* auf die Terrasse getragen. In der beeindruckenden Hochzeitstorte, die in einem Kegel spitz nach oben zulief, steckten mindestens hundert Wunderkerzen, die ihr Licht in der Dunkelheit versprühten. Die Torte sah aus wie ein prächtiger, goldfarbener Weihnachtsbaum, und die kunstvoll aufgetürmten Windbeutel waren mit einem glänzenden Karamellguss überzogen. Meine Schwester wäre begeistert gewesen.

Die Torte war so riesig, dass vier Kellner sie auf einem Tablett die steinernen Stufen heruntertragen mussten. Die Gäste, die sich wieder alle auf der Terrasse eingefunden hatten, klatschten beeindruckt, als die vier Kellner den *Croquembouche* zum Buffet schleppten. Dort wartete schon das Brautpaar, das jedem Gast ein großzügiges Stück von dem klebrigen, mit Vanille- und Nusscreme gefüllten Gesamtkunstwerk auf den Teller tat.

Auch ich stand zusammen mit Juliette an, um mir ein

Stück von der Torte zu holen. Nach meinem kleinen Einbruch auf der Steintreppe fühlte ich wieder ganz munter. Zwar gehörte ich eigentlich gar nicht hierher, doch inzwischen kam ich mir auf dieser Hochzeit schon ganz heimisch vor.

Mr. Buckman, der an der Seite von Madame Kleopatra in der Schlange stand, grinste mir zu und riss seine Witze über das klebrige süße Prachtwerk, das nun mitten auf dem Buffet thronte.

«Was halten Sie von dieser Monstertorte?», fragte er mich und starrte misstrauisch auf die aufgetürmten Windbeutel, die allein der erkaltete Karamellüberzug zusammenhielt. «Also mir wäre ein klassischer englischer Wedding-Cake mit drei Etagen lieber gewesen, aber mich fragt ja keiner. *Croqu-em-bouche* – das klingt sehr gefährlich. Wahrscheinlich werde ich alle meine Zähne verlieren», seufzte er und zwinkerte mir in gespieltem Entsetzen zu. «Aber meine Tochter hat darauf bestanden.»

Ich musste lachen. Der Karamellüberzug, der «im Mund krachte», schien für die meisten Gäste ein ganz besonderer kulinarischer Genuss zu sein.

Juliette verdrehte verzückt die Augen, als sie sich noch am Buffet die erste Gabel von den weichen gefüllten Windbeuteln mit dem knusprig zersplitternden Überzug in den Mund schob.

«Köstlich!», rief sie aus. «So eine will ich auch auf meiner Hochzeit haben!»

Sie lachte mich an, möglich, dass sie mich auch auslachte, ich war mir nicht sicher, wie ernst sie es meinte.

Die Übernachtungsfrage war jedenfalls noch nicht geklärt, und das hätte mich in Anbetracht meiner recht überschaubaren Möglichkeiten im Moment mehr interessiert.

Leider war unser Gespräch auf der Treppe abrupt unterbrochen worden, als die Kellner oben auf der Veranda mit der Hochzeitstorte auftauchten.

«Tja, wirklich nicht schlecht, dieser *Croquembouche*», sagte ich, als wir uns mit unseren Tellerchen einen Platz an einem der Tische gesucht hatten. «Ein echter Höhepunkt. Was meinst du, wie lange wird die Feier denn wohl noch gehen?», fragte ich und gähnte angelegentlich. «Allmählich hätte ich die richtige Bettschwere.»

«Oh, das geht sicher noch lange.» Juliette zog lächelnd die Augenbrauen hoch und überhörte den Wink mit dem Zaunpfahl. Vielleicht hatte sie auch nicht verstanden, dass ich hier kein Zimmer mehr hatte und das Schloss ausgebucht war. «Warum fragst du?»

«Ach ... nur so», sagte ich und winkte lässig ab. Ich wollte auch nicht noch einmal darauf hinweisen, dass ich keine Schlafstätte hatte und bei ihr auf Asyl hoffte.

Wir aßen unseren Kuchen auf und blickten dann eine Weile schweigend zum Park hinüber, dessen Zauber mir nun wenig verlockend erschien, weil ich daran dachte, dass dort schon die harte Holzbank unter der Venusstatue auf mich wartete. Einige Gäste waren nach der Tortenschlacht wieder auf die Tanzfläche abgezogen, unter ihnen auch der unermüdliche Guillaume Vernier, der inzwischen mit der Hauben-Frau einen gemütlichen

Slowfox tanzte. Ich lächelte. Natürlich konnte ich auch mit dem alten Herrn aus Panama die Nacht durchmachen und weiter Mojitos trinken, solange die Bar geöffnet war. Vielleicht fand sich anschließend, wenn alle auf ihren Zimmern verschwunden waren, ja auch noch ein Plätzchen im Festsaal für mich. Ich sah mich schon mit angezogenen Beinen auf einem der zierlichen Empire-Sofas liegen und seufzte unwillkürlich.

Juliette schaute mich an und griff nach meiner Hand. Sie hatte mein Seufzen offensichtlich ganz anders gedeutet.

«Denkst du auch gerade an unseren Spaziergang im Park?», meinte sie träumerisch, während sie den Blick immer noch auf die alten Bäume gerichtet hielt, über denen hoch der Mond stand.

«Ja. Oh, *ja!*», beeilte ich mich zu versichern. Ich nahm ihre Hand und küsste ihre Finger, und dann hatte ich plötzlich eine Eingebung.

«Wollen wir tanzen?», fragte ich.

Sie sah mich überrascht an und schien sogar ein wenig verlegen.

«Ja, sehr gern.»

Ich führte sie zur Tanzfläche, wo gerade die ersten Klänge von *All of Me* ertönten. Es war ein alter Lovesong, den ich noch aus meiner Studienzeit kannte. Das Klavier-Intro schwebte über die Tanzfläche, ich legte meine Arme um Juliette, und sie schmiegte sich an mich und lehnte ihren Kopf an meine Schulter, während wir uns mit wiegenden Schritten langsam auf der Stelle bewegten.

Aus den Augenwinkeln sah ich Monsieur Panama, der mit der Frau im blauen Kleid tanzte, ich sah Mr. Buckman und die blonde Claire, und ich sah Madame Kleopatra, die zusammen mit Hippolyte Virsini an der Bar stand. Er nickte mir mit bedeutungsvoller Miene zu und formte mit den Lippen ein «Also doch». Dann lächelte er, und ich lächelte über Juliettes Schulter zurück, und dann verlor ich den Schriftsteller aus den Augen, verlor alles aus den Augen, außer der Frau im apricotfarbenen Kleid, die ich in meinen Armen hielt.

Eng umschlungen tanzten wir einen kleinen Kreis, dessen Mittelpunkt wir selbst waren, und als John Legend den Refrain sang, sang ich leise mit und hatte mit einem Mal das Gefühl, dass alle seine Worte stimmten:

'Cause all of me
Loves all of you
Love your curves and all your edges
All your perfect imperfections
Give your all to me
I'll give my all to you
You're my end and my beginning
Even when I lose I'm winning ...

Juliette hob den Kopf und schaute mich an, und ihre Augen wurden ganz groß.

«*Meinst* du das, was du da gerade singst?», sagte sie leise. «Oder singst du einfach nur mit?»

«Ach Juliette.» Ich strich ihr zärtlich eine Haarsträhne

zurück, und mein Herz zog sich zusammen. «Natürlich meine ich es. Ich meine jedes Wort.» Ich küsste sie, und dann küsste ich sie noch mal und konnte es selbst nicht fassen. «Ich glaube, ich habe mich in dich verliebt, Juliette.» Ich schüttelte den Kopf. «Auch wenn das alles völlig verrückt ist.»

«So verrückt nun auch wieder nicht», erwiderte sie lächelnd. «Wir sind doch immerhin verlobt. Oder etwa nicht?»

Ich seufzte ergeben und nickte.

«Du gibst wohl nie auf, was?»

«Nein. Nie.» Ihre Augen funkelten.

Und auf diese Weise kam ich zu vorgerückter Stunde nicht nur zu meinem Stehblues (den ich wirklich meisterhaft beherrschte), sondern auch zu einer Übernachtungsmöglichkeit, die sicher sehr viel komfortabler sein würde als eine Parkbank oder ein kleines gestreiftes Empire-Sofa.

Der Abend endete in einem gigantischen Feuerwerk. Rote, grüne und goldene Fontänen stiegen über der Wiese auf, und über den Wipfeln der Bäume regnete es Sternschnuppen vom Himmel.

«Das war wirklich ein außergewöhnlicher Abend. Wir sind alle noch ganz verzaubert», sagte Juliette, als das Brautpaar sich gegen halb drei verabschiedete. Die letzten Gäste zogen sich zurück, und auch wir schritten die Stufen hinauf, die zum Schloss führten, durchquerten den Festsaal, wo ich am Geschenketisch meine Assouline-

Tüte wieder an mich nahm, mit deren Inhalt der Bräutigam wohl wenig hätte anfangen können.

Arm in Arm gingen wir durch die Halle mit den schwarz-weißen Fliesen, lösten bei dem Rezeptionisten, der ein Gähnen unterdrückte, meine Reisetasche aus, schwebten nahezu lautlos die mit einem dicken Läufer versehene Treppe hoch bis in den zweiten Stock. Und dort, am Ende des Flurs, blieb Juliette stehen und zog den Zimmerschlüssel aus ihrer Abendhandtasche. Sie lächelte mich an, wir traten ein, und die schwere Tür schloss sich leise hinter uns.

Es gibt Nächte, die vergisst man nicht so leicht. Diese erste Nacht mit Juliette war eine solche Nacht. Es war eine Nacht, an die ich mich wohl noch erinnern würde, selbst wenn ich so alt wäre wie Monsieur Panama. Vielleicht würde ich mich sogar noch an diese Nacht erinnern, wenn ich meinen letzten Atemzug tat. Wenn mein Leben in einer Flut von Bildern an mir vorbeiziehen würde, wie man sagt, würde dieses Bild sicher das letzte sein.

Ich würde mich daran erinnern, wie der Mond ins Zimmer schien, wie wir Hand in Hand auf den kleinen Balkon traten und wie unfassbar still die Nacht war. Wie ich irgendwann Juliettes Gesicht in meine Hände nahm und sie küsste und küsste und wir uns Zärtlichkeiten ins Ohr flüsterten.

Ich würde mich daran erinnern, wie ich vor ihr stand und ihr die Verse von Prévert aufsagte, während ich nacheinander drei Streichhölzer entzündete – *das erste, um dein Gesicht zu sehen, das zweite, um deine Augen zu sehen, das letzte, um deinen Mund zu sehen und die ganze Dunkelheit, die uns umfängt, um mich an all das zu erinnern, während ich dich in meinen Armen halte* –, und wie sie mich mit glänzenden Augen ansah, sich eine Träne von der Wange wischte und meinte, das sei das Romantischste, was je ein Mann für sie getan habe.

Ich würde mich an die Goldtapete mit dem Lilienmuster erinnern, an die Schale mit den Früchten, die auf einem runden Tischchen vor einem Sessel stand, und wie wir uns an den Händen fassten und wie im Traum zu dem Bett mit der himmelblauen Überdecke hinübergingen.

Wie Juliette dort saß wie Titania, die Elfenkönigin, und mir eine Aprikose reichte, von der wir abwechselnd abbissen, während wir uns mit klopfenden Herzen anschauten. Wie ich dann vor ihr kniete und ihr Kleid hochschob und berauscht zwischen ihre Schenkel tauchte. Wie ich sie zum ersten Mal schmeckte und sie leise seufzend auf das Bett zurücksank. Wie sie dort lag mit ausgebreitetem Haar, in ihrem schimmernden Kleid, und mich erwartungsvoll anlächelte. Wie ich ihre Corsage öffnen wollte und der Reißverschluss sich verhakte und wir beide ungeduldig lachend daran zerrten, bis das Kleid raschelnd zu Boden sank.

Ich würde mich daran erinnern, wie ich ihre Brüste umschloss, die genau in die Wölbung meiner Hände passten, wie ich zärtlich in ihre rosigen Brustwarzen biss, wie ich ihren flachen Bauch mit Küssen bedeckte und mich dann wieder aufrichtete, um ihren Körper zu bestaunen, der verheißungsvoll im Halbdunkel schimmerte.

Und ich würde mich daran erinnern, wie sie mich zu sich herabzog, wie sie flüsterte: «Komm!» Wie sie ihre Augen schloss, ihren schlanken Hals zurückbog und wir in einem wilden, süßen Taumel seufzend und stöhnend ineinander versanken und alles vergaßen.

In dieser Nacht schliefen wir nicht. Wir waren ein Mann und eine Frau, die im Mondlicht nach einer Feder und einem Feuer gesucht hatten wie in dem alten Lied und dabei auf wundersame Weise etwas ganz anderes fanden.

Wir fanden uns.

16

Irgendwann, der Morgen dämmerte schon, waren wir dann wohl doch eingeschlafen. Als ich erwachte, lag Juliettes Arm schwer auf mir, und sie hatte sich so eng an meinen Rücken geschmiegt, dass ich ihren Atem in meinem Nacken spürte. Vorsichtig löste ich ihren Arm und setzte mich auf, während sie sich schlaftrunken auf die andere Seite drehte.

Ich strich ihr über das zerzauste Haar und blickte lächelnd auf die Kleidungsstücke, die überall auf dem Teppichboden verstreut lagen. Was für eine Nacht.

Die Sonne schien vorwitzig durch einen Spalt zwischen den Vorhängen, und ich lehnte mich wohlig in meinen Kissen zurück, schaute nach draußen und erhaschte ein Stück blauen Himmels über mir.

Es war kurz nach zehn, und obwohl ich eigentlich völlig zerschlagen hätte sein müssen nach nur vier Stunden Schlaf und dem ganzen Alkohol, den ich am Abend zuvor getrunken hatte, fühlte ich mich so gut wie lange nicht mehr. Ich legte die Hände in den Nacken und streckte mich ausgiebig, dann sah ich wieder zu Juliette hinüber, die mit rosigen Wangen dalag, und fragte mich einen Moment, ob mein Freund Paul wohl eine ebenso unglaubliche Nacht gehabt hatte. Nein, ich schüttelte grinsend den Kopf, das war gar nicht möglich.

Juliette bewegte sich leise seufzend im Schlaf, und das Laken rutschte von ihrer Schulter. Ich beugte mich zu ihr, küsste sie in die Halsbeuge und spürte, wie die Lust wieder in mir aufstieg. Ich drückte mich sanft an sie und beschloss, sie auf meine Art zu wecken.

«Hmm ...», murmelte sie etwas später und drehte sich lächelnd zu mir um. «Das war gut. Kannst du mich bitte jeden Morgen so wecken?»

Ich lachte leise. «Du verlangst viel von mir, meine Liebe, aber ich schaue, was sich machen lässt.» Mit einem zufriedenen Seufzer ließ ich mich auf den Rücken fallen und starrte gegen den Stuck an der Zimmerdecke.

«Weißt du, worauf ich jetzt Lust hätte?»

«Mit mir ist erst mal nicht mehr zu rechnen.»

Juliette zog sich kichernd die Decke bis zur Nase.

«Auf einen Café crème, einen frisch gepressten Orangensaft und ein Croissant.»

«Ooh, da bin ich dabei.» Sie kam wieder unter der Decke hervor.

Während ich uns unser *petit déjeuner* aufs Zimmer bestellte, trat Juliette an den kleinen Balkon und riss die Vorhänge auf. Die Sonne flutete hell ins Zimmer, von der Terrasse hörte man das Gemurmel der anderen Gäste, der Morgen war friedlich und wunderbar.

Bis Juliettes Blick, als wir wenig später gemütlich mit unserem Frühstückstablett im Bett saßen, auf die Assouline-Tüte fiel, die noch immer neben dem Sessel stand.

«Was ist da eigentlich drin?», wollte sie wissen und tunkte ihr Croissant in ihre Milchkaffeetasse.

«Mein Geschenk für Paul», sagte ich.

«Darf ich mal sehen?» Sie sprang aus dem Bett.

«Ja, sicher, aber sei vorsichtig, wenn du die Tüte aufmachst.»

Juliette löste die Bänder, die die Verkäuferin aus dem Assouline-Shop so kunstvoll um den Henkel der Tüte gebunden hatte. Dann zog sie vorsichtig den Prachtband heraus.

«*Travel by Design*», las sie.

«Ja, mein Freund ist Architekt.»

Sie nickte beeindruckt und betrachtete den Bildband von allen Seiten. «Sieht toll aus. Schade, dass er das Buch nicht bekommen hat.»

«Ja, sehr schade», sagte ich und lächelte. «Andererseits ... *wenn* er es bekommen hätte ...»

«... wären wir jetzt nicht hier», ergänzte sie meinen Satz. «Ist schon erstaunlich, oder? Man nimmt einmal eine falsche Abzweigung, und es passieren ganz unglaubliche Dinge.»

Plötzlich musste ich an Mamie und all ihre Weisheiten denken und daran, dass Juliette ihr sicher gefallen würde.

«Trotzdem schade», sagte sie jetzt. «Dein Freund wird sich sicher gefragt haben, warum du am Ende doch nicht gekommen bist.» Sie steckte den Bildband wieder in die

Tüte zurück. Und dann schaute sie noch einmal hinein und sagte:

«Was ist denn das?»

«Was?», fragte ich ahnungslos.

Juliette zog eine Karte aus Büttenpapier aus der Tüte, und ich starrte wie hypnotisiert darauf.

Es war die Einladung zur Hochzeit von Paul und Marie.

Ich hatte die verdammte Karte die ganze Zeit dabeigehabt, und es war müßig zu fragen, wie sie in diese Tüte gekommen war. Ich denke immer noch, dass Océane sie einfach dort versenkte, während wir so erbittert stritten. Vielleicht um mir eins auszuwischen, vielleicht aber auch lediglich im Eifer des Gefechts, ich möchte ihr da wirklich nichts unterstellen.

Mit dem Fund der Karte war die Gemütlichkeit dieses sonnigen Morgens jedenfalls vorbei.

«Schnell, schnell», rief Juliette, nachdem wir uns die Adresse angesehen hatten, die auf der Karte angegeben war:

Château Sentout
Tabanac

Ich erinnerte mich, auf meiner Odyssee durchs Entre Deux Mers ein Schild mit diesem Namen gelesen zu haben. Dass der Name des Schlosses mit «S» anfing, stimmte immerhin – und auch dass der Ort auf «-ac» endete.

«Oh Mann, das gibt's ja nicht», murmelte ich und fuhr mir stöhnend durch die Haare.

«Schau mal! Das Schloss liegt nur wenige Kilometer von hier», sagte Juliette, die schon ihr Handy in der Hand hatte (ich hatte ja keines mehr) und die Adresse überprüfte. «Hier, siehst du?!» Aufgeregt hielt sie mir das Display vor die Nase. «Es sind nur fünfunddreißig Minuten.»

«Das gibt's ja nicht!», sagte ich noch einmal und ließ mich ins Kissen zurückfallen.

«Na los, Jean-Pierre, worauf wartest du?!», rief Juliette. «Wir müssen los! Wenn wir Glück haben, ist dein Freund noch da.»

Es war elf Uhr, als wir die Einladungskarte gefunden hatten. Und bereits um zwanzig nach elf rasten wir schon in halsbrecherischem Tempo in Juliettes grünem Mini die Landstraße entlang. Noch nie in meinem Leben hatte ich mich so schnell angezogen.

«Das war ein echter Kaltstart, was?», rief Juliette und sah zu mir herüber. Sie drehte das Lenkrad unwillkürlich in meine Richtung, und der Wagen schlingerte gefährlich nach rechts. Ich sah den Straßengraben schon auf mich zu kommen, doch dann riss sie das Steuer im letzten Augenblick wieder zur anderen Seite.

Ein entgegenkommendes Auto hupte wild, als es knapp an uns vorbeisauste.

«Bitte, Juliette!» Ich klammerte mich an den Griff über der Wagentür. «Guck nach vorn!» Von Anfang an hatte ich mich nicht wohlgefühlt in diesem Spielzeugauto mit den tief gelegten Sitzen, in denen man nur wenige Zentimeter über dem Asphalt hing.

«Keine Sorge.» Sie lachte und legte beruhigend eine Hand auf mein Knie. «Da war noch Platz genug.»

«Juliette!», flehte ich. «Lass die Hände am Steuer, bitte!»

Sie nickte und trat das Gaspedal durch.

«Du musst nicht so rasen.»

«Wir wollen doch Paul nicht verpassen», meinte sie. Offenbar hatte sie sich vorgenommen, den Rekord für die Strecke Pénissac–Tabanac zu brechen.

«Wenn wir sterben, werden wir ihn ganz sicher verpassen.»

«Red keinen Unsinn. Wir *werden* nicht sterben», widersprach sie lächelnd. «Außerdem habe ich einen guten Schutzengel.»

Ich hoffte, dass sie recht hatte. Wir flogen über die Landstraße, sausten hinunter in eine weite Senke von grünen Weinbergen, die sich vor uns erstreckte. Es ging die ganze Zeit bergab, und in meinem Magen kitzelte es wie auf einer Achterbahn. Wie auch immer diese Sache hier ausging, ich würde es zukünftig unter allen Umständen vermeiden, in ein Auto zu steigen, wo Juliette am Steuer saß. Mit einem flauen Gefühl ließ ich mein Fenster herunter, atmete tief durch und schloss die Augen.

In diesem Moment legte Juliette eine Vollbremsung hin. Ich wurde nach vorn geschleudert, der Sicherheitsgurt schnitt mir schmerzhaft in die Rippen, ich riss die Augen wieder auf und schrie:

«Verdammt, Juliette, bist du *wahnsinnig*, oder was?»

Sie deutete auf etwas Rotes, das mit vorwurfsvollem Miauen über die Straße spazierte. «Unglaublich, oder?», sagte sie beeindruckt. «Das ist *deine* Katze. Das ist sicher ein Zeichen!»

«Für was?», fragte ich. «Dass wir wieder auf dem falschen Schloss landen?»

«Nein, dafür, dass du Paul noch siehst.» Sie lächelte zuversichtlich. «Wir werden es schaffen!»

«Klar.» Ich nickte und verkniff mir den Kommentar, dass das blöde Katzenvieh sein Glück echt herausforderte. Mindestens zwei von den sieben Leben, die man einer Katze zuschreibt, hatte es jedenfalls schon verbraucht.

Juliette raste weiter, und ich lehnte mich in meinem Sitz zurück und betete, dass wir lebend in Tabanac ankamen. Und dass es diesmal wirklich das richtige Schloss sein würde.

Zehn Minuten später war die Todesfahrt überstanden. Juliette hatte für die Fahrt zum Château Sentout weniger als zwanzig Minuten gebraucht.

«*Chapeau!*», sagte ich, als ich mich aus dem Mini befreite, erleichtert, wieder festen Boden unter den Füßen zu spüren. «Du hättest Rennfahrerin werden sollen.»

«Ach, danke», entgegnete sie. «Aber bin ich nur deinetwegen so gerast. Normalerweise pflege ich einen anderen Fahrstil.»

Das konnte ich nur hoffen.

Wir ließen das Auto stehen und gingen durch ein Tor,

das zu einem Innenhof führte, um den die Gebäude des Schlosses in schönster Sorglosigkeit gruppiert waren. Das Château Sentout war sehr viel kleiner als das herrschaftliche Schloss in Pénissac. Es hatte einen warmen ockerfarbenen Anstrich und dunkelrote Schlagläden. Mit dem dicken runden Turm, der in einem spitz zulaufenden Dach endete, erinnerte es eher an eine mittelalterliche Burg als an ein Schloss. Die Mauern waren mit Efeu bewachsen, und an den Torbögen rankten Rosen in Rosa und Rot. Die ganze Anlage schien ziemlich verwinkelt, und offenbar war im Laufe der Jahrhunderte das ein oder andere bauliche Element hinzugekommen. Neben dem runden Turm, der von der Straße aus zu sehen gewesen war, ragte am anderen Ende noch ein schlankes, eckiges Türmchen auf, das eher italienisch wirkte, und der hintere Teil des Innenhofs, durch den wir jetzt eilten, war mit rötlichen Ziegeln überdacht wie eine spanische Hacienda.

Vom Ende des Innenhofs drangen muntere Stimmen zu uns herüber. Dort saß die Hochzeitsgesellschaft – oder das, was von ihr übrig geblieben war – noch beim Frühstück. Man hörte Klappern von Besteck und leises Stimmengewirr.

Unter den Holzbalken waren weiße Bänder gespannt, und auf den Tischen standen noch die Blumen vom Vorabend, die bereits ihre Köpfe hängen ließen.

Wir blieben stehen, und ich schaute gespannt zu den Gästen hinüber, die hier noch friedlich ihren Kaffee tranken. Ein paar von ihnen saßen an einem Tisch zusammen und blätterten unter begeisterten Ausrufen durch ein

Fotoalbum, das offenbar das Brautpaar und die Hochzeitsgesellschaft zeigte. Ich hielt Ausschau nach einer schlanken, dunkelhaarigen Gestalt, doch Paul war nicht unter den Gästen. Dann löste sich jemand aus dem Schatten, der mir vertraut vorkam.

Es war Monsieur Gérard, Pauls Vater, der jetzt mit verwunderter Miene auf mich zukam.

«Bonjour, Monsieur Gérard», rief ich erleichtert. Ich freute mich wirklich unglaublich, ihn zu sehen.

«Meine Güte, Jean-Pierre! Da bist du ja. Wir haben uns schon ein bisschen Sorgen gemacht.»

«Was? Aber wieso denn nur?», fragte ich.

«Deine Schwester hat gestern mehrfach hier im Schloss angerufen. Sie hatte die Nummer im Internet gefunden und meinte, du seist unterwegs zur Hochzeit und dass es später werden könnte, weil du die Adresse nicht genau wüsstest. Und dann rief sie wieder an und sagte, sie könnte dich nicht mehr auf dem Handy erreichen, und ob du inzwischen angekommen seist. Sie war sehr aufgeregt, als sie erfuhr, dass du noch immer nicht da warst, und hatte Sorge, du hättest vielleicht einen Unfall gehabt.»

Er sah mich forschend an. «Geht's dir gut, mein Junge? Du siehst ein bisschen blass um die Nase aus.»

«Nein, nein, alles in Ordnung, mir geht's gut, wirklich. Mir ist nur noch ein bisschen flau von der Autofahrt.» Mit einem verlegenen Lachen fuhr ich mir durch die Haare. Ich hatte ja nicht wissen können, dass Laurence alle in Aufruhr versetzte. «Meine Güte, das tut mir so leid, Monsieur Gérard. Ich wollte wirklich niemanden beunruhigen.»

«Und wo bist du die ganze Zeit gewesen?»

«Oh, ich war ... auf einem anderen Schloss ... nicht weit von hier. Da gab es auch eine Hochzeit», stammelte ich.

«Aha.» Monsieur Gérard verstand nun gar nichts mehr. Er zog die Augenbrauen hoch und streifte Juliette mit einem Blick, der zu sagen schien *Cherchez la femme!*, aber vielleicht bildete ich mir das auch nur ein.

«Das ist übrigens Juliette Rivière.» Ich zögerte. «Meine ... *Verlobte.*»

Ich bemerkte das feine Lächeln, das um Juliettes Mundwinkel spielte, als sie dem Vater meines Freundes jetzt die Hand reichte.

In diesem Augenblick kam auch Madame Gérard über den Hof zu uns herübergeeilt. Sie trug ihre Haare kürzer als früher, aber ich erkannte ihr liebes, rundes Gesicht sofort.

«Wo hast du nur gesteckt, Jean-Pierre?», rief sie ein wenig außer Atem. «Wir haben dich vermisst. Es war eine so schöne Feier. Paul hatte sich so auf dich gefreut.» Sie sah mich vorwurfsvoll an, und ich nickte beschämt.

«Ich wäre auch wirklich gern dabei gewesen», entgegnete ich nervös. «Aber sagen Sie ...»

«Was ist denn nur passiert?», unterbrach mich Monsieur Gérard nun.

Ich überlegte einen Moment.

«Alles», sagte ich dann. «Aber das ist eine lange Geschichte. Zu lang, um sie jetzt zu erzählen.» Ich nickte

Monsieur Gérard zu. «Wo finde ich Paul? Ist er noch hier?»

Monsieur Gérard nickte. «Die beiden sind gerade im Aufbruch begriffen. Aber wenn ihr euch beeilt, erwischt ihr sie noch.»

Er deutete zur Rückseite des Schlosses.

«Gut», sagte ich erleichtert. Und dann fiel mir noch etwas ein. «Sagen Sie mir nur – ist sie blond?»

«Wer?»

«Na, die Braut.»

Monsieur Gérard lächelte breit. «Oh, ja! Du kennst doch Paul. Marie ist die blondeste Blondine, die man sich nur vorstellen kann.»

Ja, ich kannte Paul, ich kannte meinen alten Freund, natürlich kannte ich ihn. Ich lächelte zufrieden, und dann fasste ich Juliette an der Hand und lief mit ihr zur Rückseite des Châteaus, wo sich ein paar Gäste versammelt hatten, um das Brautpaar zu verabschieden.

Sie standen da, mit gerührten Mienen, und winkten einem weißen C2 nach, der mit Bändern und Blumen geschmückt war, und sich gerade in Bewegung gesetzt hatte. An der Stoßstange hingen ein paar Blechdosen, die fröhlich hinter dem kleinen Hochzeitsauto her klapperten, und auf das Rückfenster hatte jemand «Just married» geschrieben.

«Oh nein!», schrie Juliette. «Oh nein! Oh nein! Oh nein!» Sie klatschte in die Hände und feuerte mich an. «Lauf, Jean-Pierre, lauf, die holst du noch ein!»

Ich sprintete dem Wagen ein paar Meter hinterher, ich

gab wirklich alles. «Paul!», rief ich außer Atem. «Paul! Warte!» Ich schrie und winkte mit beiden Armen, ich sprang auf und ab wie ein Verrückter, um mich bemerkbar zu machen. Doch offenbar wurden meine Anstrengungen als eine besonders enthusiastische Art der Verabschiedung missverstanden.

Paul und Marie winkten lachend aus den heruntergekurbelten Fenstern, während ihr Auto sich unaufhaltsam entfernte. Sie fuhren davon, froh, endlich allein zu sein, und waren in Gedanken vielleicht schon bei ihrer Hochzeitsreise.

Irgendwann gab ich auf und sah ihnen nach, bis die kleine weiße Ente in einer Staubwolke zwischen den Weinbergen verschwunden war. Von irgendwoher wehten die Schläge einer Kirchturmuhr herüber.

Es war zwölf Uhr.

Jemand legte seine Hand auf meinen Arm. Juliette war unbemerkt neben mich getreten.

«So ein Mist», sagte sie. «Das war knapp. Die sind wohl weg.»

«Ja.» Ich nickte. «Die sind wohl weg. Ganz großer Mist.»

«Aber ich bin da.»

Sie legte den Kopf zur Seite und lächelte mich an, und ich musste daran denken, dass ich vor ziemlich genau vierundzwanzig Stunden Paris verlassen hatte, um zur Hochzeit meines besten Freundes zu fahren.

Vierundzwanzig Stunden, in denen ich mich über eine junge rothaarige Frau an einer Tankstelle aufgeregt hatte und anschließend fast eine Katze überfahren hätte, die mir den Weg zu einem falschen Schloss gewiesen hatte, das am Ende dann doch genau das richtige Schloss gewesen war.

Vierundzwanzig Stunden, die alles verändert hatten.

«Ja. Du bist da», wiederholte ich.

Ich schaute Juliette an, meine zauberhafte Verrückte, die mich an der Tankstelle wild beschimpft hatte, auf der Hochzeit Salsa mit mir getanzt hatte, die uns beide auf der Rückseite einer Menükarte verewigt hatte, die mich im Mondschein geküsst hatte, die eine miserable Autofahrerin war und ihr Herz auf der Zunge trug.

Die Frau, die ich liebte.

Sie stand da und sah mich mit glänzenden Augen an, erwartungsfroh, mit diesem ganz besonderen Lächeln. Die Sonne fiel auf ihr Haar und ließ es leuchten, ließ alles um sie herum leuchten, und ich schwor mir, diesen Moment niemals zu vergessen.

«Du bist da», sagte ich noch einmal und zog sie in meine Arme. «Was für ein Glück!»

EPILOG

Lieber Paul,

sechs Wochen ist es nun her, seit du geheiratet hast, und eigentlich wollte ich dir schon die ganze Zeit schreiben. Ich bin nicht auf deiner Hochzeit gewesen, obwohl ich, das musst du mir bitte glauben, wirklich alles darangesetzt habe, dort zu erscheinen und mit dir anzustoßen – auf die Liebe, das Leben und auch auf unsere Freundschaft.

Deine Eltern haben dir sicher berichtet, was alles passiert ist an jenem Tag, der für uns beide schicksalhaft war und der mich am Ende unverdienterweise zum glücklichsten Mann der Welt machte. Ich hoffe also, du siehst es mir nach. Gerne würde ich jetzt sagen, ich mache es wieder wett und bin beim nächsten Mal dabei, aber das wäre sicher nicht in deinem Sinne. Andererseits hatte ich ja noch etwas bei dir gut, und so sind wir sozusagen quitt.

Es war natürlich dumm und unverzeihlich, dass ich mir nicht schon im Vorhinein die Route angeschaut habe. Wie hätte ich aber auch ahnen können, dass die Einladungskarte verschwand, dass mein Handy ausgehen und mein Auto liegen bleiben würde. Es gibt so viele Unwägbarkeiten im Leben. Und dann gibt es einfach verdammt viele Schlösser in Aquitanien, und überall wird geheiratet. Da kann man schon mal leicht auf dem falschen Schloss landen.

Immerhin habe ich am nächsten Tag doch noch den Weg nach Tabanac gefunden, aber leider nur noch der Staubwolke eurer weißen Ente nachschauen können. Ich war übrigens derjenige, der wie ein Idiot auf und ab sprang und mit beiden Armen in der Luft herumruderte, um sich bemerkbar zu machen. Ich hätte dich wirklich gerne gesehen, Paul. Wie ich von deinen Eltern hörte, muss die Hochzeit ein rauschendes Fest gewesen sein. Wie auch immer – ich habe wirklich alles gegeben, um an diesem wichtigen Tag bei dir zu sein, aber das Schicksal hat sich mit aller Macht dazwischengeworfen.

Was soll ich noch sagen? Ich war zur richtigen Zeit am falschen Ort, und am Ende war es das Beste, was mir passieren konnte. Und so bin ich in gewisser Weise froh, dass ich nicht auf deiner Hochzeit war, sondern auf einer ganz anderen, denn sonst hätte ich Juliette niemals kennengelernt, diese Frau, die ich über alles liebe und die – um es in deinen Worten zu sagen – ganz anders ist als alle anderen.

Irgendwann erwischt es uns alle, mein Freund, und das ist wohl auch gut so.

Ich hoffe, ihr hattet eine grandiose Hochzeitsreise, du und Marie, auf der Danksagung, die du mir netterweise geschickt hast, sieht sie wirklich umwerfend aus – eine Blondine, wie sie im Buche steht –, und wenn es Juliette nicht gäbe, würde ich sagen, die könnte mir auch gefallen. Aber keine Sorge, diese Zeiten sind vorbei. Es würde mich aber freuen, wenn wir an unsere alte Freundschaft wieder anknüpfen und uns bald sehen könnten. Hier liegt immer noch dein Geschenk, und ich denke, dass es dir gefallen wird.

Es ist wirklich jammerschade, dass ich deine Hochzeit verpasst habe – aber vielleicht magst du ja zu meiner kommen? Juliette und ich werden im September heiraten. Nicht auf einem Schloss in Aquitanien, aber in einem kleinen alten Haus auf dem Land mit einem großen verwilderten Garten, nur eine Stunde von Paris entfernt. Einladungskarte liegt bei! Ich würde mich so freuen, dich endlich wiederzusehen nach all den Jahren, also komm einfach! Ich denke, du wirst es besser machen als ich.

Auf ganz bald!
Dein alter Freund Jean-Pierre

Weitere Titel

Das Lächeln der Frauen

Die Frau meines Lebens

Die Freundin der Braut

Die Zeit der Kirschen

Du findest mich am Ende der Welt

Eines Abends in Paris

Menu d'amour

Tausend Lichter über der Seine

Let’s disco

Für Doris

1. Auflage 2017

ISBN 978-3-7641-7075-2

Lektorat: Kathleen Neumann
Umschlaggestaltung: Favoritbüro GbR
unter Verwendung eines Fotos von maayadesign / Shutterstock
Druck und Bindung: GGP Media GmbH, Pößneck
Gedruckt auf Papier aus geprüfter nachhaltiger Forstwirtschaft.
www.ueberreuter.de